一个人的车站

范小青 著

一个人的车站

南京大学出版社

目　录

辑一

003　灵山的夜晚
008　远山近水
012　人生
015　路途
017　卢浮宫随想
019　坐火车
024　在那遥远的地方
028　一个人和一座城
033　鸟语花香
039　镜花水月
045　穿小鞋
049　我与体育
054　写信
056　浓妆淡抹总相宜
058　口味
060　一个人的车站

063	成长
065	玩具羊
067	现代生活
069	看茶去
072	苏州小巷
074	两座老宅
080	苏州美食
088	出门在外
092	人在江湖
095	千虑一失
098	习以成性
100	东南西北客
103	梅花驿站
106	感悟江南
110	我们到李市干什么
113	花山隐居为哪桩
117	行走山塘街
124	千百遍读你总不厌
127	退思补过
131	在去往盂城驿的路途上
135	在时光中行走

辑二

141	回家去
146	又见背影

149	世间桃源
152	铁姑娘
155	唯见长江天际流
161	江海之间一濠河
166	牵手
168	永远的故乡
172	又走运河
175	考高中
180	永不忘记
183	插队
186	在乡下演戏
189	旧藤椅
191	旧家具
194	体验
197	乡下
200	外婆
203	那个人
205	王老师
207	楼下人家
211	阿弥陀佛
213	邻居
215	假期的孩子
218	清唱
220	养鸡阿婆
223	大妹

227　文满
232　五姨
235　母校

辑三

241　不像作家
244　速不求工
246　感悟语文
248　栖息地
251　文学路路通
254　意外的相逢
260　这边风景
263　在变化中坚守,或者,在坚守中变化
268　关于成长和写作
272　花开花落
276　高邮,我们共同的家乡
278　倒置的关系也是一种关系
282　别种的可能和困惑
285　快不过命运之手
287　怎么写短篇
289　属于我自己的经典
292　会记着那一天
294　短篇小说的艺术和生命力
297　高楼,高楼——《高楼万丈平地起》创作谈

299	茶几是什么——《嫁入豪门》创作谈
301	《梦幻快递》创作谈
304	《天气预报》创作谈
307	永远的茶树——《右岗的茶树》创作谈
310	接通线头　点亮灯盏
312	关于《谁能说出真相》的真相
314	关于《香火》

辑 一

灵山的夜晚

这是初秋的一个夜晚。

是过去和未来许许多多的初秋夜晚中很普通的一个夜晚。

天气渐渐起了凉意,没有月亮,傍晚的时候还下了点雨,平添了一些"空山新雨后,天气晚来秋"的寂静清幽。

那时候,在灵山景区,我们从梵宫出来,坐着电瓶车,穿过斜风细雨,回到精舍,回到了自己的宿舍。

事先并没有相约,也没有沟通,几分钟以后,我们不约而同地走出自己的宿舍,每一个都换上了为修禅准备的衣服,是棉麻质地的,深咖啡色的,有点像汉服,宽松柔软,朴素大方。穿上以后我照了照镜子,一下子看到了两个字:安静。

这是一种很奇怪的感觉。仅仅是换了一套衣服,你的心情就起了变化,你纷乱的情绪就平静下来了?

真的就是如此。

我没能有机会确定或确认一下,我们换上的这个服装它应该叫什么。禅服?修禅服?居士服?我也没有机会了解它到底有没有专设专用的名称。我只是在想,叫什么也许并不太重要,重要的是,换上这样的服装,就给我换上了完全不同的一种心境。

其实,在宿舍里穿上它的时候,我脑海里曾经掠过一丝疑虑,我不知道其他人,他们会穿吗?

结果,当我们在走廊里碰面的时候,发现每一个都穿上了。

我们共同地,觉得,应该换上,这是我们的内心,存有某种需求、存有某种念头。那是什么需求、什么念头呢?

一堂名曰"禅悦我心"的晚间修禅课,就要在灵山精舍开始了。

这是我生平头一次有机会体验修禅课。在通往禅堂的过道上,我们不由自主地降低了语调,放慢了脚步,轻轻地,又很庄重,怀着敬畏的感情和求学的心愿,在门口排队,顺序而进,净手,再到堂内盘腿坐下。

已经有先到的人,在禅修开始之前,他们大多已经进入了一种境界,双手合十,双目微闭。还没有人指导或要求他们这么做,这是一种自觉的行为,似乎进入这个地方,就会身不由己地产生一种自我要求。

一位年轻的相貌清秀的法师,给我们讲禅,也许我记不住他讲的那些内容,也许我不能完全理解或十分明白他讲的那些禅理,但是这一堂课,却是真真切切实实在在地印记在我的生命中了。

法师让我们做了三次功课。

第一次,法师让我们抄写心经,我抄了这么一段:般若波罗蜜多心经观自在菩萨行深般若波罗蜜多时,照见五蕴皆空,度一切苦厄。舍利子,色不异空,空不异色,色即是空,空即是色。

因为没戴老花镜,我抄得很慢,抄得歪歪扭扭,就是在这个慢慢的过程中,感觉自己的心境愈加平和了。只是因为盘腿坐的原因,腰腿有些酸疼了。忽然就听到法师说,可以不用再继续盘腿,直接坐到凳子上,也可以继续盘腿坐。

这是方便法。盘腿打坐是方便,直接坐到凳子上也是方便。

接着就是第二次的功课,法师说,你们闭上眼睛,什么也不要想。

我们闭上眼睛，试图什么也不想，但是做不到，不仅做不到什么也不想，脑子里的东西反而比平时更多更乱，多得吓人，乱得出奇，乱七八糟的念想纷纷涌了出来。

我们向法师诉说自己的心很乱，静不下来，并且为此感到惭愧不安。法师却告诉我们说，这说明你们已经进步了，因为你们已经意识到你们的意识，比起一些心乱而不知乱的人，你们已经开始靠近禅了。

第三次功课来了，法师说，你们仍然闭上眼睛，用心默念南无观世音菩萨。

我们又遵照着做了。这一次念头集中起来了，在几分钟里，除了偶尔走岔一下，瞬间又回来了，回到南无观世音菩萨上来了。

那一刻，一屋子的人，心意一致。

这是一种力量。

无形的，却有力，能够让人心安静下来的力量来自禅，那么，禅又来自哪里呢？

来自人心。

是我们通过修禅这种方法，用自己的心让自己的心静下来了。

我们这一些人当中，好像没有真正意义上的佛教徒，但是为什么我们都愿意在这个初秋的夜晚，来到灵山精舍的这个禅堂，在这里静静地打坐，什么也不想？

因为我们已经想得太多了。

因为我们已经拥有和获得太多，我们的脑子里塞满了信息，我们的心里堵满了事情，还须臾离不开手机、电脑。

白天里，我们乘坐着提速又提速的高速列车，我们行进在一往无前的高速公路，我们安排了一场又一场热烈的活动，我们走过了一座又一座喧闹的城市；

夜晚降临的时候,我们聚集在酒店饭馆,以最快的速度干掉一瓶又一瓶的高度白酒,以最美好的胃口吃掉一盘又一盘高蛋白高脂肪高热量的食物;

深夜了,我们还在引吭高歌,声嘶力竭,灯红酒绿……

我们在高节奏超负荷的旋转人生中已经转晕了头脑,转迷了方向。

所幸的是,虽然我们晕了,虽然我们迷了,但是我们还保持着最后的一点清醒,我们还留有最后的一点疑问:这真的就是我们想要的终极生活吗?

就像法师说的,我们已经意识到了我们的意识,我们已经进步了。在我们的平常生活中,我们也已经意识到我们的节奏,意识到我们的失度,意识到我们在哪里出了一些问题。

于是,我们来到了灵山。

于是,我们能够看到,从青铜大佛,从九龙灌浴,从梵宫,从精舍,从灵山的每一处,渐渐地升腾起两个字:静和净。

这两个普普通通的汉字,是我们这个时代,是我们这个社会,最渴望最需要的两个字。

我们站在灵山的任何一个地方,放眼望去,无论是看到大佛,还是看到千树万花,无论是看到梵宫,还是看到连绵山峦,我们看到的都是静和净,因为它们早已经弥漫在灵山的每一处丛林,每一块砖石,它们渗透了灵山的每一寸土地,每一个角落。

于是,我们的身心,就被静和净浸染了,包裹了,融化了。

于是,我们忽然明白了,我们到灵山来干什么。

"万籁无声添佛像,一尘不染证禅心。"

这是我在灵山梵宫的妙行堂抄录下来的。

在灵山,将这一个普通的夜晚,变得那么的不普通,将这一个每天都有的平常夜晚,变得特殊而又难忘。

夜渐渐地深了,且让我们既怀着满满的敬畏之心,又放空心里的一切,睡觉去吧,明天一早,我们将要参加另一次体验:过堂。

那必将是又一次的学习,又一次的历练,又一次的洗涤。

远山近水

游山玩水可是桩快活事儿,好处自不必说。有人拿青山绿水陶冶性情,品格陡然升华;有人于绿水青山之中突然就想明白了人生或参悟了别的什么;也有的人给大好河山拍照片得了摄影奖,或者写文章的人得了山水之灵气,灵感突发,思如泉涌;把美如仙境的地方做了人生归宿也不是没有,出门时还好好的觉得人生多美好,一时间想不开了,一念之差什么的。总之,游山玩水会有收获,这恐怕是不用怀疑的,即使是寻找归宿,你能说这不是一种收获吗?

近些年我也有些机会出门走走。我这个人不好玩,生性懒,宁可天天躲在家里做关门文章,做得眼睛发绿,大脑供血不足,也不愿意出门一步看看外面的大好世界。或者愿意和两三朋友闷于室内,受他们的烟熏,听他们胡吹,倒也不失为一桩美事。一般接到笔会通知什么的,先是感激一番,想到人家总还记着你,心中难免飘飘然,接着就是查地图,看要去的地方在哪里,地理知识真是少得可怜。当初考大学也不知道是怎么蒙上的,幸亏没考地理系。再就是打听一路该坐几天火车,几天轮船。现在出门飞机坐得少了,从前也不多,因为从前飞机不多,现在天上的飞机飞来飞去倒是不少,只可惜机票实在太昂贵,据报载连外国阔佬也嫌我们的机票贵呢,不知是否属实。在我们接到的笔会通知上，一般都注明希望不坐飞机不带家属这类的要求，于是就乖乖地不坐飞机，在火车上颠簸在轮船上飘摇，有趣的事情也常有发生，想想也就心平气和，大款们坐飞机任他坐去就是。

既然难得出门，总想着把出门的质量提高一些，收获大一些才好。可是细细想想，出去就出去了，回来就回来了，收获却不知道在哪里呢！好地方也都去过，张家界九寨沟神农架，哈尔滨的冰灯，三亚的海，赚回些什么呢？实在是说不上来。陶冶了性情吗？从此变得心平气和了吗？哪能呢，火冒三丈的时候照样要冒到三丈高，哪能低一尺一寸。或者悟出些生命的宇宙的道理吗？差得远着呢！想不明白的道理仍然是想不明白，看不透的事情仍然是看不透。照片倒也不是没有拍过几张，感觉特好的也不是没有，看着挺美，人也美画面也美，怎知一旦用到杂志报纸上便丑不忍睹，说是没有用好对比度，没有调好光圈，等等，反正是没有上水平线。其实在我想来，上水平也好，不上水平也好，像我们这样的人出门带几张照片回来，恐怕更多的是用于回忆而不是用于自我欣赏。多年以后或者并不要过很多年，某一日若写文章写烦了，拿那些照片出来看看，回想当初拍这照片时，谁谁谁又怎么样了，谁谁谁又到哪里去了，是能让人快乐一回或者感伤一回的。游山玩水对写文章的人来说，可是一个积累的好机会。许多人回得家来，不出数日，便有大手笔问世，散文能让人如身临其境，游记让你恨不得立刻出发去亲眼看一看，随笔类文章则使你从中获得于山水之外更多的感受……凡此种种，于我来说，好像所得无几。于美山美水之间，看着它美就美了，又想别的做什么呢？赞叹吗，说不出口；想找归宿吗，尘缘未尽，哪里舍得，并且既无好的记性，又是懒笔头子。除了写小说，别的都很懒，像日记什么的，只是在二十多年前记过一些雷锋式的日记，每天斗私批修，每天记下自己做的好事，以后就再也没有记过什么日记了。像出门旅游这样的好事情，竟然没有落下一个字，真是贪污浪费得厉害呢！玩过的地方好吗，当然好，张家界的山峻美吗，当然峻美，要不怎么游人如织；九寨沟的水清澈吗，当然清澈，要不怎么能一眼望穿；神农架的原始森林了不起吗，当然了不起，要不怎么说野人在那里走来走去呢，只可惜我们没有遇见。但是，你若让我写一写张家界的山是怎么回事儿，九寨沟的水又是如何的美法，神农架的野生物在做什么，那可真是勉为其难了。这些年来，我几乎没有写过山水的散文。这倒不是我对祖国的大好河山有什么别的看法，实在是想下笔的时候，就没了词儿，不知道形容词都躲到哪去了。思来想去，山是有印象的，印象中的山就是一大群的山，水也是有感觉的，感觉中的水就是一洼一洼的水，完全是一片模糊的概念，粗粗的轮廓，真是辜负了山们水们呀！千万别以为我现在终于记起了什么，于是写这篇远山近水的文章，其实在这篇文章里我写的仍然是山水之外的东西。是什么东西？我说不很清。

一一地把过去游山玩水的事情再回想起来，拣起来的仍然不是山之险峻水之秀美，倒是对人对事的一份记忆。记得我们去神农架那回，从武汉出发，路上走了六天，到神农架只待了一天，而且下着雨。我们踩着泥泞去看原始森林，在那一大片一大片的森林中，向导指着这一片说，这就是原始森林，那一片就不是。于是大家去看那些原始森林的树，看得出原始森林的树与不是原始森林的树有什么区别吗？我看不大出来，不知别人怎么想。看野生动物吗，没有看到，只是在很远很远的一棵大树上看到有几只猴子跳来跳去。除此之外就是在动物标本馆里看到许多野生动物的标本，狮子老虎狗熊当然都是不会少的。别的印象也都不深了，唯一记住的是一只其大无比的山蚊子，足有尺余长，若那家伙是活的，叮上一口恐怕也不很好受呢，幸好那是死的。那一次旅行，印象比较深的倒是我们在回来的路上车子出了故障，折腾了半天，池莉丢了一只精美的小提包，替我们大家消了灾。

我和朋友们一起出门，虽然没有能记下多少山水之美，却记下了不少人情之美。常常在某一次笔会上，我们怀着无限美好的感情看着某某与某某的一段短短的真真的情感，分手以后也许从此天各一方再不提起。其实，不要说某某与某某至少能将这段情分记他个小半辈子，就连我们局外人多少年后想起来也还是回味无穷呢，这有多好！或者在另一次聚会的时候，原来是要爬高高的山，结果天天下雨，寸步难行，于是就打牌，打得昏天黑地，眼睛发直，以至于到了今天，那些旅程留给我们的主要印象竟然就是那些牌局了。不一定刻意地去追求什么，人走在自己的路上，自会有收获的。人生往前走出的每一步都是收获，坐在家中也会有收获，何况是游山玩水这等好事。

有时候，我家来了远方的朋友，我陪着到我家附近的沧浪亭去走一走，最好是下着细细的雨，在沧浪亭的河边，一两老翁雨中垂钓，一两后生写生。我想起沧浪亭里的一副对子：明月清风本无价，远山近水皆有情。

人　生

　　除夕,天色将晚的时候,我在一个小小的菜市场转转。

　　天色阴沉沉,卖菜的已经零零落落,买菜的人也越来越少,大家都已经将该买的东西买妥,现在正热气腾腾地做菜。或者,也有越来越多的人家,自己也不动手了,合家老小,上馆子去,也已是正常现象,不以为奇,所以在除夕的这时候,菜市场不再热闹了,大家都回家了。

　　走着,看着,心里忽忽悠悠的,像是自己也有了些飘零的感觉。

　　走过卖葱姜的小摊,再走过卖鱼的摊,看到一位老人坐在小矮凳上,脚跟前摊着一张报纸,报纸上压着一只铜牛。

　　铜牛不很大,制作得很精致,半卧着,牛背上有小牧童,小小的孩子背着个大大的斗笠,生动,感人,小孩和牛都静静的,和老人一样。

　　我问老人:"这是什么?"

　　老人说:"这是铜牛。"

　　旁边有人说:"你听他,哪里是铜的。"

　　我并不想买铜牛。

　　我看看老人,老人对这话无动于衷,他只是静静地坐在除夕的寒冷里,目光平平淡淡。我不知道这只铜牛是不是老人自己制作的,或者是从别的地方买来,又或者,是家传的。我想,这都无所谓,让我的心灵有所动的,是这样的一幅情景:除夕、黄昏、老人、铜牛……

我问老人:"你的铜牛卖多少钱?"

"五十。"老人说。

"不值。"旁边的人又说。

老人仍然没有说话,没有说他的铜牛值五十或者不值五十。

我在老人身边站立了一会,看着他的铜牛,我想说说话,但我不知道自己该说什么,也许我是觉得老人没有必要在寒冷孤寂的除夕傍晚坐在冷落的菜市场卖铜牛。犹豫了一会,我说:"要吃年夜饭了。"

老人好像笑了一下,但他仍然不说话。

后来,隔壁卖鱼的老板兴奋起来,来了一辆车,停了,下来几个匆匆忙忙的人,要鱼。看起来也是忙人,到一年的最后一天的傍晚,才有一点点时间给家里买鱼,再忙,鱼总是要买的,年年有鱼(余),虽然时代进步到现在,但是中国的老百姓仍然有很多人喜欢传统,忘不了传统。

卖鱼的老板在兴奋的时候,没有忘记将鱼价再抬一抬,这是一年中的最后一次机会,很难得,买鱼的人虽然忙中偷闲挤出时间来买鱼,倒也没有把价格弄糊涂了,于是卖鱼的人和买鱼的人和和气气地为鱼的价格讨论起来。这是大年三十,大家心情很好,没有人吵架,也没有人不讲礼貌。

卖鱼的人和买鱼的人终于谈妥了价格,他们一起动手,抓鱼,他们的动作比往日更潇洒。

卖铜牛的老人觉得自己坐着有些碍他们的事,他慢慢地站起来,将小矮凳挪得远一点,将压着铜牛的报纸拖开一点,坐下,感觉仍然不够远,重又站起,再挪远一些,再坐下。

老人重新坐下后,也不看关于鱼的买卖,也不看站在他身边的我,我不知道老人他在看什么。

买鱼的人匆匆走了,一切归于平静。

菜市场的人越来越少。老人仍然无声无息地坐在他的铜牛前。

最后我也走了,我想,老人今天大概卖不掉他的铜牛。

但是这无所谓,老人坐在那里,其实并不是在卖铜牛。

路　途

小时候,跟着大人下放到农村,是在江南水乡,到处是水,没有路,没有桥。要到镇上念书,要到街上赶集,或者要回城看看亲戚朋友,都是坐船,船在运河里慢慢地走,时光也慢慢地流淌着。

后来长大了,谈了对象,是苏北盐城人,要去看对象,路是有的,却是那么遥远曲折。长途汽车早晨五点出发,中午时分在长江上摆渡,渡船在波涛滚滚的江面上颠簸着缓缓驶向江北,混浊的江水就在脚下。过了江,继续向北,直到下晚天擦黑了,华灯初上了,才摸到婆家门上。

再后来,我的家仍然在苏州,工作单位却到了南京,于是开始了我在苏州和南京之间的无数次往返。八十年代,火车十分拥挤,经常没有座位,一站就是几小时,一直站到南京也是家常便饭。

就这样,一直在路上,走啊走啊,不知不觉,几十年过去了,蓦然回首,才知道身边的一切,都发生了什么样的变化。

在我的家乡,船已经成了一道风景,成了让远方的朋友零距离感受水乡的一种工具;而当年那隔断了南北相思的滚滚长江,如今已经畅通无阻了,仅在江苏境内,就有了七八座长江大桥,其中的苏通大桥等都创下建桥史上许多个世界第一和中国第一。现在再从江南到江北,从苏州去盐城,只需一个多小时,过长江有几座桥可以任意走,高速连着高速。江苏高速公路总长度已经接近四千公里，正所谓千里江苏一日还。我继续着南京的工作和苏州的家庭，也继续着我的火车之旅，伴随着时光，火车提速，又提速，再提速，有了特快车，有了空调双层列车，又有了动车。没有人再站在车厢里，没有人再挤在车门口，看看四周同行的乘客，几乎人手一机，不是电脑就是手机，不是手机也是MP机，真是一幅现代化的鲜活的图画。

车窗外，近处是沪宁城际铁路，远处是京沪高速铁路，正在快速建设中，一天一个样。明年七月一日，城际铁路开通，从苏州到南京，只要四十分钟，随到随上，如同公交车和地铁一样方便，憧憬着那一天，真是心潮起伏，相信那一天一定很快到来。这几十年的变化，变戏法似的，让人目不暇接。

前两天一位同事跟我说，要提前买火车票回东台过国庆，我当时心里就很奇怪，连这么个苏北沿海的县城都通火车啦。其实，何止是东台，现在江苏境内，南通、泰州、扬州、淮安、盐城等车站的开通，带动了沿线的许多苏北县城小站。江苏的铁路早已经从平行线伸展交织成四通八达的网状线，和高速公路网线一样，把江苏大地布置得大路通坦，装点得如诗如画。

六十年来，我们不停地走在路上，在路上我们看到了不同的风景，看到了巨大的变化。今天，今后，我们会继续向前走，继续用我们的努力去实现新的更大的变化。

卢浮宫随想

卢浮宫是世界顶级的艺术殿堂，这是毫无疑问的，每天全世界会有许许多多的人历经千山万水，甚至是历经千辛万苦去到那里，去看一看艺术是什么，去感受一下什么是艺术。站在那些油画面前，大家都被震惊、被笼罩，甚至说不出话来，说什么好呢，说什么都是多余的。

我在卢浮宫休息的地方，看到另一幅生动的画面，也一样被震惊、一样被笼罩了。

那是一个年轻的男人，几乎还是个孩子，我猜不准他有多大，也许二十岁，也许还不到一点，十八岁，或者，二十刚出头，总之他十分的年轻。起先我是看见他搀着两个六七岁的女孩，一个是白人孩子，一个是黑人孩子，她们天真烂漫地在艺术的殿堂里跳来跳去。休息着无事可做的我，便去猜测，这是一家人出来旅游吗？这是大哥哥领着两个小妹妹吗？正在胡乱想着，便发现孩子多了起来，三个四个，五个六个，渐渐地，不知从哪里拥过来十多个孩子，他们围着那个年轻的男人，叽叽喳喳，牵着他的衣角，拉着他的后襟，他们缠绕着他。我是听不懂他们说的什么，我只能看他们的表情，看他们的动作，看他们要干什么。孩子们不安分，吵吵闹闹，那个带领他们的人，一直微笑着看着他们。他摸摸这个孩子的头，拍拍那个孩子的背，他把孩子们身上背着的行李拿下来，放在椅子上，堆成一大堆，然后他吩咐孩子们什么话，孩子们似听非听的，他们只是沉浸在自己的玩乐世界里。然后他就走开去了，孩子们仍然是打打闹闹，他们把搁在椅子上的行李全部推翻在地上，他们仍然只顾得上自己玩耍，行李背包在地上滑来滑去，他们把它当作皮球了。

带领他们的人回来了，我怕他会露出不耐烦的神色，但是没有，他笑眯眯地看看孩子们，把行李一件件地捡起来，放好，把孩子们抱到椅子上坐下来，但是孩子们刚刚坐下去又爬起来去玩了，他也是默许的。他们在椅子上跳上跳下，把行李又踢在地上了，他也是默许的。

他们看过那些油画和雕塑吗，他们是正准备进去参观，还是已经看过出来了？他会给孩子讲那些世界著名的艺术珍品、希望孩子们能够领会吗？他是学校的老师，是幼儿园的老师，或者是慈善机构的吗？他是义工，是实习吗？我想了想，觉得这都无所谓，我觉得在他的脸上，在他的眼神里，看到一种熟悉的东西，那是什么呢？我熟悉他的什么呢？这个想法倒是使我陷入了一种思索。

后来我忽然就明朗起来，卢浮宫的油画里渗透出来的神奇的气韵，这个艺术宫殿里弥漫着的浓郁的气息，与这个人的内心世界是相吻合的，他的轻轻的行为，已经与沉重的卢浮宫融成一体了。

在这里，我看到五彩缤纷的现状糅合成一个博大的"爱"字。

坐火车

我曾经写过一个小说,题目就叫《火车》,写的就是几个人晚上上火车早上到站的事情,途中没有发生任何奇怪的惊悚的意外的好玩的刺激的事情,却一口气写了几万字,真是"小青式的唠叨"(评论家语)呵。

这和我经常坐火车肯定是有关系的。

其实我的乘火车史开始得并不算太早,那是在1982年年初,我大学毕业留校后,由我的导师带着,去扬州和南京的两所师范学院商量改编教材的工作。第一站,我们从苏州上火车坐到镇江。我和我的导师,都没有座位,是站票,火车十分拥挤,要想站稳一点都不容易。那是我有生以来头一次乘坐火车,那一年,我二十七岁。

有许多孩子小小年纪就跟着父母坐着火车东奔西走,跟他们比起来,我的火车处女乘,算是比较晚的了,但是和同样多的一辈子都没有乘过甚至没有见过火车的人比起来,我又算是早早地登上了开往时代的列车了。

我只是没有想到,在我人生后面的那些日子里,会和火车有这么密切的联系。

在二十世纪八十年代和九十年代的相当漫长的时间里,我们出远门,基本上以火车为主,因为那时候的会议邀请上,常常会有"请勿坐飞等女生,女生终于红着脸说我不下去了。我长长地出了一口气,看着那男的快快地下车了,我心里居然踏实了。

  我这样的想法也许很多余,很老派很老土,会令人发笑,但无所谓,那就是我坐火车的真实感受呀。

  现在没有这样的事了。现在的火车座位和飞机一样,都是朝着同一个方向排着的,你坐下来只能看到前排的椅背,不用面对面地看别人的脸。这是时代的进步,人性化,保护了你的个人自由,不让你的脸老是暴露在别人的盯注之中,于是,互相的影响减少了,骗子也很少得逞,情感也很少交流。上了火车,大家的脸色都是刻板着的,神情或紧张,或淡漠,几乎人手一个手机或一台电脑,坐下来不等开车,就旁若无人地进入了与火车车厢完全无关的另一个世界。只是偶尔在假期里,有家长带着孩子坐火车的,才会给车厢里带来一点生气。

  有一个女孩带着一个巨大的红色箱子上车了,她没有力气把箱子扛到行李架上,行李架恐怕也承受不了它的重量,列车员让她推到车厢门口的行李专设处,她不放心,怕被人拿走,就搁在了自己身边的走道上。于是这个箱子引起了众多的不满,不爽,皱眉,冷眼相看。食品小车推过的时候,女孩赶紧将箱子挪到自己腿前,将两腿蜷起来,小车走后,她又挪出来,有乘客上车下车的时候,她又得挪动,整个旅程,她几乎没有停歇过。有个妇女经过,碰着了箱子,嘀咕说,这么大的箱子,怎么能放在过道上?女孩也不是好惹的,回嘴说,关你什么事。幸好那妇女走得急,没有听见,否则不知道会不会吵起架来。

  难道这就是现代社会,火车快速地奔向时代的前方,同时,一张无形的大网罩住了我们,让我们无法摆脱?

  前些时候看到一个纪录片,片名好像是《摘棉工》,讲河南民权县的农村妇女到新疆去摘棉花。她们排着长队,携带着行李,互相拉扯着,上了一列在中国大地上已所剩无几的绿皮火车,每一节定员 108 人的车厢,都卖出了二百多张票,还是不能保证想去新疆摘棉花的妇女都能上车。

那个车厢,就像一个大集市,坐的,站的,挤着的,蹲着的,完全是浑然一体的。妇女们兴奋,紧张,茫然,也许还有一点点慌乱,但唯独没有焦虑。她们对即将到来的日子充满耐心的期待。

这趟行程五十多个小时,到郑州还要转车。

在那遥远的地方

清明时节,细雨纷纷,山路弯弯,云雾缭绕。

青山环抱,绿翠葱葱,春意盎然,生机勃发。

就是那样的一个上午,一个既普通又特殊的日子,我们来了,汇集到离我们各自的家乡千里之遥的一座乡村敬老院。

瑞金市叶坪乡叶坪敬老院。一座普普通通的敬老院,已经出现在我们眼前了。

就这样,我沿着敞开的门走进去了。

红砖红瓦的平房,檐是绿的,窗栏是黄的,所有的颜色,都是那么的干净朴素,院落也是干净朴素的,空气也是干净朴素的,还有,最干净朴素的是那些笑容可掬的老人。

院子并不太大,一目了然的,我沿着院子各处,走走,看看,真的没有看到什么特别,真的不觉得这里有什么特别之处。

但是,我却深深地感受到一种特别特别的感受。一种很少有过的特别特别的感受。

那是一种气息,一种深藏于大山之间、深埋于泥土之下、深隐于树林之中,同时又四散在生活的经经络络里的气息。从前至今,叶坪这片土地上,就一直飘荡着这种气息,就始终饱含着这种气息,就不断酝酿着这种气息。

于是,这里的一草一木,这里的一砖一瓦,这里的天与地、人与物,都被这种气息浸透了,理想的种子,在这里埋下去,又生长出来;信念的养料,也在这里遍布着。与此同时的一百年时间,叶坪又将它们吸纳的这些气息经久不衰地散发开来,弥漫开来,让它们布满在这里的每一寸土壤和空气中。

我跨进敬老院的大门,我知道自己跨出了庄严的沉重的一步,即使不多久我们就会离开,而且,我们离开后,恐怕很难再次到来。但是,这种的离开,却是永远的不离开,永远地留下了自己。

即使不可能再来,但内心里是一直想着还要再去的。

这就是这个地方的力量,这就是这个地方的奇特。

这里有一位老人,98岁的张茂钊老人。

他有一个特殊的名字:失散红军。

失散红军,这几个字,就是一部大写的历史,就是一段英雄的传说,就是我们今天想要寻找回来的曾经失落了的理想和信念。

在这里,它们从来也没有丢失过。它们一直就在这里。

张茂钊老人的一只眼睛已经失明,另一只眼睛视力也很差,他的牙齿基本脱落,说话不再清晰,加上乡音浓重,即使把耳朵凑到老人嘴边,也很难听清楚他在说什么。

但是老人的脸上,却闪现着心灵的光亮,显现着内心的力量和厚重。

多少年前,他失散了,他找不到那支队伍,联系不上队伍中的任何一个人。他漂泊,成了一个孤独的身影。

一个孤独的人,在大山里坚守着自己的人生,他坚信,那支队伍一定会回来的。

所以，这个人是孤独的，但他的灵魂并不孤独，他的心始终和大家在一起，是那么的踏实，那么的热切，没有失散过，没有荒凉过，他的心始终系在那支队伍上，一直到今天，仍然如此。

因为很难和他交谈，我们也许无法完全知晓他的内心世界，也许不能清楚而完整地了解到当年以及这么多年来老人的经历，但是从老人仍然闪亮的目光中，我们已经感受到了，许许多多。

其实，我可以去请教当地的乡镇干部，他们能够为老人家担当翻译，但是我没有这么做。

我之所以没有特意地去问"翻译"，没有去挖掘更细更真实的故事，我想，我要的可能就是这种特别的感受，感受着一位百岁老人的生命，感受他年轻时留下的印记，感受他后来一个人走在路上的感受，感受一个年岁逝去、英雄气息仍在的老人的呼吸和他深埋着的思想。

在一位失散的并且几乎失明的老红军战士面前，我们看到了光亮。

那一天在叶坪敬老院，我走了又走，也不知道会走到哪里去，也没有想过要走到哪里去，但是我对于这个地方、对于这座敬老院的情怀，就是从那时候结下的，对于这里的老人的崇敬之意，也是从那时候开始产生出来的。

即使我走了又走，看了又看，我也不能彻底地理解和熟悉这个地方。它所蕴涵的博大情怀，它所承载的凌云壮志，恐怕是我穷尽一生的努力也无法望其项背的。它廊上的一张旧藤椅，它檐下的一盏红灯笼，它院里的一块小草坪，甚至都够让我们用大半的人生去惦念和体会了。

我们走出敬老院的时候，许多老人站在那里，笑着，送别我们，那么的亲切，那么的深情，那么的依依不舍。我无法表达对他们的敬意，我只能合十鞠躬感谢，我做不了更多。

忽然想到,这片土地,就应该是出张茂钊的,许许多多的牺牲了的张茂钊和很少数的还活着的张茂钊,就是这片土地养育出来的。

这片土地,离我们生活的地方很遥远。

但是它离我们的心很近,很近。

一个人和一座城

古城淮安,古运河边,宋代的镇淮楼,明代的文通塔,两座古朴而又别致的古建筑,如同守护神般护卫着淮安城里的街街巷巷。在许许多多纵横交错的街巷里,有一条普通而又不普通、平凡而又不平凡的小巷。它就是后来被无数人常常念叨、常挂于心间的驸马巷。

驸马巷是周恩来总理的出生之地。

一百多年前的1898年3月5日,农历二月十三日,周恩来在驸马巷周宅的一间小屋里,发出了他生命的第一声。周恩来伟大而又曲折多难、丰富而又执着的人生从这里开始了。

我们没有理由不永远记住这个地方——周恩来的故乡淮安,故乡的那条小巷驸马巷。

周恩来的童年和少年,生活并不平安,虽然也有短暂的家庭的呵护,有生母养母奶妈三个妈妈的疼爱,但温暖的日子并不长久,迫于生计,年幼的周恩来跟随母亲数次迁徙,漂泊不定。九岁那年,生母和养母相继去世,从此以后,世态炎凉,更加成为小小年纪的周恩来的生存常态了。

尽管如此,尽管故乡留给周恩来的回忆,并不都是欢快和温馨的,有许多是怀疑、是不解甚至是愤懑,但是种种的际遇,并没有影响他对故乡炽热的爱、深厚的爱。走出故乡的周恩来,永远铭记着乡情,永远寄托着乡愁。

那一张写字的小方桌,

那一棵百年的蜡梅,

院子里的那一口水井,

还有城里的镇淮楼、文通塔,

还有大运河、南门大街……

故乡,无一处不牵动着周恩来永远的思绪;故乡,无一人不是周恩来一辈子的惦念。

我们且听一听,周恩来在后来的日子里,吐露过的对于家乡的思念:

在离开家乡第三十一个年头,1941年,周恩来在重庆的一次演讲中提到了家乡,他说,母亲冷落的坟地还在敌占区,自己是多么希望能回家乡去清扫坟地上的落叶啊!

五年以后,抗战胜利,周恩来率领中共代表团迁到南京梅园,这地方,离他的故乡已经很近了,但是周恩来并没有跨越这不长的距离,"三十六年了,我没有回家,母亲墓前想来已白杨萧萧,而我却痛悔着亲恩未报"。

1960年,周恩来向家乡来京的干部详细询问家乡的一草一木,一街一巷,儿时的记忆清晰地浮现出来,感慨万端:"是呀,我也想着回去看看呢,十二岁离开淮安,到今年整整五十年了。"

1965年,周恩来在新疆石河子农场对一淮安姑娘说:"热爱祖国的人是没有不爱家乡的。"

一直到许多年以后,周恩来还惦记着陪伴过他童年生活的老宅里的那些物事,但凡碰到从淮安来的,或者去过淮安的人,他经常会问起淮安,一块平凡的土地,却又是那么的不平凡。

对于淮安,多少人心向往之,多少人敬重仰慕,多少人梦回萦绕。

这一切,都是因为一个人、一个名字。

周恩来。

鸟语花香

我们家养过两次鸟,回想起来也是有点意思。

第一次是那鸟自己飞上门来的。在一个夏天的夜晚,我们在阳台上乘凉,它就飞来了,不知从何而来,也不知道要到何处去。它停在我家的窗子上发抖,很可怜的样子,去抓它,它也不挣扎,很容易就抓住了它。我们估计是哪一家人家养的鸟,从笼子里逃跑了。我们谁也不知道这是一只什么鸟,学名叫什么,有什么生理上和其他方面的特性,喜欢吃什么,怕冷还是怕热,等等,这些我们都不懂,只是看它长得漂亮,黄绿色的羽毛,都很喜欢。本来我们家的人都没有什么闲情逸致养鸟养什么,但是既然鸟它已经送上门来,好像也没有再把它放走的道理,更何况我儿子兴奋已极,放掉是绝不可能的了,于是决定养起来。但是家里并没有现成的鸟笼让它住,就拿两只塑料的水果篮合起来,把鸟关进去了。小鸟在水果篮做成的笼子里好像很乖,给它吃食它就吃,也没有什么反抗的行为,过了两天,是星期天,我丈夫带着儿子去给鸟买了一只鸟笼,还买了养鸟的另外一些用具,比如鸟食罐啦,像模像样地养起鸟来。小鸟换了宽畅的地方,反而变得不安分,在笼子里跳来跳去,折腾不息,我家保姆老太说那是因为它见了亮,水果篮虽然也是有孔,但毕竟要暗得多,在暗的地方小鸟没有什么非分之想,到了大鸟笼里,它看到了外面的世界,于是就想入非非了。它把鸟食甩得到处都是,把喂它的水打翻,又吱吱乱叫,显得十分烦躁,后来终于逃了出来,只可惜没有逃脱,它判断失误,飞错了地方,停在大橱顶上,一会儿又束手被擒,重新被关进鸟笼。如此折腾了有几次,逃出来又被捉回去,最后鸟终于承认了它的失败。它安安稳稳地待在鸟笼里,所有的非分之念都彻底打消,该吃便吃,该睡便睡,放在阳台上它也没有飞出去的想法,即使打开鸟笼的门,它也不会激动起来。我儿子每天从幼儿园回来,如果高兴他也和鸟说几句话,鸟侧着脸看他,那模样真是可爱。很可惜这鸟后来在过冬的时候没有能熬过去,冻死了,无依无靠地躺在鸟笼里。好在我儿子那时还小,还不大明白死的含义,他看到鸟躺在笼子里,说是不是鸟睡觉了,告诉他是睡觉了,他也没有再追究,过了一日看到笼子里没有了鸟,告诉他因为天气太冷,小鸟一个人待在这里要冻死,送到动物园去和许许多多的鸟一起过冬,那样就不会冻死了。儿子也相信了。只是到了来年开春,有一天儿子想起鸟的事情,要到动物园去要回那只鸟,便带了他去。可是一到动物园,儿子早把要鸟的事情忘记了,玩得很痛快,并且从此再不提那鸟,想想小孩子也真是好对付。

第二次养鸟,养的是一只黄雀,不漂亮,土灰色的毛,有几斑黄色,很普通的一只鸟。有一天路经市场,看到乡人挑了一大担,叫得欢,吸引了好多人,我一时心血来潮,也挤进去买了一只,用塑料袋装了带回,家里有鸟笼,把它往鸟笼里一放。家里人都说,为什么不买两只,也好让它们有个伴,我也觉得奇怪,这么简单的道理,自己怎么就没有想到呢,买鸟的时候根本就没想到应该买两只的。过了一天,我丈夫下班回来,也带回一只来,也是黄雀,也是在市场上向乡人买的,这样大家都觉得事情比较圆满了,两只黄雀,虽然被关在笼子里,但毕竟可以相伴相依,同甘共苦。两只黄雀,也不知它们谁是雌谁是雄,或者两只都是雌,也或者两只都是雄，我们只是从它们的长相看，我买的那一只大一些，也精神些，就认为是雄的，我丈夫买的那只小一些，精神也不怎么好，就认为是雌的，也不知这种判断因何而起，反正大家都这么想，也这么说。于是就约定俗成。本来是出于好意，怕一只鸟孤独寂寞，所以又买了一只，却想不到它们不能平安相处，从第一天开始，就打打闹闹，只听得鸟笼子里吱哇乱吵，也不知是谁欺负谁，谁压迫谁，但是想来总是雄的不好，没有绅士风度，它身体且大，精神且好，要打起架来，那雌的肯定吃亏。我们当然也没有很多空闲的时间去细细观察，据我们的保姆老太说，是雌鸟惹是生非，不怪雄鸟的事。那小小的雌鸟居然十分霸道，它不许雄鸟吃食，只要雄鸟吃食，它就奋力痛击，用尖嘴戳，用爪子扒，把雄鸟逼得无处藏身，不敢吃食，默默忍受不公平待遇。如此下去，过了两天，不知是雄鸟饿得受不了，还是终于觉悟了，它奋起反抗了，真是身大力不亏，只三五下，就把雌鸟头上的毛戳得稀里光朗，血迹斑斑。雌鸟也是拼命抗争，却是徒劳。雄鸟一旦起了杀心，并没有半点费厄泼赖，宜将胜勇追穷寇，很快就把雌鸟斗得无招架之势。最后雌鸟带着满身伤痕一腔遗恨撒手而去，留下雄鸟独居笼中，从此平安无事，吃得好，睡得好，不几天以后，就亮开喉咙唱起来，那声音确实不错，充满自信，也充满力量，没有一丝丝的孤独味。

把鸟的事情说给别人听，大家都说，看看，鸟都如此，更何况人，真是感叹多多。其实如果能够反过来想想也好，鸟既如此，人则不能如此，人何不如鸟？

这一只杀了同类的鸟，果真厉害，大冬天也没有在乎就过来了，也没有见它冻得怎么样，每天照样吃喝吱喳，活得很潇洒。谁知到了春暖花开的时候，有一天也不知是谁不小心，把鸟笼的门开了没有关上，问来问去，全家没有一人能承认此事，所以也有可能是鸟自己把鸟笼的门称赞一句,吃的时候,大家小心翼翼,不敢说话,真是一家的妇人心肠。

总之我们家真是花不香鸟不语的,但是我们家春光常在,这是真的。也不是没有乌云密布的时候,但是很快就会云开雾散,因为我们家的人互相理解互相帮助,都懂得宽厚待人,对自己人,或者对外人都一样。

宽容,这是我最喜欢的两个字。

镜花水月

女孩子稍大一些,就晓得要漂亮,其实男孩子也一样,我是从我儿子那里明白这一点的。我儿子小小的人在穿了新衣服去照镜子时那神态那表情,真是使我的自以为能生出花来的妙笔黯然失色。但是小孩子们的漂亮,多半只是由大人做出评价罢,也多半是受大人的摆布,有主见的孩子最多不过在购买衣服时提出自己的看法,被采纳的有多少,恐怕也不多。小孩子的看法有好多都是没来由的,现代派,超现实主义,或者就是看别的孩子样,他有圣斗士,我也有圣斗士,你有神乌龟,我也有神乌龟,一派盲目。前不久看到广告有新产品,全套的儿童化妆品,有口红胭脂眉笔增白粉什么的,和大人也差不多,真是感叹于时代的进步。感叹之余也有些别的想法,这些想法有多老派有多陈旧,不说也罢。我在开始晓得要漂亮的时候,家里经济比较拮据,买布也要票证,只要哪一年家里要添新被子、新衣服什么的,就只能去买些不要布票而且比较便宜的土布来做。不能说我就是穿了那些土布衣服长大起来的,也不是说我小的时候就没有穿过一件好衣服,相信我的母亲她是会尽自己最大的努力让女儿穿得好一些的,只是我已经记不很清。却是那些土布衣服给我留下比较深的印象,现在在我的记忆中,别的衣服都没有了,只有土布还保留着。这也是奇怪。记得土布有格子的,也有了又换,直到充分协调,这才走出房间,充分展示。所以需要一面好镜子,不能走形,把一张五官端正形容姣好的脸照成歪瓜裂枣不行,把一个苗苗条条的身体照得肥硕也不好,当然有一种走形是可以容忍,那就是朝好的方面走,谁都知道镜子里是假我,但谁又都希望这假我就是真我,甚至愿意这假我比真我更美一些。我也一样。镜子里的我若是很好看,我必然很开心,绝不会劈头盖脸对着自己呸一口,说,这是假的,你快活个屁。若那样,我也许要去看看心理科精神科的医生。

女人常常作成衣装的奴隶,也作成镜子的奴隶,想想真是何苦,再想想又觉得应该,只要女人生活着,或者做衣装镜子的奴隶或者不做奴隶,二者总居其一,本该如此。镜花水月,虚幻影像,明知镜子是空,怎么镜子又那么好销。

谢榛《诗家直说》曰:"诗有可解可不解,不必解,若水月镜花,勿泥其迹可也。"

女人之作成衣装的奴隶,"勿泥其迹可也"。

穿小鞋

我的手大。不知道人的身材与手的正常比例是怎么回事，反正我的手大概是超出比例了，一般的人，都能看出我的手大，不直说而已，如是纤纤小手，那总会有人说说。但是不说不等于不存在，我的手大，这是事实，不说也大，说也大，所以有时候我就自己先说。我先说了，别人也会跟着说，大都是说大手好，大手是弹钢琴的手，或者不说手大，只说手指长，十指长长，会做针线，也是好的，可是我十指虽长，针线却不会，钢琴更是无缘。为了这手我也难免有过一些想法，当然也不是很过分的想法，至多不过是想想为什么我的手就这么大，别人的手就那么小，或者再想想我的手为什么会这么大，是不是遗传，还是手在发育的时候营养过剩或者是劳动锻炼促成，因为我在长身体的时候，十三四岁正在乡下做农活，插秧割稻什么的，都是用手，做得有滋有味，不知疲劳，手上磨出血泡长起老茧，也许这样手便大了起来。关于手大，也不过就这样想想罢了。有一次看到介绍说好莱坞一位世界著名女星，美貌超群气质非凡细腻无比，偏却生就一双大手，为此烦恼，于是想出办法，用手套掩饰，共有各种各样手套一千多副，叹为奇观。可惜我是既无女星的相貌气质，亦无用手套的良好习惯，不说是春夏秋季，即使是在冬天，出门也常常不戴手套，直到冻得生痛，才想起家里原来是有手套的。

或一日在席上，有一朋友坐在我旁边，于吃饭间突然看着我的手发愣，看得我直想把手藏起，又怕有些不打自招的嫌疑，正在尴尬时间，朋友说，你的手好。我连忙回答，我的手大。朋友一笑，说，就是，好手，好相。女人生成男人手，好相。反过来男人生成女人手可不是好相。我说那是。朋友又说，你的好，就好在这手上。我听了心中真是有些窃喜，恨不得再补充一句，我的脚也不小，但终究是没好意思说出来。

手大，脚也大，这倒是很般配。手大也有手大的不好，也有手大的好，别的不说，只说相好，那真是百好不如一好的好。那么脚大呢，自然也是有好有不好的，只说走路，脚大的总比脚小的走起来便利些许，我是有些体会。我的走路，许多朋友知道，是很快的。从前住校读书，和同学一路外出，别说是女同学，就是男生，也有跟在我后面一溜小跑的。走路之快，当然和性格也是有关，脚小一些的人，也不是没有脚底生风的，也不是没有风驰电掣的，但是一般来说总不能走过脚大的人。这应该就是大脚的快活。大脚的苦恼，也有许多，其中最甚者，我以为是鞋的欺压和禁锢。于这一点，我真是体验多多。

这就说到了鞋。本来是要说鞋，却先说了手，又说了脚，再说到鞋，迂回曲折，虽然啰唆一些，却也是笔法的一种，《诗品》称"委曲"者，即此也。

脚之受鞋的欺压与禁锢，又以现代女性为最，说有某国女郎半路猝死，究其原因，竟然是死于高跟鞋，真是骇人听闻。穿鞋能把人穿死，这无疑是很少很少，绝无仅有，但是受鞋折磨的事，却是很多很多，不知凡几，大脚尤甚。不知道有没有认为脚大也是好相的，如果有，我会很得意，但是如果重新给我一个机会，让我在小手小脚与好相之间选择其一，我会选哪一种，我也不知道。

脚且已大，受鞋之罪已是不可避免，况且现在的人，都愿意把鞋做得窄窄的,尖尖的,跟又是高高的,细细的,以此为美,以此为上品,于脚较为宽大的人,穿这样的鞋真是受苦受难,磨出血泡磨破脚皮,那些都是小意思,脚上的老茧恐怕也是层层叠叠。别人的脚我不敢说,自己的脚我是有自知之明的。其实既是受罪如此,还不如不穿尖头高跟鞋也罢。但是偏偏又不能,实在是因为抵挡不住美的诱惑。于是想到,美究竟是什么,美原来就是诱惑我们受罪的什么呢,一笑。话说回来,穿上高跟鞋,不一样就是不一样,感觉良好,这是最要紧的,虽然不能说趾高气扬,高人一等,但至少也是昂首挺拔,如郁郁葱葱蓬勃向上小树苗一棵。为了美,为了有如此的效果,受罪也只能受罪,痛苦也只好由它痛苦去,削足适履的事情现在是不会有人做了,至于用小榔头敲鞋之类的事情我倒是有过,也有将新鞋的跟请鞋匠锯掉一截的,只是不敢对人声张,也许怕人笑话,或者觉得有失体面。后来忍不住和要好的女友说起来,女友好像完全不当回事,说,这有什么,我也用榔头砸过鞋,又说,我出门时,脚上都是要贴创可贴的,又说别人也都这样,这有什么,本来就是这样么。我说,怎么,你们穿鞋也受痛苦么,脚也疼么。女友笑了,说,我们也是人,怎么会不疼。我说,那我怎么看不出来。女友又笑,说,那我也看不出你的脚在疼呢,看你谈笑风生,脚底生风,还以为你舒服着呢,我于是大笑,好开心,我们一起看街上那些姗姗而行的女孩子,她们中间也许有好些都在受着鞋的压迫和折磨,受着痛苦呢。要声明的是我可绝没有幸灾乐祸的坏心,只是觉得有了陪绑,同甘共苦罢了。

  从前的人,对我们苏州城里的街路是很赞赏的,比如有人说,姑苏城街洁净天下第一,又说,苏城街,雨后着绣鞋,等等,反正我们小城的小街,从前大都是砖街或石子路面,用上好的青砖或是精选的石子,精心加以铺砌而成。宋朝时就有船只"出必载瓦砾"的规定,真是大兴土木。以砖或石子砌街,平整一端朝上,排列镶嵌,整齐致密,爽水,防滑,雨不沾泥,晴不扬尘,讲究的还要砌出各种图案花纹,雨后着绣鞋可真不是吹的。砖街石子街对于现代人来说,自然已经落后,对高跟鞋,也是不能很适应,砖街石子街的缝隙,正好嵌入高跟鞋的细跟,于是笑话多多。只是如今小城里的砖街石子街也是越来越少,为此振奋也好,为此惋惜也罢,这是趋势。

并不是没有平跟鞋,以目前的流行看,平跟时装鞋已经全面铺展,遍地开花,女孩子们穿着,轻轻松松,随随便便,配什么衣服都行,实在潇洒,可惜像我们这样已经过了穿什么都好看的年龄,不是随随便便就能潇洒起来的了。从前的时候,穿黑的人说高雅,穿白的人说秀气,现在不行了,穿黑的显老,穿白的显黑,不得已也要挑挑拣拣,左顾右盼。穿平跟鞋,人矮去一截,全无女孩子的那份精神,留给我们的,也只有羡慕别人的份。

穿鞋尚且如此,别的事情更是多了去了,有时候我们的生活环境也像是一双小鞋,那么,你是改变自己的脚或者说委屈自己的脚,去适应生活这双小鞋,还是你改变生活,让鞋适应你的脚,让环境适应你呢?每一个人都有自己的活法,别人并不能强求统一。无可奈何穿小鞋还是不甘屈服不穿小鞋,命运掌握在你自己手里。有一个将军带领军队上战场,敌众我寡,胜的希望极小,士气亦不足,将军拿出一块古币,看天意,古币朝上则我胜,古币朝下则我亡,结果士兵看到古币朝上,于是士气大振,一举大胜。这故事的意义在于将军的古币两面都是正的。

我与体育

人之于体育的关系我想大概不外乎直接参与和间接参与两种，直接参与的，比如专业运动员，也有业余的，或者爱好者，或者并不爱好但是为了某种目的比如健美、健身等，也有患了重病已经没有别的路好走，死马当作活马医，就此医好了的也不是没有，有时候体育还真是能够治病救人的。间接参与主要是看球看比赛的，这些人如果入迷了，那劲头，绝不比直接参与者差到哪里去，这也是众所周知，例子举不胜举。当然直接与间接也不是绝对，有的人是既直接又间接，也有的人是既不直接又不间接。

我之于体育，实在也说不上什么特别的喜欢或爱好，天才什么更是挨不上边，但是却多多少少有些缘分，参加过好些次的运动会。很小的时候不说了，只是记得我在农村念初中时，代表学校参加片区中的运动会，项目是跳高，一百米，二百米，还有别的什么已记不得，总之差不多是十项全能。不过千万别以为我真的很来事，参加这一次运动会的原因只有一个，因为我们那所初中，只有我一个女生，每个学校要有女代表，当然是非我莫属。比赛成绩自然也是可想而知的，真是辜负了老师同学的期望呢，不好意思。我在大学时也参加运动会，项目是铁饼，拿过系科第一名全校第三名，成绩到底是多少，我已经忘记了，或者当初我就没有记住也是可能,反正我知道绝不会扔出来很好的成绩,这是肯定的,我也知道我参加铁饼比赛,这绝不是我的臂力过人或者技术很棒。说起来真是惭愧,在我入大学之前,我还从来没有见过铁饼,也没有听说过有铁饼这样一项体育项目,当然我的大部分同学和我一样,我们七七届的人多半来自生产第一线,只是在大学的体育课上才知道铁饼以及其他一些体育项目是怎么一回事,于是我拿了第一名和第三名,真是引以为自豪。我还曾经是校排球队的队员,入选的原因恐怕也和铁饼得名次差不多,矮子里拔长子,就这么拔出来,拔出来也不过坐冷板凳而已,正式比赛没有上过一次场。好在我这人在体育方面好像全无上进心,坐冷板凳也坐得很快活,后来连冷板凳也没得我坐,我也不失落。其实我也不是没有努力过,在大学时为了做三好生,体育达标的事情也是很麻烦,我早起练过长跑短跑,我也在游泳池里扑腾,后来总算一一过关,也算是有进取心的了,当然这进取之心并不是特为体育而备,而是为了做三好生,说出来真是不好意思。体育达标的梦终于还是没有做成,最后一项百米跑怎么也跑不上去,跑不上去也罢,反正三好生也做成了,别的好像也没有什么可追求的了,回想起来,那时候对于人生,尤其是对于体育,实在是太没心肝。

  上天真是有眼,也许是因为我对于体育太没心肝,命运给我安排了一个太喜欢体育的对象,后来成了我的丈夫。我丈夫从小学开始就打球,先是打排球,后来改成篮球,一打就是十几年二十几年,从小学打到中学,又从中学打到社会上,在插队的时候,做了什么地区队,在征兵的时候几次差一点征到部队的球队去,最后他终于落脚在大学的体育系。有幸我和他同一年考入大学,一系之隔,这才有了日后秦晋之好的基础。我丈夫对于体育尤其是对篮球的喜欢,我并不是在他做运动员的时候知道的,许多人说你和你丈夫的认识恐怕是篮球为媒吧,一定是他在球场上的英姿迷住了你。其实不是，在我认识他之前一直到和他结了婚后好多年，我都没有看过他打球，一次也没有。一直到婚后不知哪一年，有一次他参加一个比赛，我去看了一下，结果还是一场输球，打得很臭，我只听到他在场上大喊大叫，全不知有什么好激动的。我丈夫对于篮球的热爱真是从骨子里发出来的，就像我自己对于文学的热爱一样，对这一点我恰恰是在他改行不再做一个专业的运动员以后才明白才理解了的。一个人能把他的业余时间的一大部分用来做某一件事情，那么他对于这件事情的痴迷程度也就可想而知。业余的篮球赛很多，我丈夫几乎一次也不肯放弃，甚至有的大企业球队出去比赛，要把他借去，他总是当仁不让，无论是炎热的夏天还是寒冷的冬天，不管自己的本职工作是很忙还是不忙，也不问家里是不是需要他的帮助，总之一切都可以让路，唯有打球是不能让的。就是这样，没有余地，真是爱你没商量。每次打球回来，总是伤痕累累，浑身臭汗，我说人家怎么总是要盯住你呢，他说因为我打得好，这回答真是很妙，有时候还会补充一句，我是××第一。真拿他没有办法。我永远也不能明白球为什么要打得这么认真，他不屑地说你当然不会明白。一开始我对他的业余球员生活颇有微词，可是有一天一位朋友对我说，你不能这样，你想想，你是喜欢写东西的，如果你丈夫对你的爱好不理解不支持，你心里会有什么想法。很朴实很平常也很浅显的一句话，却深深地触动了我的心。

我想我和体育有些缘分，也与我的父亲有关。我父亲对体育锻炼的意义是不以为然的，但是他却十分爱好体育，年轻的时候也是篮球队员，虽然业余，但也业余得有相当的水平，据说是神投手，乒乓也是很来事，只是我并不知道，是他自己说的，即使有些吹牛，也吹得应该，吹得让人相信他对于体育的热爱。我父亲还有一份爱好那就是下围棋，我父亲对于围棋的痴迷绝不亚于我丈夫对篮球的眷恋。

我父亲和我丈夫他们应该说是真正地爱好体育,并没有一点实用性质,尤其是我丈夫打篮球,在我看来实在是有些吃力不讨好的,这也是他说我永远不会明白的原因吧。我则不同,我是一个比较讲实用的人,实用到自己也觉得不好意思,哪一天觉得身体哪个部位不怎么舒服,或是头晕了,知道是颈椎又不好,或是腰疼了,知道是坐得太久,于是就想到要锻炼锻炼。如果第二天早上天气不错,也能爬得起来,说不定就去跑步什么的,做做广播体操,呼吸新鲜空气,感叹早起锻炼的好,可是这样的锻炼一般最多维持一个星期左右,就难以再坚持下去,比来比去,早上还是睡懒觉的好。真是一年三百六十五天,难得有几个早晨心血来潮早起锻炼,邻居或是熟人见了,总说,你真可以,对体育锻炼倒很认真,说得我脸红,也许隔日就不见了人影。从实用的目的出发,除了早晨跑步做广播操,我也尝试过别的许多种锻炼法,比如对着墙壁打乒乓球,比如每天睡前做健美操,也有跟着音乐扭扭的时候,香功热的时候学做香功,有人说静坐功适合也练过静坐功,反正乌七八糟什么都试试,什么也试不好,哪一种都坚持不了几天,什么结果也没有。

我是不是觉得自己没有出息,没有毅力,当然是的,虽然我很明白这一点,我却不会从此就出息起来,从此就有了毅力。人的惰性实在是一种强大无比的东西,我敌不过它的。

想起从前有过一首懒读书的打油诗,全文记不起来,大体意思还知道,反正是说一年四季就没有一季是读书的日子,春天暖洋洋的,不适合读书,夏天太热,冬天太冷,秋天虽然天气好,但是这么好的天气应该做些别的更有意义的事情才好,拿这诗来映照我的懒于体育锻炼也是很合适的。早晨还是睡懒觉的好,睡前拿本书翻翻最舒服,跳迪斯科太吵,静坐又太静,做香功怎么也闻不到香味,说明对我没有什么效用,晨跑的危险报纸刊物上都写了,还是不跑为好。广播体操也不知已经做到了第几套,我会做的也不知是哪年哪月的哪一套,也许是几套相间的混合操,但是从前的既然已经不再采用,想起来一定是不怎么科学,也还是放弃了吧。

也知道体育锻炼是拖住青春的好办法,也明白健康的身体是自己最好的朋友,也会被家人的体育情绪所感染,但是一切都以不勉强自己为重。

口　味

　　我吃东西不挑食，除了特别辣的不能吃，其他都无所谓。好的差的，都能应付些许，一般别人能吃的东西，我也能跟着吃，不敢做第一个吃螃蟹的人，没有那份胆量和勇敢，只会做一些人云亦云的事情，跟着人走便是。但这并不说明我没有自己的爱好，以我自己的爱好，我更愿意吃一些口味比较淡的食物，酸甜苦辣，都不怎么稀罕，没有感情，如果能够不吃酸甜苦辣，我当然不会去自找麻烦。

　　于是家里做菜，也尽量朝我的口味上靠，能清炒的就清炒，能清蒸的绝不红烧，汤尽量做成清汤，少加杂货，面也尽量做成光面，不加浇头，少许放盐，这倒比较符合养生之道呢。其实也并不是因为养生之道，完全是因为习惯，因为口味。

　　到北方吃饺子，我不习惯蘸醋，人看了也不习惯，说，不蘸醋能吃出什么饺子味来，大有被我糟蹋了大好饺子的意思，但是，若以我的实践经验来说，蘸了醋不就吃了个醋味么，还有什么饺子味呢？当然，也只是心里这么胡乱想想，并不敢说出口来，完全没有任何理论根据，没有一点点能站住脚的道理。常常在某一次的宴席上，上来一道甜点心，便会有人关心起来，道，你是苏州人，喜欢吃甜的，来，多吃点。动了筷子夹过来，堆在面前的盘子里，我真受之为难，却之不恭。苏州人中也许喜欢吃甜食的不少，但是我不在其中，大概也算是比较特殊一些吧。其实，像酸啦甜啦什么的，虽然兴趣不大，但多少也能应付一二，我最怕的是辣。开会到成都、到重庆、到武汉这样的地方，可是苦煞了也。辣过中午辣晚饭，好容易忍饥挨饿到第二天早晨，想早上的点心总不该再辣，谁知竟也无一例外，别说馄饨面，连糖包子也是辣的，真正是辣遍天下，辣贯昼夜。终于在某一顿席间，上来一道东坡肉，不顾风度，不讲规矩，便狼吞虎咽，引朋友们大笑，吃过之后，居然仍是一嘴的辣味，不知何故了。

就这样长期的饮食也许养成了人的某一种性格，或者反过来说，是人的某一种性格决定了人的口味。我的为人处世，一般的比较清淡，便爱吃清淡之物；或者说，我吃多了清淡之物，人便也变得清淡些。究竟何为因，何为果，我自己是说不清楚的，也许根本就不存在什么因果，也许根本因果就没有必然的规律呢。

常常看着别人吃辣不寒而栗，看他们被辣得大汗淋漓，张大嘴倒吸冷气，狼狈不堪样，常常想，何苦来着，总是百思不得其解。有一天，和朋友聊天，不知怎么就说到一个话题，我说我看不明白，为什么许多人对权力这东西那么热衷，怎么夺斗也不肯放弃，看他们累的，我觉得挺可怜。朋友看了看我，笑道，这就像吃辣的人与不吃辣的人，不吃辣的人，定然不知道辣的美味，觉得吃辣的人完全是自找苦吃；但是从吃辣的人看来，人生若是没有辣这一味，那将是多么的乏味，多么的无聊，多么的空白。人在与人争斗之中会有许多别人难以体会的滋味和感受。

原来，当你可怜别人被辣得狼狈的时候，别人大概也在可怜你的淡而无味呢。

西,那可靠不太住,也坚持不了多久,它可是随来随走的。

在我住处的大门外一侧,有一扇绿色的小门,门非常窄,这是一个火车票代售点,每每走向这里,或经过这里,心里总是倍感温馨温暖,因为在漫长的日子里,那个小门不断地传递出一张又一张让我回家的车票。

幸福其实就是这么简单。

也有的时候,不知为什么忽然就心烦意乱,忽然就情绪不佳,这时候恰好要去参加一个枯燥冗长的会议,进入会场,悄悄地找到自己的位子坐下,忽然间的,一下子,心情好起来了,心生欢喜,心生宁静,一切烦恼皆已出窍飘走。感觉就是这样,说来就来,说走就走。

有一个人的车站,就有一个人的会场,一个人的闹市,一个人的世界。

你站在桥上看风景,看风景人在楼上看你。

当我进入一个人的车站时,一定有一个人在某个地方看着我。

成　长

29届奥运会结束了,或者快结束了;中国运动员拿了许多金牌,金牌数列第一,或者第二,或者第三;中国人圆梦了,或者是梦想成真了;无数的体育迷过足了瘾,或者还意犹未尽,等等等等,总之,对于我们来说,这个过程,在兴奋、在紧张、在圆满、在胜利中,走过去了。

当我们走过去的时候,我们不会忘记这个过程曾经给我们留下许多深深的难以磨灭的印象:

杜丽没有拿到首金,有人大声喊:杜丽,好样的!

郎平指导美国女排战胜了中国女排,几乎同一时间,美国姑娘柳金和肖恩则在乔良的帮助下,拿走了女子体操全能金银牌,给中国姑娘留了一块铜牌,那个片刻,我们的心是那么的坦然,没有埋怨和不平;

同样,我们对38位洋教练心怀感激,无论他们指导的队伍是输是赢;

水立方里,中国观众送给菲尔普斯的掌声震天动地;

……

这是什么?

这就是成长。

为什么我们的眼中常含着泪水,因为我们懂得了成长。

我们开始成长了,这是奥运会带给我们的最大的收获。

我们开始懂得"和",我们渐渐从狭隘中走出来,我们开始宽容,在欣赏拼搏、欢庆金牌的时候,我们开始学习着欣赏人的精神气。这种精神气,不是吼声有多大,不是蹦跳有多高,而是民族心理素质的成熟和升华,是把自己融入了全人类,还原了我们本来的位置。

我们开始明白,在体育比赛中,更有着许许多多超出竞赛之外的东西,这种东西有时候比金牌更可贵。努力,拼搏,心态平和——我们试着把这八个字汇成一体。

这就是我们的成长。也许它来得迟了一点,也许它的脚步慢了一点,但是,哪怕迟一点,哪怕慢一点,我们跨越了障碍,往前走了。

就这样,29届奥运会结束了,我们的成长道路开始了。

玩具羊

在羊年到来的前几天,我单位的工会,给每一个属羊的同事,赠送了一只玩具羊。工会主席将它送到我手里的时候,我还有点不太当回事儿。因为从小到大,就和玩具没什么缘,该抱洋娃娃的时候,是在乡下耙泥巴,更小的时候,也曾经为了一只玉雕的小刺猬,将哭声震撼了苏州的玄妙观,闹得身无几钱的外婆手足无措,最后将全家一个月的伙食费倾囊而出。这大概就是留在记忆中的、儿时唯一的玩具了。这也是留在大人心中的一个百思不得其解的疑团,一个从来都不无理取闹的不吭声的乖乖小孩,那一次怎么竟会躺在地上滚来滚去,像个小无赖了,不就是一个小刺猬吗?

这就是玩具。现在已经太多太多,都有点让人受不了了。但从前我们想要一个玩具,确实是不容易呀。性格倔强的人,常常是越不容易越向前,得不到的,偏要争取;性格懦弱的人就不一样,知难而退吧,比如像我,罢了罢了,没有就没有吧,渐渐地就与玩具远离了去。后来倒是给儿子买过不少玩具,也看着别的孩子在玩具堆里长大,只是知道自己与玩具的缘分早已经错过。

那一天乘坐长途车从南京回苏州,虽然旅途单调寂寞,却也未曾想得起它来。那时候它乖乖地待在提兜里,无声无息,提兜搁在我的脚边,我几乎忘记了它的存在。但是后来事情却发生了根本性的变化,回家后我从提兜里取出玩具羊,就是在那一刻,我被它打动了。它的两只眼睛,哀哀的,楚楚的,让我从两颗本没有生命的玻璃球里,读出了一个活着的字:善。

我腾出床头柜上最重要的位置,让它就在我的身边,或者应该说,是我想靠在它的身边,体会着温情,顿时觉得自己的心是那么的柔软,觉得世界是那么美好,觉得世界上的好人是那么的多……这一切的情感,都是由这一只玩具羊引起来的,是由它的善良的眼睛引起来的。

善,是这个社会的支撑,也是我们每一个人内在力量的来源。内心缺少善意的人,也许不能理解善这样一种胸怀,他们实在是有点可怜的,因为他们不知道善为何物,不相信天地间有善这种美好的品质。

我们都碰到过太多太多善良的人,他们乐于做好事,乐于帮助别人,他们什么目的也没有,就因为他们天生是好人,他们天生就愿意这样。善待别人,他们就高兴,就愉快,心里就踏实。

羊年来了,羊的形象,永远是善良,是温和,所以这一只普普通通的玩具羊,能够让我重温和体会出许多情怀呢。即便是浅显而薄的,我也不觉得难为情。

现代生活

现代生活是现在我们每个人都身处其中的生活。当然,我们可以刻意地营造一个过去的古代的生活场景,或者把餐厅和其他一些休闲的场所设计得古色古香,布置得如梦如幻,使人一走进去,就感觉是回到了另一种生活里:民国的,清朝的,明朝的,甚至更久远的,恣意纵横地徜徉在历史的长河中。

这样的场合,你也许愿意身陷其中很长时间,但到底能长到多久呢,一个下午,茶也喝饱了,话也聊够了,还是回自己的那个实实在在的家去吃晚饭吧。或者你有一个通宵,温黄酒,念宋词,听古琴,把自己当成唐伯虎或冯梦龙,当东方微微发白时,毕竟你也是呵欠连天,黄酒上头了,头好痛啊,要回到现代来睡觉了。

于是,无论你是多么的怀旧,无论你是多么的懒散,别人都走了你还不走,但再过一会你还是得走啊,走下这趟现代生活中的临时慢客,回到我们现代生活的日常快车上来。

现代生活就是一趟快客,特快,子弹头动车组,每一个坐车的人,望着窗外飞速而去的景色,头晕目眩,对时代发展之迅速有着切肤的感受,似乎已经快到了我们的心跳频率跟不上了,所以心慌慌意乱乱,所以有时候会找不着北,失去方向感。

于是,经常听到感叹,自己的感叹和别人的感叹,忙呀,累呀,安静不下来,白天是连轴转的工作,晚上又是永远也对付不完的应酬,双休日还要加班加点,更多的是说不清道不明看不见摸不着的心理压力。

现代生活是现代人自己创造的,可到头来,现代人却成了现代生活的奴隶,不愿意做奴隶的人们,怎么办呢?

当然,最理想的办法就是大隐隐于市,你就在快车上调节好自己忽起忽落的心率,就在快车上放慢自己踉踉跄跄的脚步,就在快车上安静自己乱七八糟的心灵。只可惜,天下哪来那么多"大隐",大多是小隐都隐不起来的凡夫俗子。所以,还是让我们借助一个外壳,借助一点形式,借助一次行动吧。

这个行动就是,偶尔地走下快客,去坐一次慢车。选一个你自己喜欢和适应的车次和目的地,把自己丢出去,忙里偷闲给自己的身心都放放假。

有车的朋友开上你的自驾车,带着家人去看看独墅湖隧道;没有车也不要紧,公交发达,你花两块坐到南环路批发市场,挑一点价廉物美的新鲜荤素菜,既节省了家里的开支,又享受独有的乐趣;或者,你可以去听一听昆曲,正如于丹所说,昆曲是一种生活方式;或者你去郊外,采菊东篱下,也行。其实就是说,在现代生活中,给自己一点空间,暂时地拉开一点距离,然后再回来,回到快车上,继续前行。

现代生活是一趟快车,又是一张大网,是由无数的平常日子织起来的一张大网,线头有粗有细,针法有紧有松,色彩有浓有淡,我们要在这张大网里,把呼吸调到匀称,不要被这张网勒得喘不过气来;现代生活又像一片汪洋大海,但茫茫大海上,有一叶小舟,那是一叶永远不会被波涛颠覆的心灵之舟,精神之舟。

看茶去

清明前的一天,我们去洞庭东山的茶村,看茶农采茶。天气阴郁着,时时飘下些细碎的小雨,春寒犹在。而我们中的好几个人,因为今天要来看茶,头一天特意听取天气预报,结果上了当,因为天气预报说,今天晴天,气温也高,大家便换上春装来看茶了,这就被冻着了,但是情绪却是高的。因为要拍电视,茶农先集中在一处,到差不多的时候,就四散到茶树中。茶农大多是些妇女,年轻的,也有年纪稍长的,穿着随意的衣服,在绿的茶树丛中,点缀出许多色彩。她们灵巧的手上下飞舞,像歌里唱的那样,"姐姐呀,采茶好比风点头,妹妹呀,采茶好比鱼跃网",将嫩绿的细小的卷曲着的叶子摘下来,扔进背篓。她们对我们提出的问题,笑眯眯地一一解答,她们的笑容和吴侬软语,就很像一杯清香的碧螺春茶。

同行中有一个人在说,从前释迦牟尼坐在茶树下悟禅,苦思冥想难以得道,释迦牟尼就摘了几片茶叶塞进嘴里咀嚼,茶的苦涩清香洗净了心肺的浊气,释迦牟尼顿悟。他说了之后,就有好些人,也将随手摘下的一两片两三片茶叶嚼了起来,品咂着未经烹炒的生茶的天然意味。

有一位朴实的老茶农,带领我们去看他的试验田。他试验的无根迁移栽培法获得了成功,使得碧螺春茶叶的产期提前了,产量也有所提高。他说,现在全村的茶农都在跟着他学呢。我们说,全村的人学你,那你又是跟谁学的呢。他说,我是看电视看来的,电视上的农业科学节目,讲的是其他地方,讲的是无根迁移栽培别的农作物。他就想,别的农作物可以,我的茶叶行不行呢,他就试了,试着试着,就成了。后来雨越下越大,我们纷纷跑回停在村口的汽车上,茶农就骑上了他那辆破旧的自行车,沿着山路下去了。我不知道他姓什么叫什么,认不认识字,或者是文盲?我从车窗里看他的背影,看到他的套鞋上裤管上,沾满了泥巴。

看茶的活动继续着,我们还要去看最精彩的炒茶,去看炒茶前的拣剔,去看茶农的那一双神奇的手,怎么在180度的热锅里将茶叶搓揉成形,搓团显毫。然后,我们还要品茶,要谈一谈与茶有关的文化现象和经济现象,只是且慢,此时此刻,站在洞庭东山的山坡上,放眼望去,万顷太湖碧波浩渺,我们的思绪,也已经飘荡去很远很远了。

洞庭东山在太湖边,这个伸入太湖的半岛上,长满果树,掩隐着许多的明清古建筑,茶叶就生在这些果树下,古屋旁,所以它们悠久,又香,从前曾经被叫作"吓杀人香"。那时候它还是野生的茶树,就长在山壁间,农民经过的时候,闻到它的香味,惊呼地说:啊呀呀,香得吓杀人。后来康熙皇帝来了,当地的官员拿这种香茶请康熙,康熙喝了茶,大加赞赏,但是想了想,他觉得这个名字不雅,康熙说,别叫什么吓杀人了,你们看这茶叶,又是碧绿的,又卷曲如螺,又是早春时候下来的,我看就叫碧螺春吧。

据说,我们看到的,已经是明前的最后一次摘采了。茶树是非常慷慨的,仅明前的日子里,就能供茶农摘采好几批,而且,采得越多,它们就生长得越快也越多。过了清明,在雨前(谷雨前),也依然还能采好几次,再往后,茶叶老一些了,还能做成炒青,浓香,而且经久耐泡,所以有人说,碧螺春虽名闻天下,但这里的炒青,也是独树一帜的。

茶树尚是如此,我们站在茶树前,应该有人会想到,我们如何努力自己的人生,为自己也为他人多做一点事情呢。

苏州小巷

从前,有一个人在路上走着走着,他就走到苏州小巷这里来了。他站在小巷的这一头,朝着小巷的那一头张望。噢,这就是苏州小巷,是拿光滑灵透的鹅卵石砌出一条很狭窄很狭窄的街来,像古装戏里的长长细细的水袖,柔柔的,也有的时候有点弯。这弯,就弯得很有韵味,叫你一眼望不到边,感觉很深,很深。

他就跟着这种很深的感觉走了。有一辆人力车过来了,他要让它经过,他的身体就已经靠在路边的墙上了。等人力车过去,他可以正常走路,就看见他身体的一侧,左边或右边的肩膀那里,已经擦着了白色的墙灰。他用平静的眼光看了看身上的墙灰,用轻轻的手势拍一拍,就继续往前走了。正如从前有一个人写道:"不念出声咒骂,因为四周的沉寂使你不好意思高声地响起喉咙来。"

小巷深处是一片静谧的世界。如果长长的小路是它的依托,那么永远默默守立在两边的青砖、黛瓦、粉墙、褐檐,便是它忠诚的卫士了。老爹坐在门前喝茶,老太太在拣菜,婴儿在摇篮里牙牙学语,评弹的声音轻轻弥漫在小巷里,偶尔有摩托穿越,摩托过后,又有卖菜的过来,他们经过之后,小巷更安静了,四周没有喧哗,没有吵闹,只有远处运河上若隐若现的汽笛声。

这个人就走着走着,呼吸着弥漫在小巷表面的生活的烟火气。他想,原来深深的小巷是肤浅的,是一览无余的呵。其实,其实什么也不用说了,因为这时候,他看到一扇半掩着的黑色的门,一种说不清的意图,让他去推这扇门。他的手触摸到了生锈的铜环,门柱在门臼中吱吱嘎嘎地响。

他不曾想到他推出了另一个世界。秋风渐渐地起来了,园子里的树叶落了,叶子落在地上,铺出一层枯黄的色彩。他踩着树叶,听到松脆的声音,有一些乌青的砖,让脚下的小路绕过障目的假山和回廊,延伸到园子的深处。有一个亭子的亭柱剥剥落落,上面的楹联依稀可辨:

风风雨雨暖暖寒寒处处寻寻觅觅
莺莺燕燕花花叶叶卿卿暮暮朝朝

旧了的小园,是另一种风景,留得残荷听雨声,他想起了从前读过的句子。这是一个深藏着的精彩的天地,它是小巷的品格,结庐在人境,而无车马喧。

将它留在僻静的那里,他是要继续走路的,他又经过小巷里这一扇和那一扇简朴的石库门,他是不敢再轻视它们了。在这个简单的门和这个平白的墙背后,是有许多东西的。假如我是个诗人,我会写诗的,他想。

后来,他听到一个妇女在说话:"喔哟哟,隔壁姆妈,长远不见哉。"

他完全不能听懂她们的吴侬软语,但是从她们的神态里,他感受到家常的温馨。他真是一个聪明而敏感的人。

从前,在平常的日子里,一个人在苏州的小巷里随随便便地走走,真是一件很好的事情啊。

两座老宅

在1985年或者1986年的某一天,我在苏州的报纸上看到一条小的消息:钮家巷3号潘世恩状元府里的纱帽厅修复了,居委会在那里办了书场,每天下午对外开放。第二天我就去看了,果然那一个大厅修理得崭新的,正在唱评弹,听客喝着茶,饶有兴致。我去看,是因为不懂什么叫纱帽厅,什么是状元府,才去的。虽然从小在苏州长大,虽然苏州的古城里这样的故居旧宅很多很多,但是从前的我们,哪里去考虑什么历史和文化呢。我自己曾经住过的干将路103号,也就是一处典型的苏州老宅,一路三进,我们在里边吃喝拉撒,前院晒被子,后院跳牛皮筋,煤炉里整天升腾着世俗生活的烟火气,将雕梁画栋熏了又熏。那一处不知道是不是名人故居,现在已经没有了。后来我创作了第一部长篇小说《裤裆巷风流记》,1987年拍电视剧的时候,在大石头巷36号,我也去看过,也是一个进深很长的老宅,有砖雕门楼,后来也没有了。现在在电视剧的带子里,还可以看到它当初的模样。

关于老宅和名人故居,过去我们是身在庐山,知之甚少。我的第一步,好像就是从钮家巷3号开始的。在1985年以前,我创作小说的题材,多半是知青生活和大学生生活或者东一榔头西一棒。那一天,我沿着钮家巷走过去,从此就很喜爱穿行在苏州的小巷老街,也没想到,这一走,竟然就不想再出来,即便是走了出来,也还是想着要回去的。

本来是一点也不了解什么故居状元府,那一天去了才知道了,钮家巷3号,这是清代的状元潘世恩的故居,称留余堂。他家里曾经有这样两块衔牌,一块是"祖孙父子叔侄兄弟进士",另一块是"南书房行走紫禁城骑马",据说这是很了得的。

有多少像钮家巷这样的巷子,就会有多少像留余堂这样的老宅故居,一向谦虚的苏州人,在这一点上,不要太谦虚才好。

如果说园林是苏州的掌上明珠,古塔寺庙是苏州的镇地之宝,那么老宅又是什么呢?散落在每一条小巷每一条老街的经经络络中的这些故居老宅,千百年,它们被道德文章熏陶,被名人的气质浸透了,知识的养料,也在这里渗足了。与此同时的千百年,老宅又将它们吸纳的这些气息经久不衰地散发开来,弥漫开来,让它们布满在苏州的土壤和空气中。这样的生生不息,老宅故居,便成为处处燎原的发源地了,在史册的每一页,我们都能看见有浓浓的文化烟火从这里升腾起来,在过往的每一天,我们都能感觉故人的精神在这里行走。

如果说苏州园林是始终存于我们心头的珍藏,那么这些老宅故居,便是时时刻刻贴在我们身边的朋友和亲人。珍藏固然是无比珍贵的,但它毕竟有些遥远,朋友和亲人,是让我们更不能释怀,更心心念念牵挂着的一种关系啊。

所以会有人比爱苏州园林更爱苏州的老宅故居,会有人认为苏州的老宅故居比苏州的园林更具价值意义。

那一天在钮家巷3号,我走了走,也不知道会走到哪里去,也没有想过要走到哪里去,但是我对于老宅、对于名人故居的情怀,却是从那时候结下去的。

至今我也仍然不能很彻底地理解和熟悉它们,它们所容涵的博大精深,恐怕是我穷一辈子努力也不能望其项背的。它们的一块砖一片瓦,它们的一幅联,甚至都够让我们品咂和享用大半的人生了。

时间过去十七八年,现在回忆起来,那时候状元府的纱帽厅,给我留下了什么印象,已经说不太清楚了。记得清楚的,一二十年都未曾忘记的,却不是纱帽厅,而是当年住在名人故居中的"七十二家房客",他们将状元府里的每一寸空间都填满了当代的世俗生活,那样的一种状态。

数百年前,这里边只住了一家人家。

数百年后,这里边住了几十家人家。

我当时就这么想,这么感叹。这想法,这感叹,实在只是一个简单浅显的道理而已,却是至今也未曾忘却。

在以后漫长的岁月里,只要有机会,我就会问一问别人,你们知道钮家巷3号吗?它现在还在吗?里边还住着那么多住户吗?它会拆吗?就这么心随着岁月在颠簸。

在漫长的岁月里,我也有机会重新经过钮家巷3号,站在门口,我朝里边张望,我真的不敢相信,从我第一次来这里,时间已经过去了快二十年了?

在漫长的岁月里,我一直担心着它,牵挂着它,好像它是我的老宅,我曾经住过;好像它是我建造起来的,我为它付出过;又好像与我有着某种特别亲密的关系和联系,因此,为它忐忑的心一直忐忑着,为它期盼的心也依然期盼着。我知道,只要它还在,担心和希望就是并存的。

现在要说的是另一处老宅:官太尉15号的袁学澜故居——双塔影园。

袁学澜是清代的诗人。1852年,年近五十的袁学澜,从苏州乡间袁家村来到苏州城里,买下了官太尉桥卢氏旧宅,"奉母以居"。

卢氏的旧居,"堂屋宏深,屋比百楹",因邻近古刹,可见双塔影浮,袁学澜便在宅内隙地,筑成小园。据说这是袁学澜最为得意之作,"塔之秀气所聚,故仿明代文肇祉于虎丘塔影园故事",取名为双塔影园。今天我们从袁学澜当年自撰的《双塔影园记》中,尚可寻见袁学澜对双塔影园的描述,"有花木玉兰、山茶、海棠、金雀之属,丛出于假山垒石间,具有生意。绕回廊以避风雨,构高楼以迎朝旭","萧条疏旷,无亭观台榭之崇丽、绿墀青琐之繁华",字里行间,无不充溢出自然质朴之气。

五十岁的袁学澜,在双塔影园课业子弟,写作诗词,会聚朋友,过他一生中最有意义的日子,著作了多种书籍,《姑苏竹枝词百首》《苏台揽胜百咏》《适园丛书》。今天我们若有机会去这些书籍中徜徉,也许不难追踪到这位"诗史"居于双塔影园四十余年的行迹,袁学澜一直活到九十多岁,正应了"塔之秀气所聚、居者多寿"的古言。

只是,在历史曾经中断了的某一个日月,假如我们想起了这位诗学前辈,我们忽然想要寻觅袁学澜的行为足迹,我们便从史书中走了出来,走到了官太尉15号。

茫然地站立在15号门前的官太尉桥头,看丛生的杂草,看破败的门楣,看居民提着马桶水桶进来出去,看炉烟袅袅,才恍然而悟,沧海桑田,时间已经过去了一百多年。在1997年以前的袁学澜的家,也和潘世恩的家一样,变成了居民大杂院,最多时,这里住进了六十多户人家。路进有致的建筑,任意地分割了,疏密相间的庭院,胡乱地填满了,哪里还有典型可言,哪里还有古意可寻啊。

难道历史真的遗弃了袁学澜?难道我们真的失去了双塔影园?

历史终究又开始延续了。也许因为中断,也许因为痛惜,历史也终究出现了一些奇迹,比如,她能够将两个远隔二百年的毫不相干的人联系起来:袁学澜和史建华,一位是古代的饱学的诗家,一位是现代的搞房地产的商人,历史就将他们结合在官太尉15号了。

我不知道史建华从前的经历,也不太清楚他对古建筑的钟情和挚爱从何而来因何而生,但是我曾经了解到,随着37号街坊改造序幕的拉开,保护街区内的古建筑,就成了史建华的所有行为的一个重要准则。作为当时区房产局的局长,史建华踏遍了地处37号街坊的街街巷巷,目睹一幢幢一处处的旧居老宅,在风雨中飘摇呻吟,砖墙剥落,栋梁坍塌;目睹居民们在新的时代里,依然过着三桶一炉的旧日子。史建华深知,他手里攥着的,不仅仅是一张张设计着未来的图纸,这些图纸,还将承担起保护那些饱经了风雨历尽了沧桑的旧宅故居的重大责任。这是真正需要两手抓的事业,一手抓改造,一手抓保护,哪一手也不能软。

这两条手臂,很沉很沉,沉得都抬不起来啊。

如今,我们来到修复了的双塔影园,遥望双塔悬影,感受古园意趣。我们想象的翅膀自由地翱翔起来,我们的眼睛才能够再次穿越历史的长廊,跟着袁学澜,走过他居住在双塔影园的每一天。午后,郑草江花室,与友人"披文析义,瀹茗清谈","欣然忘倦";傍晚,园中西眺,夕阳恰与双塔相映生辉,"五六月间无暑气,千百年来有书声"。从某种意义上说,修复了的,何止是一座双塔影园,是为我们追回了失落的历史,重新撑起差一点倒塌了的精神支柱。

我们何曾去细细地想过算过,搬迁老宅中的居民,重修摇摇欲坠的故居,将双塔影园恢复成两路五进、"屋比百椽"的旧时模样,所付出的代价、所承担的风险?但是我们终于明白,不能用简单的加减法去算这笔账,不能用普通的价值观和直接的效益观去衡量这样的作为。

那一天我们坐在双塔影园的杏花春雨楼,谈着保护古建筑的意义,窗外门前,园子里春意盎然,轩廊相对,池水清洌,有一瞬间,甚至心意和神思都恍惚起来,坐在这里的,是我们自己呢,还是袁学澜和他的诗友啊?

这就是今天的官太尉15号。

从钮家巷3号,到官太尉15号,使我想起了一个词:前世今生。

期望着,明天的留余堂,以及在古城中尚存的二百处名人故居都会像今天的双塔影园,得以重生,得以焕发。亡羊补牢,应该还来得及,让世人,真正地了解,什么是老苏州。

苏州美食

苏州，堪称美食之城。

苏州人讲究吃，这是不容置疑的。

即使自家烧菜自家吃，也是马虎不得的。红烧的，一定要浓油赤酱；生炒的，要碧绿生青；清蒸的，要用文火；一个普通的咸泡饭，也一定要用骨头汤煮，要加入鲜虾仁、鲜贝、咸肉、大青菜，最后还要加一点胡椒粉，还要趁热吃。

若要上个馆子，更是不会随意，不中意的地方，是绝不会将就着去的。

为了吃一碗可口的面，苏州人可没少浪费时间和汽油，远的地方开车去吃碗面的也大有人在，凡苏州做面稍有点名气的饭店，朱鸿兴、同德兴、陆长兴、陆振兴、绿杨、胥城大厦，苏州人都是如数家珍的。

红汤面，白汤面，宽面，细面，硬面，烂面，夏天吃拌面，冬天羊汤面，许多老苏州，早晨的一碗面，比早晨的懒觉要紧得多。

至于专程远道去木渎石家饭店吃饭，到藏书喝羊汤，到昆山吃奥灶面，对别人来说，不胜其烦，对苏州人来说，那都是家常便饭，跑一点路算什么，吃得称心才是最重要的。

现在的人都讲究养生，保身，很少吃猪油了，但是苏州有好多人依然热爱猪油,用他们的话说,香呀,实在是香,馋涎欲滴。

只可惜现在用猪油做菜做点心的越来越少,商家商贩为了讨好顾客,也和他们一样戒了猪油。所以留在我们记忆中的印象最深的猪油大饼,几乎绝迹了,找不到了。

可是真正讲究吃的苏州人,照样有本事在苏州的小巷角落里找到带有历史气息的猪油大饼,然后,每天早晨,上班路上,舍近而求远,在车流高峰的时候,绕道去那个地方。据说有一个是双塔定慧寺巷附近,还有一个是苏苑街道一带,我没有去过,但是我却听许多苏州人说过许多遍,在那些个巷子里,你能看到,普通的老百姓,公司的白领,机关的领导,他们都在一起,排队,买猪油大饼。

在苏州,且跟着吃货走一走吧,肯定不虚此行的。

木渎石家饭店

说的是木渎老镇老街上的那个老石家饭店,是苏州人的最爱。经常会有苏州人三五成群,不嫌路远,结伴驱车,前往木渎石家饭店去。

一进木渎古镇,扑面而来的是一条老街,更是一股久违了的亲切的气息,是一种似曾相识的熟悉的气韵。其实这种气韵许多年来一直在我们心里弥漫着,结集着,终于,今天,我站到了这里,和它零距离接触,和它全方位融合。我们怀着的乡里乡亲的感觉,终于舒展开来,我们沿街而行。

老街是古老的,屋檐上那些精致的瓦片,脚底下那些沉静的麻石,无不与我们意气相投。随着老街的延伸,我们还可以继续往前走,我们可以在这里流连忘返,只是,现在,我们停下来了,没忘初心,我们是来吃的。

石家饭店,已经出现在我们眼前了,在老街的中段,它既低调又热烈,在那里迎接我们。

木渎老镇老街上的老石家饭店,仍然保持着的质朴的淳真的乡土气息,一下子就熏醉了我们。

走进一楼的大厅,这里如同从前我们熟悉的大食堂,老式的方桌和普通的凳子不疏不密恰到好处。一些穿着普通的客人正在吃饭,一些普通的服务员在工作,多半是些中年妇女,她们面色平和,不急不忙地穿梭在桌子与桌子之间,给客人上一盘盘看起来十分普通的家常菜。

再往二楼上去,总以为这里会有所包装、有所变化了,可是上得楼来,才发现二楼也是大食堂式的大厅,与富丽堂皇沾不上边,与高大上也不搭界,甚至没有什么新的感觉,仍然是一些普通的客人在吃饭,一些普通的服务员在工作。

我们坐下来点菜,然后开始品尝。毫无疑问,在普普通通的店堂里,和普普通通的客人一起,由普普通通的服务员端上来的看起来很普通的菜,那滋味那卖相,可是一点也不普通。

都知道能够把海参鱼翅做得好吃固然不简单,要把青菜豆腐做得令人称道恐怕也是不容易的。石家饭店的大师傅,端上他的石家酱方,会让许多人一辈子难忘。记得那一天,我们到石家饭店吃饭的几个人,有人平时不吃肥肉,有人有胆囊炎或者肠胃不好,却都没能抵御得了酱方的诱惑,吃了个满嘴流油,心满意足。

也有味鲜美而不油腻的菜,清清爽爽,三虾豆腐,用刚刚手剥出壳的虾肉虾子虾脑,和豆腐一起烧,这豆腐可也不是一般的豆腐,那是灵岩山的僧人专门制作的,格外白净细嫩。

赶紧舀一勺,小心烫嘴,可是,烫也好,不烫也好,顾不上了,那真是打嘴不放的了。

好像那个季节，斑鱼还没有长大，如果到秋天来，还能来品尝到天下闻名的鲃肺汤。

于右任题过："归舟木渎犹堪记，多谢石家鲃肺汤。"原来在从前的时候，民国的时候，好多社会名流都来这里吃饭呢，更早的时候，据说连乾隆皇帝也来过。只是，无论谁来，石家饭店永远都是那么朴素，永远是那么讲究质量，这个品牌，是属于所有人的。

所以，苏州人专门跑出苏州城，跑到郊区的饭店吃饭，值吗？

值。

石家饭店早些年已经在木渎镇上开出了大而新的店，近些年，又在苏州城里开出了连锁店，最洋气最现代的金鸡湖李公堤那里，也有了石家饭店。只是，无论石家饭店开在什么地方，石家菜的苏州味道，是不会改变的。

阳澄湖大闸蟹

春天的时候，来了几位北方的朋友，坐在苏州的茶馆里喝茶，谈说苏州，说着说着，就说到了阳澄湖的大闸蟹，害得大家开始偷偷地咽唾沫了。他们是经常走南闯北的，苏州来过不止一两次了，只要在秋天来，都能吃到阳澄湖大闸蟹，吃过也不止一两次了，但是其中有一个人有一点疑问一直在他的脑海里，因为大家都说阳澄湖大闸蟹好，他却不敢说出来，为什么他感觉不怎么样呢？

直到去年秋天，他又来了，这一回不是在宾馆饭店里吃大闸蟹，他被领到阳澄湖里的莲花岛上，吃了大闸蟹。所以他说，我这才知道什么是阳澄湖大闸蟹。原来从前吃过的，都不是阳澄湖大闸蟹。

作为一个苏州人，阳澄湖我当然是知道的，近距离接触过，亲近过，坐着快艇在湖上转圈，水花在脸上飘飘点点。至于阳澄湖中的莲花岛，那也是颇有名气的，是我向往已久却一直未能去到的地方。有一次已经走在去往莲花岛的路上，走到一半，差不多快听到湖的声音了，却忽然因为另有事情，中途返回了；还有一次，也已经约好了朋友去莲花岛吃螃蟹，结果朋友却把饭局放在城里的饭店里了。一次一次与莲花岛擦肩而过，使莲花岛在我的心里越来越神秘，诱惑也越来越大，忍不住向一个去过莲花岛的朋友打听莲花岛，他说，莲花岛啊，除了你可以想象的湖光水影，农家风景，鲜鱼土菜，还有一道风景煞是壮观，家家有快艇，河面像街道，快艇来来往往，就像船开在街上，两边围起来养蟹的围栏，就像是城里的高楼大厦。这道奇特的风景线，愈发地牵动了我的向往，我想，到今年秋天，我的这个愿望应该实现了吧。想象着，秋风渐起天高气爽的那一天，呼朋唤友去阳澄湖上的莲花岛品尝阳澄湖大闸蟹。

这一天终于来到了，尽管有些阴雨，但大家情绪高涨，也顾不得先看看莲花岛上是怎么绿荫覆盖，也来不及感受这世外桃源的气韵和气息，甚至没想到先看一看那些养蟹的渔民正在干什么，我们就急急地直奔主题了。

且看端上桌来的蟹，只只体大肥硕，红壳白肚，金爪黄毛，十肢矫健，如假包换。

不能客气了，不能再等了，再客气再等馋涎就要掉下来了，赶紧开吃吧。

那叫一个肥嫩鲜美，那叫一个膏腻黄香，从来都是能说会道的一帮文人，到哪里一张嘴都是不肯停息下来的，且又喜欢形容，又习惯夸张，可是，到了大闸蟹面前，嘴巴不够用了，词语也不够用了，实在是妙不可言,无语凝噎。

从前大家都认定,只要吃过了螃蟹,其他再好的菜肴都会索然无味,这真一点不假,真名副其实。

而我的嘴巴似乎更刁,因为从此以后,我几乎很少再吃别种的蟹。享用过莲花岛正宗的阳澄湖大闸蟹以后,真的很难再对别的蟹移情别恋,这种对于正宗阳澄湖蟹的一蟹定终身的感情,虽然有些偏执,更有些狭隘,但却是作为一个苏州吃货的不变的坚守。

藏书羊肉

秋天快过去了,冬天来了,苏州郊区藏书乡的农民就到苏州城里来开羊肉店了。他们在苏州的大街小巷租一间旧的房子,门面都是沿街的,店堂里放几张旧的方桌和一些长条板凳,靠门的地方也有一张桌子的,桌子上有一个碗橱,里边是烧熟的羊肉,羊杂碎,有红烧的,也有白烧的,还有羊腰子这样的东西。冻羊羔是比较贵的,天气不太冷的时候,它也能冻起来,冻成方方整整的一块,刀切下了去,也仍然是方方整整的。桌子上还有一块砧板,是用来切羊肉的,砧板很厚,上面有一层油腻,用刀刮一刮,可以刮下很多的,但是他们一般也不去刮它。一只很大的木桶坐在炉子上,总是热气腾腾的,有的人买一份羊肉或者羊杂碎,要加两次汤,还有的人要加三次汤,所以羊肉汤一定会保证好的。旁边的碗里有一碗碧绿生青的大蒜,切碎的,吃羊汤的人可以自己动手抓大蒜的,也有的人不吃大蒜,但是一些吃大蒜的人总是说,喝羊汤不放大蒜怎么吃法?每一张方桌上都有辣椒和盐,也都是由吃羊肉汤的人自己放的。在大冷的天气里,人在外面走路,冻得缩缩抖,走进羊肉店,喝一碗羊汤,就暖和了,心情也会好起来,精神也焕发了,走出去的时候,就像换了一个人。

羊在乡下的羊圈里养着,到了时候,就把它们拉出来杀了。家里的人把刚刚杀死的羊装在蛇皮袋里,坐中巴车,把羊送上来,在店堂后面的灶屋里,他们把羊肉烧熟了,就拿出来卖。羊肉是新鲜的,不是冷冻肉,经常吃羊肉喝羊肉汤的人一吃就能吃出来的,所以到秋天的时候,羊肉店开出来,生意十分的好。李时珍在《本草纲目》里说:羊肉,甘,苦,大热,无毒,可以医治很多病的。从前在中药里边,用羊肉做主料的药方也是很多的。

这样的生意可以维持几个月,等寒冷的冬天过去,开春了,不等到春暖花开,他们就要关门回家了。这个房子就由东家收回去,再租给别的人开其他的店,一般人家只能开到十月份,那时候,羊肉店又要来了。

每年到那个时节,某个农民就会到街面上租房子,他就从农民成了一个临时的老板,香喷喷的羊肉味道飘到街上,会有很多苏州人进来,喊道:羊汤,羊肉,羊杂碎。生意是很好的,天越冷,生意越好。

这位临时老板如果是年轻的,那么可以想见他的父辈爷爷辈早就在苏州城里做羊肉生意了,也许这个店面是他父亲或爷爷都租过的,但这种可能性并不大,因为苏州的城市建设变化很大,冬天的羊肉店一定也是随着搬迁又搬迁的。只是无论它搬迁到什么地方,总是有人进来吃羊肉喝羊汤的。

羊肉店的店面不能算是新租的,但也不能算是常租的,它是季节性的。现在苏州羊肉的店已经开到其他地方去了,上海有,南京也有,但是在其他地方吃苏州羊肉,吃不出苏州的味道,这也不能算是奇怪的事情,毕竟水也不一样,火也不一样,环境也不一样,吃的人也不一样嘛。

羊肉店一般在晚上的生意要比白天更好,苏州人喜欢夜里甚至是很深的夜里出来吃羊汤。他们夜里在街上行走,看到羊肉店,会有回家的感觉,很温馨的。他们会停下脚步,或者从自行车上下来,或者从小汽车里钻出来,走进店堂去,一碗很便宜的热腾腾的鲜脱眉毛却一点儿也不膻的羊汤下肚,真是赛过神仙日子。

我不能否认我出门在外的时候,曾经好多次得到过三轮车工人的帮助。曾经看到过一个统计材料,现在城市里的三轮车队伍的成员,有百分之九十五以上是山上下来的,对此,我常常很有些想法,我不知道自己应该相信,还是不应该相信,是应该当回事情,还是不应该当回事情。另一回我带着很重的行李在北京站下来,没有找到接站的人,我要去的地方又是个不太为人熟悉的角落,三轮车师傅带着我转了半个北京城,终于找到了那地方。到了门前,却有解放军把门,不让进,于是我给里边打电话,人偏偏又不在,我急得没办法。那师傅向门卫说情,说这女同志单身一人刚下火车,你不让她进去找人叫她怎么办,门卫大概看着我也不像个坏人,或者看着我可怜巴巴的样子,总算破例放行让我进去。我回头看着车上一大堆行李,师傅说,你进去找人,东西我替你看着,你放心就是。我在往里走的时候,其实是不放心的,但实在也别无他法,总不能拖着那一大堆东西进去找人,别说我也拖它们不动,就算我豁出去拖了,门卫恐怕也不见得肯放我进门呢,他怎么知道里面装的不是重磅炸弹呢。我终于找到了我要找的人,他一路跟我出来,解释着怎么会接不到站的原因,其实此时我心里已经是一片踏实,一片坦然,找到了娘家似的,全部怨言早已经烟消云散。往外走的时候这才想起那一大堆的行李,急急出得门来一看,那师傅正坐在车上朝着我笑呢。见了我的朋友,师傅说,你这个人,接站是怎么接的,你接到哪里去了,把人家一个人扔在那里,看把人家急得,办事情怎么这么毛糙,倒说得我那朋友脸上一红一红的呢。而我,面对这么一位好师傅,想着自己曾以小人之心度之,脸上虽不曾红,心里却是跳了一跳的。

　　我永远不会忘记这些小事情,有了这些小事情,出门在外,我不再感到自己是孤单单的一个人。我看着陌生的街上陌生的人们,我觉得他们都是我的朋友,他们都会给我帮助,虽然我也有过在需要帮助的时候没有人来帮助我的困窘,但是那样的困窘毕竟很少很少,我早已经把它们忘记了。我自以为不是个多愁善感的人,但是我偏偏常常遇到让我不得不感动的事情,这也怪了。我并不是提倡我们大家在生活中放松必要的警惕性,我也没有说这世界已经没有恶人,出门在外,还是小心为妙,我自己也会多多小心的,我只不过说说我出门在外碰到的事情罢了,事情很多很多,挂一漏万。也许有人会奇怪,你出门在外怎么老碰上好事情,难道你的运气硬是比别人好一些吗?哪能呀,只是我这个人,天生就喜欢记得好事情而记不得坏事情罢了,从前的武侠书里,把这种不长记性或是记忆偏窄的人叫作记吃不记打。

人在江湖

老话说人在江湖身不由己,这话自是有一定的道理,就像我们出门在外住旅馆什么的有时候也是这样,也许你想住离市中心近些的地方,出脚方便,晚饭后也可以逛一逛大街,领略市容,买些土特产,可是主人却安排你去郊区住,因为那里环境安静,少一些世间繁杂,本一片好心,自然客随主便;也许你想住得舒适一点,一人间或者最多两人间,但是这一阵旅游旺季,旅馆紧张,安排你三四人合住;也或者你是一个怕孤独的人,倒是愿意和人合住,人家却偏让你住单间,以示重视,也未尝没有这样的事情,总之人活在世界上是不能样样事情称着自己的心的,住旅馆亦然。

我出门开会旅游什么的,也住过不少旅馆,三星级四星级虽然不能常来常往,像大老板似的包他一间,但总算也住过回把,要说感受当然是不一样,进进出出那种感觉就好像自己真是一阔佬一大亨,脚步之间也就差没有飘起来。有时细细想来,飘什么飘呀,三星四星的房间和现在已经普及的标准间大致上也差不多呀,至少格式基本一致:地毯,壁橱,中央空调,两张席梦思床,两张豪华沙发,一彩电,一写字台,若有镜子则可兼作梳妆台;再带一卫生间,里面贴满瓷砖什么,卫生用具浴缸抽水马桶一律进口;再来一小小冰柜,里面有各式饮料,尽管大胆饮用,多多益善，但是绝不免费供应；再有提供方便就是有一同线电话，洗澡如厕时不必为电话没有人接而急急忙忙，不能用畅，如此等等。星级房间里的所有一切都时时刻刻在告诉你，星级就是星级，不一样就是不一样，也许主要的差别并不在于设施，而在于管理，星与非星的管理，是不一样的，这一点不能否认，也不该否认，要不然那许多住星级的人不都成了冤大头傻大帽了么，现在的人真是哪个也不比哪个呆，一个个都精明强干着呢，何况那些住星级的。

我平时出门，住得比较多的一般是标准二人间或三人间，不同城市不同地方的标准间的风格却有着惊人的相似之处，有时候不免使人想起我们国家某个历史阶段的某些高度统一的东西。当然在高度统一之中有一样东西是不统一的，那就是房价，从二十多元到一百多元各价不等，看城市生活水平，也看旅馆的管理水平。一般说来，好货好价钱这老话是不会错的。我在一大夏天出门，满心想住一有空调的房间，钱又不能太贵，太贵了不好报销，找来找去，总算找到一处，有空调，房费又恰在我报销水平线上，心中大喜，以为是捡了个大便宜无疑。兴冲冲上得楼去喊服务员开门，发现服务员正在我要住的那个房间里待着，有两位，分别带着孩子，洗澡，看电视，问之，回答说我们值班室没有空调，所以到客房来，小孩在家热得睡不着，也带来凉快凉快。这且不说，再看这房间，地上也铺着地毯，却是脏不忍睹，沙发扶手上全是香烟洞，国产空调轰轰作响，如雷贯耳，窗帘是坏的，不能用，对面就是人家的阳台，阳台上有人在乘凉，要往这边屋里看，真像是看一天然大屏幕呢。卫生间里设备一应俱全，抽水马桶不停地漏水，浴缸是锈的，洗脸池没有塞子，四周布满污垢……这才深深体味出便宜没好货这句老话的道理来。

虽然做了几年"被养"的作家，却从来不曾想到要养出一些娇气来。其实从前几十人的大通铺也是睡过的，在乡下插队的时候，上工地开河,男女混住也是住过的,也没见得就怎么样了,日子也过得好好的。后退一步天地宽,虽然空调轰轰作响,但总比没有空调的好;虽然浴缸锈了,也比没有浴缸的好;虽然地毯很脏,不去看它也罢;沙发破烂就坐在床上也行;住了星级飘起来也可以,飘过之后再回到原地有一点点失望有一点点失落这也正常,但是你不能不回来。

人在江湖,随遇而安吧,不安也是白不安。

千虑一失

现代的人出门的机会多，住旅馆的机会也就多，从前说金窝银窝不如自家的狗窝，这话拿到现在来说，毕竟是陈旧了一些。现在外面的金窝银窝能让你住得乐不思蜀，现代社会真是好。不过话说回来，出门在外住旅馆，比起平时居家过小日子，毕竟还是有着诸多的不便，尤其是在现代病渐渐流行起来的时候，出门在外，一切小心才是。

我常常见到一些人，出门住旅馆，累累赘赘带着各种各样的日用品，大提包里塞得满满的，倘是男性且又身强力壮，重便重些，反正有的是力气，也无大碍，若是女人，又娇弱无比，则难处多多了，一路旅游而去，不是散心养性，却是负重不堪，亏得常常有骑士同行，代劳些许。我看到过带了自家床单的，嫌旅馆的床单不干净，也有带着一个小小脚盆，怕旅馆的卫生用具不卫生，或者自备餐具，从筷子到勺子到叉子一应俱全，也还见过自带碗盆的。现在的旅馆一般都懂得怎么从房客身上挣更多的钱，从配备的可供房客带走的牙膏牙刷浴帽小梳子洗浴精洗发波这些小零小碎的用品到不可带走但是可以使用的毛巾浴巾拖鞋，确实给房客们提供了很大的方便。尽管如此，一般的人出门住旅馆，毛巾脚布牙膏牙刷仍然是要带着的，旅馆的东西说有就有说无则无，并不可靠。也有的人带足了消毒用品，像药用湿巾、药用棉球、酒精，用一个小瓶子装着，用餐前先把餐具消一下毒，不然就会像吃下一只苍蝇似的难受，虽然称不上洁癖，讲究卫生却也讲究得可以。

　　出门住旅馆，以女性比较男性，恐怕麻烦更多些，随身携带物品也多，心理负担也要更重些，从头到脚，没有一处是可以遗忘得了的。吹风机，发胶摩丝，镜子，化妆用品，讲究的人带一大堆化妆品能让人觉得这小包里就是一个化妆品小商场。这且是顾着头面的，顾全身的，则要带了许多衣物，天天更换，每日给人焕然一新的印象才好。又要注意衣服的搭配，红的不能配绿的，太俗气；黑色配上白色，清新也许清新，却有故意把年纪往小里穿之嫌，明明已经徐娘半老，穿成中学生样子，惹人生笑，于是便又生出些许矛盾。最好是把所有的好衣服都带上，但是不可能，挑来拣去，一会觉得件件是好，舍不得留下一件，一会又觉得没有一件是好，一无是处，一件也不能带出去，如此种种烦恼滋味，恐怕出门在外的女同胞大都体会多多。再往下就是鞋子，也是不能少带了的，游山玩水，不能穿高跟鞋，要带旅游鞋，出席宴会什么的，却又换上高跟鞋，若在换季节时分，又要带上不同季节的鞋，初夏时，最好多带一双凉鞋，入了冬，靴子也可以穿起来了，鞋与鞋的颜色不一样，鞋刷鞋油又要带上好几种，若怕穿旅馆的拖鞋传染上脚气病什么的，还要自备拖鞋一双，洗了衣服要衣架子绳子和夹子，洗衣粉也是少它不得。除此之外，还有季节性的用品，夏天带扇子蚊香，冬天热水袋，还有药物类，从止痛的到治拉肚子的到通大便的到防感冒的再到防过敏的再到帮助睡眠的再到代替蔬菜的再到创可贴再到解酒的，等等，很多很多，可以办成一个小小的医疗所。如要解闷，再带一只单放机，听听音乐，若想玩儿，再拖上麻将一盒，围棋一副，优良木质棋盘一块……所想所备不可谓不全面不彻底，总之是恨不得在旅馆里再造出一个自己的家来，其心其意也不可谓不细不密。可是千虑一失，有些事情真是你防不胜防，我就常常遇到些难堪，带了蚊香却找不到火柴，想用热水袋却没得热水，想保持头发美好带上电吹风旅馆房间却没有插座，或者你带了扁插头，他的插座是圆的，也或者反过来，总之你思千想万准备充分却常常有那么一着是没有料到的。有一年冬天我去哈尔滨，事先做足了挨冻的思想准备和防冻的物质准备，带着恨不得能把一个人里三层外三层裹起来的衣物用品，一路提包沉重无比，结果在冬天的哈尔滨不仅没有冻着，也不仅在看冰灯的时候挤出了一身大汗，甚至在哈尔滨的旅馆里也热得淌汗。我在旅馆里吃饭也好，开会也好，一般地说说话也好，总之是动也好，静也好，都不停地用手帕擦汗，狼狈不堪。这是哈尔滨的旅馆给我留下的最深的印象，虽不敢说超过冰灯的印象，但是哈尔滨冬天的"热"，实在使我难忘，这一个结果，真是始料未及。

不能因为千虑一失，就什么也不虑。

也不必把出门在外看得太可怕，尽管放松自己就是。

该带的就带着，该想的尽量想周到些，总是不错。

如果你愿意轻轻松松地走一遭，不想带着物质的和精神的什么负担，你就不带。

东南西北客

常住旅馆，结交东南西北客，或者并不结交谁，只是萍水相逢，今夜既过，明日便拜拜，也是很有意思的事情。

我出门住旅馆一般有两种情况，一是文坛某会，便会有吃着同一碗饭的同行们合住一屋，会有很多的话题，至于性格经历年纪什么，也许是差不了很多，也许是差得很多，但这都无妨，我在文坛上的一些女友，多半就是住旅馆住出来的。白天开会旅游紧紧张张，没有时间多说什么，到了晚上，我们就很随便地谈谈说说，谈什么都好，说什么都开心。我们常常在异乡的旅馆里建立起一种淡淡的但却真诚的友情，也许在这一次分手以后，从此不再碰面，但是互相之间已经把对方印在心里，也许并不很深，但是从此心里有一个你，我想，这也是人生的一种补充方式吧。

我也常常单身出门住旅馆，有一阵我一个人在南京住了很长的一段时间，二人间的另外一张床，几乎每天换一个房客，于是每天重复着同样的内容，回答问题和提出问题。先说说自己的情况，哪里来的，来做什么，来了几天，什么时候走，提问的大体上也是这些，你是哪里来的，来做什么，住几天，等等，一般的交流就到此为止也行了。也有饶舌的，没完没了地追着你聊天，一边把电视开了，一边和你说话，她问你是做什么工作的,告诉她我是作协的,就说,呀,作协,好单位。如果你表现出不愿意回答更多的问题,她也能明白,于是就说自己。她会主动告诉你她的孩子上几年级了,她的丈夫是怎么回事儿,你开始打呵欠,她全然无知,你开始收拾床铺,当然也许并没有什么可收拾的,只是暗示一下,她就会看看表,说,早着呢,下面还有一部电视连续剧,然后问你有没有看过这部电视,你若说没有看过,她就给你做剧情介绍,你若说看过的,她就问你的感想,等等,反正缠得你生厌,但回头想想,这饶舌不是正给你沉闷的旅馆生活平添出一些意趣呢。也有特别内向的,一言不发,抱着一本书闷看,或者拿了毛线出来织,你问她想不想看某个电视剧,她也没有明确表示,你说你夜里若是饿了我有饼干,她朝你看看,好像听不懂,总之,你和她同住你真觉得有些压抑,其实她也不是对你有什么想法,只是人各有性,她不愿意多说什么就让她自在着,不应强求,也或者她的内心有些说不出口的烦恼,那更是应该让她拥有一小块属于她自己的安静的时间。有的人一到就有一大堆的人找来,问寒问暖,送吃的送用的,说话聊天没个完;也有的人夜里打起呼来惊心动魄,虽然是女人,恐怕也是不让须眉;也有人一人住旅馆,引来许多洗澡的人。这样住旅馆,可真是见多识广,见怪不怪,什么样的人都能遇上,什么样的人都能接触,也许这正是一个观察社会了解人生的好机会呢。可惜到现在为止,在我的小说作品里还未有一个人物的影子来自于旅馆。对于同住的房客,我只是把她们当作同住的旅客而已,没有别的想法,我自己也和她们中间的任何人一样,只是一个出门在外的游子罢了,需要的只是互相帮助,而不是别的什么。我总觉得,不管对方是什么人,只要你能真诚待人,人家也会真诚地待你。有一回和我同住的是外地的一名记者,她犯了急性肠胃炎,临睡时我对她说,夜里要是有什么事,你叫醒我。她谢过我,我就睡了,一觉睡到天亮,看她脸色铁青地躺在床上。我问夜里怎么样,她说胃疼得很厉害,几次想叫醒我,可是看我睡得很香,几次都没有忍心叫我,就这么熬过来了。她说她一边熬一边很害怕,不知会出什么事情,后来看到天渐渐地亮了,才松了口气,我听了竟是什么话也说不出来。

一个人住旅馆可以很孤独,也可以不孤独,东南西北客,哪怕只是擦肩而过,哪怕只是萍水相逢,也哪怕从此各奔东西再无相遇之日,但是他们都可以是你的朋友,只要相处得好,人与人之间就会有真情。

梅花驿站

很久很久以前,有一个人,他上路了。从此之后,他就一直走在路上。

他或者步行或者骑马,或者乘船或者坐车,他走呀走呀,走了很长很长的时间,他已经记不清走了多少路,甚至已经不知道从哪里走到了哪里,但是路仍然没有尽头,征途遥遥无期,曾经储备了无穷无尽的力量,也曾经以为自己永不疲倦,但忽然间,他感觉到了累。

累,是一个念头,也是一个事实,它缠上了他,他甩不掉它。因为背负了沉重的"累",他走不动了,也不想走了,他情绪低落,精神郁闷,路上的美景再也打动不了他,对目标的向往也不再能够鼓舞他。于是他明白了:我该歇一歇了。他对自己说,找一个驿站停下来吧。

停下来以后,歇过以后,再继续走,还是不再走,他现在还不能给自己答案,一切还都是一个未知数。

他是一个爱花的人,他不知道在前边的路上等待着他的驿站是一个什么样的驿站,但他心里暗暗期望,能够找到一个花的驿站。

他果然找到了一个花的驿站。在尽情绽放的四月天里,他来到了牡丹驿站。牡丹妖娆欲滴,艳压群芳,羞煞玫瑰,虚生芍药,没有人能够对天骄花王说三道四指手画脚。许许多多的路人在这里驻足,久久不舍离去。

他也一样喜欢牡丹。他喜欢牡丹的灿烂热烈,他敬仰牡丹的壮观大气,他感谢牡丹把美丽带给了人间,但是他知道牡丹不是他的驿站,他没有停下来。

继续走,就走进了夏季。炎热的一天,太阳当头照,汗水洒在脚下,他热了,渴了,来到一片水边,埋头喝水洗脸,清清凉凉一抬头,眼前便是"接天莲叶无穷碧,映日荷花别样红"。

出淤泥而不染,面对荷花的品格,他感动着,忙着检点自己的言行,深深觉得自己做得还很不够,差距还很远,他要给自己更多的时间去修正,去提升。而这一种修正,这一种提升,应该是边走边做的。

知了叫得急,云也密起来,快要下雨了,他得上路了,去走,去修正,去提升。

吩咐秋风此夜凉。离开荷花驿站,他远远就看见了,前面,满城黄花正等候着他。他是一个爱花的人,和喜欢牡丹、荷花一样,他也是喜欢菊花的,怅对西风、尺素扮金秋。

可是,秋风起了,菊花黄了,香渐远,冬天的信息也就紧跟着来了,冬天是一个终极,冬天是一个句号。

一想到句号,他的心就乱了,一年就这么不知不觉匆匆忙忙地走过了?好像什么也没有留下,好像什么也没有收获,这个句号怎么画得上?他着急了,我花开后百花杀,菊花让他站立不安,停留不下,还是快快地走吧,时不我待,机不再来,再不努力向前,一年又过去了呀!

他又走了。

他走得疲惫又疲惫,寒冷和肃杀又夺走了他最后的动力,他的脚,他的马,他的船和车,都熄火了,他的心也快熄火了,忽然间,墙角一枝梅点亮了他暗淡的心:梅花驿站到了。

来不及赏梅咏梅,一头扎倒呼呼大睡,他做梦了,梦见自己变成了一株梅花,在悬崖上,因为站得高,他看见了百花的家乡,看见了人间的一切,烦躁的心情宁静了,焦虑的目光悠远了,依稀中,听到有谁在问:百花之中,你是最早开,还是最晚开?他笑了,梅花从不在意是最晚开花还是最早开花,也不争春,也不争宠,只是年复一年把春报。

从梅花梦中醒来,周身舒坦,身体的劳累和心灵的疲乏都被洗净了,他找到了答案,知道自己该怎么办了,他要重新上路了,继续走,一直走到下一个梅花驿站。

2007年初春的一天,我也找到了我的梅花驿站,它深藏在太湖西山缥缈峰的一个山坞里。

感悟江南

江南是山水的江南。但是江南的山不够高不够险峻,江南的水也不是壮阔的,是秀水青山,是笼在雨水雾气中的,是细气的美,便孕育出柔软温和的江南性格来了。

江南是性格的江南。许多的江南人,他们性情平和,与世无争。明代画家沈周,就是一个很好说话的人。那时候他的画出了名,求画的人很多很多,每天早晨,大门还没有开,求画人的船已经把沈家门前的河港塞得满满的。沈周从早画到晚,也来不及应付,沈周外出,也有人追到东追到西地索画,就是所谓的"履满户外"。沈周实在来不及,又不忍拂人家的面子,只好让他的学生代画,加班加点,才能应付。但这样一来,假画也就多起来,到处是"假沈周"。沈周知道了,也不生气,甚至有人拿了"假沈周"来请他题字,他也笑眯眯地照题无妨。有一个穷书生,因为母亲生病,没有钱治病,便临摹了沈周的画,为了多卖几个钱,特意拿到沈周那里,请他写字,沈周一听这情况,十分同情,不仅题字加印,还替他修饰一番,结果果然卖了个好价钱。号称"明代第一"的沈周如此马马虎虎稀里哗啦好说话,按照现代人的看法,这实在是助长了歪风邪气,支持了假冒伪劣,但沈周就是这么一个生在江南长在江南充满江南味的江南人呀。

江南的男人尚且如此,江南的姑娘又是如何呢?我们看,一个江南的姑娘在树下等着心上人,可是她等呀等呀,等了很长时间也没有等来小伙子,她望眼欲穿,但并不生气,也不恼怒,她轻轻地念叨着:"约郎约在月上时,等郎等到月斜西;不知是侬处山低月上早?还是郎处山高月上迟?"焦急失望的心情都是那么的委婉感人,唉呀呀,找这般好脾气善解人意替人着想的江南姑娘做老婆,小伙子可是前世修来的福啊。

哪怕是在矛盾和斗争中,江南人也常常是宽容和宽厚的。苏州寒山寺的寒山和拾得,是唐代贞观时的两位高僧,一对好朋友,在传说的故事中,他们是文殊菩萨和普贤菩萨的化身。但即使是菩萨的化身,即使是高僧,他们在人间,也会有人间的烦恼,人间的种种矛盾,他们也要体验。有一天,寒山实在被搞得难过了,他去向拾得求教,说,拾得呀,我本来是想和人好好相处的,但是这世上的人,他们谤我、欺我、辱我、笑我、轻我、贱我、恶我、骗我,我怎么办呢?我如何对他们呢?拾得听了,他微微一笑,说,寒山呀,这不难,你只要忍他、让他、由他、避他、耐他、敬他、不要理他,再待几年,你且看他。寒山和拾得的对话,千古流传,苏州人骄傲得很,你看看我们苏州人,就是这样的,多么好说话,涕唾在脸上,随他自干了。

可能有许多人要跳起来了,要发怒了,要问一问了,难道我们江南人,就是这么个孬种的形象,这么懦弱,严重缺钙,甚至连骨头也没有了?江南就没有刚直的人?当然是有的,苏州的史书上有一段记载:弘治时,葑门外卖菱老人,性直好义,有余施济贫困,后与人争曲折不胜,自溺于灭渡桥河中。因为与人争,争不过人家,一气之下,投河自尽了。这般的刚烈,这般的激烈行为,使人怦然心动,为之肃穆,为之长叹。

只不过,这毕竟只是苏州人中的少数。正因为少,才显得可贵,显得重要,显得特别,所以,一个默默无闻的卖菱老人,上了史书。

宽容和宽厚，创造出宽松的环境来，江南人在宽松环境中，节省了很多力气，也节省了很多时间，节省下来干什么呢？建设自己的家园。就拿苏州来说吧，大家知道苏州美丽富饶，经济发达，可这美丽富饶和发达的经济不是天上掉下来的，也不是地里自己长出来，是苏州人创造出来的，苏州人省下了与人争争吵吵动手动脚的时间，辛勤劳动建设出一个繁荣的苏州。苏湖熟，天下足，这是说的苏州人种田种得好，农业富足，近炊香稻识江莲，桃花流水鳜鱼肥，夜市卖菱藕，春船载绮罗，这等等，是苏州的农民干出来的，当北方人在煻热炕头的时候，苏州的农民已经下地啦，从鸡叫做到鬼叫。苏州园林甲天下，苏州红栏三百桥，都是苏州人创造出来的，他们没有把精力和血汗浪费在无谓的争斗中，而是浇洒在土地上，使得苏州这块土地，越来越富饶，越来越肥沃。

江南人细致的地方很多很多，但江南的精细不是死板的，而是生动鲜活的。就说苏州的刺绣，要把一根头发丝般的丝线，还要劈成二分之一，四分之一，最要求细的，甚至要劈成六十四分之一，比如绣猫的鼻子胡须，当然是越细越好，越细越生动。苏州人讲究这一套，苏州人追求高超的艺术，苏绣于是闻名天下了，精美、细腻、雅致，大家说，苏绣是有生命的静物。

江南是园林的江南。园林的江南，培养出了江南人精致而又平淡的生活习俗。

江南又是老宅的江南。许许多多经典的老宅，遍布在江南的城市和乡村；许许多多的江南人，都是在江南的老宅中长大起来的。江南的老宅，为我们提供了独特优越的读书氛围，潜心苦读和专心创造，江南人永远不会迷失自己的精神家园。

江南还有许多古老的小镇，它安详地浮在水面上，永远在流淌着，又永远地静止着。小镇上有一些深藏的古街，是清朝一条街，或者是明朝一条街,街面是用上等的青砖竖着砌成人字形,沿街有几家旧式的茶社,随便地进去,泡一壶茶喝,紫砂的茶壶,虽算不上什么极品上品,却也是十分的讲究。喝着茶,看着古街上经过不多的乡人,看他们的神情是悠然自在的,四周没有喧哗,没有吵闹,偶尔的蝉鸣鸡啼,有些世外桃源的意味。我们坐着,看着,也许奇怪这里的人怎么这么少呢,茶社的老板说,清早的时候,人是多的,现在都有事情忙去了。原来,在表面安静的背后,也有着一个忙碌的世界呢,那就是现代的当代的江南世界吧。

江南是让我们走、让我们看的,更是让我们感悟的。感悟着江南,我们为自己生于斯长于斯而庆幸。

我们到李市干什么

李市是隶属于常熟古里镇的一个小村落,既普通到不能再普通,又典型到不能再典型,小桥流水人家,老街旧檐古墙,年轻人外出了,留下少许不愿离开的老人在村子里继续着他们平静而漫长的生活。

有一天,我们一群人,忽然来到了这个小村子,但是并没有打乱这个安静的世界。这个世界有它自己的气场,这个气场,我们打不乱它的。

有零星的鸡叫狗吠迎接我们,"蝉噪林愈静,鸟鸣山更幽"。我们走在李市的老街上,我们走进李市的一些旧宅老屋,说话声音都放低了,连脚步都是悄悄的。我们交头接耳,窃窃私语,生怕惊动了什么。

那是什么呢?

那是用"真实"沉淀下来的生活,那是用"朴素"积累起来的氛围,那是经过时间过滤、经过历史洗礼的一幅长轴画卷。

现代社会的快节奏,使得我们的心,也悬浮了起来,对生活对人生对世态,常有一种不真实感、不确定感,于是,我们来到了李市。

进入这幅长卷,我们的心,闲定下来了,我们的情绪,安稳起来了。这里的一切,都是那么的踏实,那么的确定,游离我们而去的真实感,一下子回来了。

细细长长的老街上,很长时间,一个行人都没有,一眼望过去,这里像一座被废弃了的村庄,又像一处森严壁垒的临战的阵地,有些空旷,又有些阴郁,有些神秘,似乎隐藏着许多奇特的故事。

既然街上没有人,便将注意力转移到沿着街巷的一扇又一扇的窗和门。这一扇扇的门,没有一扇紧闭上锁的,大都半开半掩,于是,我们轻轻地推一下,"吱呀"的声音起来了,这美妙的声音,抚摸着我们的精神和灵魂,召唤着我们去寻找些什么。

才知道并不神秘,也没有奇特的故事,我们推开的是一段平常的日子,推开的是一个正常的生态,有年老的妇女正在灶间烧煮,有老先生坐在院子里看天,他们家的墙壁倒是有点特别,有些零碎而仍然精致的砖雕嵌在中间,这是劫后剩余的历史,村民舍不得废弃,捡起来,在砌墙的时候将它们砌了进去,打造出一道特殊的风景。

一位老太太站在家门口朝我们微笑,她已经八十六岁,清爽干净,说话也很清晰,她的孙子在镇上当干部,其他的小辈也都住到外面了,只有老太太自己愿意继续留在李市。这是她生活了大半个世纪的地方,她的根,早已经深深地植入李市的泥土中了,她不能把自己的根拔起来重新栽种,哪怕栽种到一个美丽的大花园里去。对她来说,李市就是她的一辈子。

一位年逾七十的老先生,在自己的小铁铺里打铁,打造一些简单的农具和生活需要的小铁具,打一件铁器可以有二十元左右的收入,但他不是为了这二十元才打铁,他打铁只因为他从前就是个铁匠,现在仍然是铁匠。好在还有许多和他一样上了年纪的村民需要他的工作,老铁匠的心愿是收一个徒弟,但是他不可能实现这个心愿,没有人会来李市做一个小铁匠,于是,打铁的老人,就成了最后的一道风景线。

我们继续往前走,一直走到了村的尽头。人,仍然很少,村,仍然寂静。虽然人少,虽然寂静,生活的烟火始终在这里弥漫,历史的回光依然在这里升腾,这是我们儿时的生活场景,这是中国社会曾经的写照,我们来到李市,重温了许许多多的东西,足够我们在今后的漫长路途中慢慢回忆,久久品味。

就这么一路走着,走在一个旧了的村落,我们忽然就使出了乡音,忽然就降低了智商,忽然觉得,一个粗糙的淘米箩,一个开裂的小板凳,都能够激荡起内心的细微的情感,是不是因为,这些年来,我们将这些普通而又朴素的情感丢失了,遗忘了。

那一天,那一个下午,我们在李市流连忘返,我们在这里找人说话,我们在这里拍照留念,其实,那是我们自己在和自己的童年说话,那是我们自己留给自己的自我抚慰。

天色有些阴沉,飘过几滴小雨,愈发地使李市散发出李市应有的气味,就使劲地闻着这熟悉而又亲切的气味,忽然想:

古里从前叫作菰里。

李市明天还叫李市。

花山隐居为哪桩

花山就在苏州吴中,但是从前有许多苏州人居然不知道花山,即使有知道的,也蛮难去到花山。看起来,花山的名气还不够响呢,去花山的路也不够畅通哦,那时候确实就是这样的。那时候我们去花山,即便有车,从城里开到花山,一路土道颠簸,至少得花上一个半小时,难怪古时候就有人说花山是"地僻""石奇"。因为"地僻","石奇"到底怎么个奇法,也就少为人知了呀。

时间就这么走呀走呀,走到了今天,今天我又到花山来了,仍然是从苏州城里出发,靠着神灵般的 GPS,出了家门就上南环,上了南环就转西环,出了西环就是太湖大道,实在是令人难以相信,不到半个小时,花山已经在眼前了。

这就是花山景区的入口处了,地方并不算大,却是一望无边的,因为到处是山是树是花是木,这些东西,你当然是看不尽的。

我要我的落脚点叫作"花山隐居精品酒店",这个隐居隐在哪里呢?肯定就是很近切的地方了,因为我甚至已经感受到了它的气息,可是我竟然找不到它。短短的几十米的路,车子开过去,没看见,车子再开过来,又没看见,只好停下来问停车场的一位师傅,师傅手一指,说,咦,就是这里呀。车子又开过去,仍然没看见,真是奇了怪,不好意思再次去询问那位师傅,只得先将车停下来,人下了车,往旁边角落里一个狭小的门洞过去,想着再找人打听一次吧。

其实不用再打听了,这个狭小的门洞,就是隐居了。

当然就是隐居了。

我为什么会站在隐居门口找隐居呢,是因为它的门洞太小、它的店招站在地上又很矮?其实,更是因我们的思维早已经被铺天盖地轰轰烈烈的"高大上"所遮蔽所覆盖,我大约是想找一扇大大的豪华的金光灿灿的门呢。

那当然不是隐居。

隐居的大门就是苏式园林中的小门洞,也就是苏州普通老百姓人家的普通的家门。

其实它又是不普通的。一点也不普通。我们生活在现代这个社会,许多普通的东西已经没有了,它们变成了负担,变成了压力,变成了浮夸,变成了装模作样和装腔作势。

所以,我们追寻着普通而来,追寻着苏州老百姓和苏州文人的足迹而来,一定是有缘千里来相会,一定是有不普通的收获的。

门楣上有"空山可留"四个字,十分可心,小门洞里边的天地也不算大,一个疏朗精致的小园,小亭古树曲桥灵石应有尽有,又有足够的空间安放你想安放的心灵、眼睛、身体,等等,紧与松,疏与密,搭配得恰到好处;一座粉墙黛瓦的小楼,总共有二十间房间,区别每一个房间的不是用几零几,而是用"心",鉴心居,静心居,清心居,沉心居,惠心居……

我住的那一间是随心居。

真是有缘,真是很随我心意,立刻不自禁地欢喜起来。开门进去的时候,真有一种被融化了的感觉。

这时候,舒婷的短信来了,问我到了没,怎么安排。我回说,先到的人，可到一楼茶室喝茶聊天，也可在房间休息。舒婷已连日奔波，为文学事业操心跑腿，她选择休息，我还很体贴关照，告诉她一个自以为是的经验：大白天的，如果睡不着，就把电视打开，听着电视里的声音，就能入睡了。

我下楼喝茶聊天去了。过了不多久，舒婷也来了，她哼哼哼地责怪我说，你还让我打开电视睡觉，我找遍了房间也没找到电视机。

却原来，这个隐居是当真了，它真的就是个三无隐居，无电视，无电话，无宽带。

却原来，我们许多人，早已被浅陋浮躁所浸淫，早已被现代物质所俘虏，我们已不能隔断世俗片刻，我们已不能偷得浮生半日，何况我们还乐在其中，我们还乐此不疲，我们完全闻不到自己身上的变异的气味，我们完全听不到我们所发出的刷屏的声音。

我重新回到我的"随心居"，这一回我静静地坐在这个三无的屋里，不是打坐那样的坐，是随心而坐那样的坐，我想闻一闻原来的我的气味，想听一听原来的我的心声。也许我闻不到，也许我听不到。但是，毕竟，在这个日子里，这个下午，我做了这样的一件事，静下来，丢弃杂念，随心而走。

无论是窗外的鸟鸣树声，还是灵魂的喃喃自语，或是同行们的欢笑，在花山隐居里，它们是那么的纯静，那么的令人心醉。

我从随心居出来，看到女服务员在给大家续茶，她有着纯静的动作和笑容，连脚步、连背影都是纯静的，她的服装也是朴素而纯静的，这样的女子，就是属于花山隐居的，是只属于花山隐居的。

住在花山隐居的整整两天中，无论是早餐或中餐，无论是茶聚还是偶遇，我无数次看到她在微笑，或者说，我只看到她在微笑，不由疑惑起来，难道花山隐居只有她一位服务员吗？我得到的回答是，这个精品酒店，确实只有两位女生，另有两位男生，是轮班的，我们来的这两天，恰好没轮到他们，所以留在我们记忆中的，就是这样的唯一的纯静的微笑。

这是花山给予我们的精神抚慰。

我们在隐居里隐居着，那么，花山又在哪里呢？

花山就在隐居这里，隐居的窗后就是花山，隐居的门前也是花山，隐居在花山的怀抱里，花山的风姿映照着隐居，花山的气息在隐居升腾……

是的，我们明天是要去登爬花山的，这是自然美景与人文遗迹交织遍布的花山，这是隐逸清幽佛光拂照的花山，我们将行走在曲径通幽的花山鸟道，我们将面对数百处的名人手迹摩崖石刻，莲花峰一直在上面等着我们，高度只有一百多米的莲花峰，却有"驾云"之称，山不在高，有花则灵。这花，是自然造物的花，亦是一代又一代文人百姓给后人留下的精神瑰宝。

明天，我们将和他们相遇。

今夜，且在隐居安睡，想一想，花山隐居为哪桩。

行走山塘街

一个人。

没有邀约身边的朋友,也没有陪同远方的客人。

一个人,就这样,说来就来,就到山塘街来了。

这必须是一个人。因为这是一次专一的约会,是一个深情的凝望,不要多余的陪衬,也不要世俗的什么干扰,就是一个人和一条街的交流,一个人和一条街的相遇相拥。

秋已经很深了,很有些凉意,风,从长长的街头过来,一直穿到街尾,没有人能够躲避掉风,但心里头却是暖暖的,因为回家了,因为回到童年了。

家是暖和的,童年是温馨的。

此时此刻,怀揣着浓浓的回家的情意,我站在了山塘街这里,可是我的思绪却又飞出去好远好远,我在回想,回想在许多忙乱的年岁中,回想无数置身他乡的时光。在这些岁月,在这些时光,忽然的,甚至是完全没来由的,思乡的情绪就会升出来,思绪飞越距离,飞越繁杂,落在我家乡的山塘街。比如有一次,我在鼓浪屿沉静悠远的气息中,忽然就想家了,想家乡的山塘街了,在鼓浪屿某一幢墙面斑驳的旧宅前,在鼓浪屿某一条蜿蜒细长的小巷里,我恍惚以为我已经回到了家乡,我甚至以为这就是山塘街。可能还有一次,我身处大厦高层上,事务缠身,心绪烦乱,望着窗外烈日下的幢幢高楼,被高楼的玻璃墙折射的阳光灼伤了眼睛的时候,我又一次,忽然地想起了山塘街。

现在好了,再也不用恍惚,再也不用似醒似梦了,我真真实实就回到山塘街了。手真真切切触摸着青砖墙,脚踏踏实实踩着条石地,眼睛也明明白白地看着了山塘街,甚至我呼吸的空气,我都知道是山塘街的。

曾经的苏州城里曾经处处都是山塘街,山塘街曾经就是我们的窗景,就是我们挂在墙上的画,推开前门,打开后窗,家家临山塘,户户尽枕河。但是现在,我必须要到山塘街去寻找山塘街,去寻找山塘街的这些曾经的生活常景了。

幸好还有山塘街。

小时候,年轻的时候,曾经多少次去虎丘,又多少次去阊门,也多少次听说山塘街就是连接虎丘和阊门的纽带,但在心理位置上却始终没有搞明白,只是觉得,虎丘是那么远,远到只有远方来客的时候才有可能去看一看虎丘,而阊门又是如此的近,近到想买个什么日用品了,就去了,方便得就像是自家门口的小烟纸店。把那么遥远的虎丘和如此近切的阊门联系起来,这根纽带得多长呀?

七里,这么多年我们耳熟能详的不就是这个"七里"吗?一直以为七里山塘只是一种说法,这个"七里",也许就像过去苏州人常说的"六门三关五钟楼,七塔八幢九馒头","商量北寺塔,兜转六城门",等等,这其中的数字,恐怕大多是虚指而非实在。

所以,七里,可能只是一种概念,是一种象征的意义,不一定就是七里。苏州的大街小巷是深的,是长的,长七里,甚至比七里更长的也有。

只不过那是在从前。经过了千百年历史风雨的洗礼,经过千百次时代变革的切割,如今的"七里"还剩下多少?七里山塘这座宝库里还留下些什么残余剩渣给它的后人?

很长的时间里,我的内心就这么担忧着,我的思想就这么犹豫着。小时候曾经走过山塘街的哪一段、哪几段,如今已忘得一干二净,等到长大了,等到要老去了,苏州的街街巷巷,都已经改变了面貌,变得我们不认得了,变得令人感叹令人扼腕,苏州城都已经变了模样,山塘街还在哪里呢?

历史似乎也强行地跳过了一段又一段,让人找不到历史与历史之间的链接了。于是,总有些怀疑,经历沧桑后的山塘,还值得去走一走、看一看吗?

我还是来了。我一定会来的。

因为热爱,因为热爱苏州,因为怀揣着对山塘街的期望。

车子停在车水马龙喧嚣繁华的大马路上,在广济路新民桥堍,下十几级台阶,忽然地、顷刻间,就换了一个世界。

古老的山塘街就在桥下,就在我的眼前,从遥远的历史中突然地显现出来了。

我在桥下站了一会,头顶上是轰隆隆的车声,桥下却一片宁静,虽然人并不少,南来北往的游客,和苏州本地的老百姓,在山塘街穿梭往来,有许多人慢慢悠悠的,体会着山塘街的内涵,这是渗透着丰富情感的文化之行;也有许多人脚步匆匆,但那是一种过滤了浮躁的行走,无论快还是慢,你到了山塘街,你就不一样了。

就这样,我开始行走在山塘街上,我一个人,和许许多多来到山塘街的人一起,走在山塘街上。

先往东走,这是修旧如旧的一段山塘,一路看会馆,看戏台,看工艺大师的作坊,看各色商店小店,看沿河的景色,短短数百米,已经看得眼花,走得腿酸,而新修复的这一段,仅有整个山塘街的七分之一的长度。到这时候,我才刚刚开始了解七里山塘的货真价实,才刚刚开始领略和体会"七里山塘七里船,船船笙歌夜喧天"的意境。

站在修复了的玉涵堂前,几乎不敢相信自己的眼睛,六千多平方米的玉涵堂,四路三进后花园,大到全宅规模结构,小到砖雕门楼漏花窗,都完整得让你忘记了今天,忘记了时光的流失,恍惚间就身处在吴一鹏的时代了,恍惚间就回到了明朝,回到了一个遥远的梦中。站着,看着,一时间竟觉得什么话都说不出来,无尽的无限的感叹,堵塞了嗓门和心眼。

这座号称"苏州城外最大的建筑群"的玉涵堂的保存和修复的过程,无疑是充满艰辛充满矛盾的,保护者和修复者们所付出的代价,更是我们难以想象、难以估量的。我们只是站在戏台下看戏的观众,享受着戏台上炉火纯青的表演,光会咧着嘴傻乐,却又何曾去体会这炉火纯青的艺术是怎么得来的。

在山塘街上,如玉涵堂一般重获新生的古建筑,那许多会馆,那许多亭台楼阁,那许多旧址遗迹,虽然无声无言,却无不用它们弥坚的身影在向我们倾诉着,重回山塘,不是梦。

看过玉涵堂,我就往西走了。穿过桥洞,西边立刻又是另一番天地,浓浓的生活烟火气扑面而来,卖货的和买货的挤挤攘攘,狭窄的街道两旁,摊开的是苏州百姓的日常生活。地摊上,应有尽有,什么都有,只有你想不到的,没有它不存在的。

不知道是因为东西多,人才会多,还是因为人多,东西才多,总之这里的人群是比肩接踵,有一辆误入小街的外地小货车,被人群和非机动车堵住了,进退两难,还有一个外地的单身游客,被这尽情铺展的平常生活场景迷惑住了,他一定在想,这就是名闻遐迩的山塘街吗?这怎么像是我家附近的菜市场呢。他把疑惑抛向了路旁一位摆摊卖棉鞋拖鞋的苏州大妈,我好奇地凑过去听大妈的解释,我听到大妈告诉他,你往东边走吧,东边那里,是古色古香的山塘街。那个单身游客,似信非信,但是他听从了大妈的指点,往东边去了。

我感受到大妈身上散发出的苏州人的热情、好客、要面子,其实大妈,你所在地方,也是山塘街呀,只不过它是山塘街存在的另一种形式。

这种形式太过世俗,太过实在,让远方来的客人无法与自己梦中的山塘对上号,于是,他们往东边去。

而我,则继续往西走。

我终于走到了我最想去的山塘街。

静静的山塘街,基本保持了原貌的山塘街。

很奇怪,那一段人物混杂、繁乱的山塘街和这一段平静空灵的山塘街之间,并没有什么东西加以隔断,更没有什么明显的标牌,但这种宁静,说来就来了,一下子,就从乱哄哄的街摊那儿,来了。

街上几乎没有行人,但街两边的民宅却几乎全都敞开着大门或小门,一种久违了的、闲适的、世外桃源般的生活图卷,展现出来了。

我不由自主地放慢了脚步,在这个幽静的山塘街街段上,慢慢地行走。太阳升起来了,寒气退了许多,居民出来晒衣被了,邻居间也有一些招呼声,但是很平常很低调,没有惊动任何人。就这样,我从山塘街的东头一直往西走,对山塘街上的老宅,一家一户,有滋味有味地看过来,看过去。在普通的甚至是低矮旧陋的民宅之间,我看到了汪氏义庄,看到了柳氏家祠,我走过了陕西会馆、山东会馆,面前,还有许多……间夹在普通民居中的深宅老院,那真是庭院深深深几许。

在我的印象中,山塘街的东段修复之后,东西两段相映相衬,体现的历史与现实结合点上的山塘街,应该是一幅双面绣,但现在我知道了,山塘街已经不是双面绣,它是三足鼎。一条长街,三段精彩,七里山塘,多样风貌。它涵盖了古今,它融合了现实与浪漫,它让我们知道,生活,本来就是多面的,是立体的,是什么都有的。

某个小楼的窗口,飘出了熟悉亲切的评弹声,那一瞬间,我感觉到,我饿了。

为了吃,我又折回了山塘街的东段,坐到五芳斋吃了鲜鲜的大馄饨和香香的臭干,不光嘴上吃着,眼睛还瞄着那一长溜的苏州小吃:鸭血粉丝汤、豆腐花、生煎、小笼、汤团、酒酿圆子……真是既饱了口福,又饱了眼福呵。

我坐在店里吃东西,看着店外街上的人继续来来往往,我忽然想,我们的古城已经丢失了许多山塘街、山塘河,我们不能再丢失一草一木一寸土地了,坚守住古城最后的老街,是我们每一个苏州人的责任。修复一条老山塘、留下苏州人以前的生活的旧影,这一种功德不亚于建设十条百条"新山塘"。让今天的苏州人,让苏州人的子孙后代,也让无数的外地人外国人,都来走一走老山塘,从老街上获得感受,从旧巷里汲取养料。

我在一家小店买了一张水墨山塘手绘图。从山塘街回来,我要做的第一件事,就是打开地图,将眼前的地图和刚刚走过的山塘实景配合起来,山塘街在我心里的痕印就更深刻也更生动了。山塘街,它是清泉,是拂面的春风,是一弯细细长长多彩的水袖,是一条串起了无数珍宝的神奇的链,是一艘承载着普通和特殊、携带着昨天驶向明天的航船。或者,它什么也不是,它就是独特的一条存在了上千年的实实在在的老街。老街本不是什么稀罕之物,凡过去的街,都可称之为老街,但是在新时代,过去的街越来越少了,保持着原貌的老街更是凤毛麟角,走在这样的老街上,你的心里会涌起很多很多东西,但是你说不清楚它是什么,你甚至一句话也说不出来。也许,正是因为说不清楚,说不出来,才会去走,才会走了还想走,才会回去以后心心念念地想着它,才会梦回萦绕地丢不开它。

如果把山塘街比作一幅画,我希望这幅画,从古代挂到今天,再从今天挂到未来,历经风雨,不褪色,不走样,常挂常新。

千百遍读你总不厌

一直以来,总以为自己对周庄是很熟的了,熟得就像周庄是自己的家一样。周庄的街桥厅楼,像自家的院子和房间,周庄的阿婆茶万三蹄,就是自家桌上的平常日子。从周庄还深藏闺中无人知的时候,从周庄还犹抱琵琶半遮面的时候,一直到周庄的名字走遍了天下,在历史长河中这些并不算长的年头里,我曾经多次去周庄,陪着远方的朋友,或者并没有什么任务,只是自己忽然想周庄了,就那么简简单单方方便便地迈开脚步就去了。于有心无意间这么一来两往,渐渐地,就感觉自己已经很了解周庄,以为闭着眼睛也能走通周庄的角角落落,以为驾轻就熟就能把周庄的点点滴滴渲染得淋漓尽致,对于周庄的亲近,就这样渐渐地在心底深处落了户。这种感觉让我每每觉得,无论我去不去周庄,周庄都在我的心底里,因为周庄离我很近,或者说,是我离周庄很近。这个近,既是地理概念上的近,更是心理距离的近。

这一次参加"我心中的周庄"征文的活动,让我有机会看到了天南海北各地作者他们眼中和他们笔下的苏州周庄,在阅读这些文章的时候,我的心几乎被分成了两半,一半是感动,一半是惭愧。这许许多多的文章,给了我一个全新的周庄,给了我一个我所不甚了解甚至不敢认识的周庄,一个远不是我想走就能走通的周庄。原以为闭上眼睛都能走,现在睁开眼来才明白,周庄还是那个周庄,周庄却又不是那个周庄了。

最让我震惊的那一篇《水墨周庄》,简直就是一幅用汉字织成的《双桥》,特立独行,堪称经典,没有陈词滥调,没有重复了一百遍一千遍的泛滥的感动。呈现在我们面前的,是一个既熟悉又新鲜的周庄。

还有,阳光下的周庄,夜色里的周庄,雨中的周庄,雪中的周庄,梦里的周庄,从前的周庄,船上的周庄,桥下的周庄,茶里的周庄,周庄的人,周庄的物,周庄的一切又一切……多少双眼睛在看周庄,多少颗心在感受周庄,多少情感留在了周庄,他们的真挚打动了我,他们独特的视角启发了我,他们的字里行间,积蓄了太多对周庄的深深的理解……读着读着,忽然间就有了一种冲动,我要在落雪天、在夜色里,在平常和不平常的日子里再去周庄。

周庄是一本百读不厌百看不完的书,书里的内容常看常新,又给人无限的想象,周庄是一条走不到尽头的小巷,曲径通幽,步步换景,周庄又像丝绸一样柔亮,像双面绣一样精致逼真,像昆曲一样宁静悠远,像江南一样的江南。

我相信,对每一个去过周庄的人来说,周庄从此就是挂在他家墙上的一幅不褪色的画,周庄从此就是留在他心底的一个解不开的结。

就这样,我有了这一个机会,跟着大家重新走周庄,有了全新的感受和认识,这才知道,原来我对周庄的了解,是那么的肤浅,我对周庄的认识,又是那么的单薄。看起来,我还远远没有走够周庄呢,我离周庄还远得很呢。

我整理着那厚厚的一叠作品,心中感叹,那么多人,走过了周庄还想念周庄,离开了周庄还忘不了周庄,他们对周庄的爱跃然纸上,情透纸背,他们从周庄获得的感悟,充实了他们的人生之旅。可见周庄的影响,可见周庄的耐读耐走耐人寻味。我想,这样一次面广量大的征文写作,大概就是一种回报,周庄给了大家心灵和精神的滋养,大家便用手中的笔写出自己的心声,回报周庄。

退思补过

被称为江南水乡明珠的水乡小镇同里,到底是怎么个明珠,我也是到后来才明白的。早几年我插队在离同里不远的地方,常常到同里镇"上街",我们江南乡下说的"上街",大概就和北方的赶集什么差不多吧,也就是说在农忙过后,会放一两天假,让大家上街看看热闹,买些生活用品。碰到这样的日子,一般都是很开心的,只可惜那时候谁的身边也不会有很多的钱,上街去当然是看得多,买得少,也不失为一种乐趣。在"上街"那一天,我和乡下的姑娘们穿上自己最好的衣服,当然那时候最好也不过就是的确良,我们穿着的确良,打着洋伞,沿着大运河,快快活活地向同里去。一路上我们可以饱览水乡风光,满眼可见碧绿生青的秧苗,也可见打谷场上堆着金黄的稻谷,有一群小鸡在觅食,一只小狗在树荫下打盹,真是一派田园风味,只是在我们眼里这风味什么也不是,因为这些绿色金黄色,都是经过我们自己的手创造出来的,也就没什么味道了。我们倒是对小镇上的东西感兴趣,小镇上有商店,商店里琳琅满目,让我们一个个看花眼,恨不得什么都要买上一点,只是钱不够。小镇上有照相馆,我们曾经一起去照过合影,几个乡下姑娘咧着嘴对着镜头傻笑,其中有我一个,这照片永远地留在我的相册也留在我的记忆中。我们在小镇上当街的小吃摊上每人要一碗豆腐花,鲜得咂嘴,很想再来一碗鲜肉小馄饨,但是考虑半天终于没有舍得。我们在小镇上走累了就很随便地在一座桥的石阶上坐下歇歇,也不知道这桥有些什么来历,是哪个朝代建造,哪一位大诗人是不是为它写过千古绝唱。我们走在小镇的小街上,看到那些深宅大院,也没有任何感觉,对一些精雕细刻的门楼花窗什么更是熟视无睹,我们真的很轻松很愉快,我们是一群浑然无知的乡下姑娘。当我们开始往回走的时候,心里还惦记着哪一家店里有一件自己心爱的商品,不知道下一次再来那东西还在不在,若是还有得卖,一定要买下来,于是我们慢慢地走出小镇,踏上归程,我们再一次地回头看看,这就是同里。

　　好多年以后,我又到了同里,我觉得自己已经不再认识同里,再找当年的那种感觉,却是荡然无存。这时的同里已经不是那时的同里,那时的同里,只是我们乡下姑娘赶街的一个小镇罢了,现在我再到同里,同里已经是江南水乡的明珠。其实同里始终是江南水乡的明珠,只是我自己从前不能明白。我再过同里的桥,就会有人介绍,这是一座宋桥,始建于某某,重建于某某,修复于某某,你看这桥的桥栏,石刻多么传神精致,出之名匠之手,你看这桥的桥对,句式多么严格工整,出自大家之笔,你再看这桥的气势,多么古朴逸秀。我再走同里的小街,大家就说,这一宅是谁谁谁的家宅,那一幢是谁谁谁的财产,这一宅又是典型的什么什么风格,那一幢又是杰出的什么什么遗产。在同里镇上我看到庄重古朴的深宅大院,也看到精雕细刻的华丽宅第,更有小巧玲珑的园林小筑,还有一些与名人故居有关的住宅。至于这小小的同里镇,不显山不露水的,怎么会汇聚了这许多出色的古代建筑呢?这和同里的地理环境有着密切的关系。同里地处水乡泽国之中,以往交通闭塞,历史上很少兵燹之灾,从前一些有钱的人,都愿意把家宅建到这里来,而且许多年下来,既保持着明丽古朴的水乡风貌,又保存了一大批文物古迹,这也是今天的同里吸引外人的一个重要原因吧。再游同里,真使我大开了眼界,增长了知识,想想从前的孤陋寡闻,想想从前身在宝中不识宝,真是惭愧。

同里镇上最有名的当然要算退思园,《左传·宣公十二年》中有"林父之事君也,进思尽忠,退思补过"。取退思为园名,意思也全在里面了。

被围于黑漆高墙中的退思园,也和许多江南园林一样,通过理水、叠山、绿化、建筑、陈设、装饰等形成以建筑为中心的综合艺术,创造出诗情画意的城市山林之意境,可以说凡是典型的江南园林所具有的特色,在退思园一般都能看到。比如主要建筑傍水临池,倒映生辉,比如利用山木屏障,给人层出不穷之感觉,再比如以漏窗借景,耐人寻味,这些特色,在退思园自是比比皆是。此外退思园也有自己的独到之处,比如它的布局横向而非常见的纵向,比如它的与众不同的走马楼,雨可不走水路,晴又可遮阴避阳,等等,这些都是很有价值的。

其实我对于退思园的感觉也和对苏州别的许多园林的感觉差不多少,我当然佩服这些园林的造园艺术的登峰造极,萝卜青菜各人所爱。佩服不等于喜爱,我感兴趣的倒是它的园名,退思,就像我对苏州的拙政园、半园等园名也有一些兴趣。退思园,原本是要退思补过的,却要在坐春望月楼看满眼间又是花木如盖,玉兰飘香,又是池荷莲花,鸳鸯戏水;或是明月之夜,独步楼前,踏月吟咏,陶醉然然;或是于初春细雨之中,看一叶芦苇,几枝菰草,燕雀穿梭其间,顿觉野趣横生,真所谓"凉风生菰叶,细雨落平波"。若在盛夏酷暑,于此间剖瓜尝荷,真是心静自然凉,烦渴尽消,若秋雨突至,雨打芭蕉,声如玉珠弹跳,坐于桂花厅中,秋景如画,到了冬天自然又有冬天的趣味,总之一年四季,都是别有意趣的。于这样的环境之间,退思补过呢,还是坐享其福呢,我却不能知道。我们现代的人,恐怕多半是不能了解过去的事情了。

其实以我的想法,退思补过,并不一定是要在落职归故或者是落魄戴罪以后,即使是在当朝任上,即使是在进取上升时期也是时时可以退思补过的,这是一;第二,也并不一定非要雨打芭蕉,风鞭芦叶,才能静静地闭门思过,于烦躁的尘世间也是一样能够退思补过的呀。真正需要静下来的不是环境,而是人心,这大家都知道。

我曾经在一篇写自己的文章中写道:现在在我的内心,有一种畏惧,是对人生,对命运,对社会,还是对他人,我说不清楚,我感觉到这是一种宁静平和的畏惧,我想这种畏惧是文学给我带来的。

有了这一种畏惧,我常常需要退思补过,我不到乡间小镇上找一僻静处,我也不到乡下农舍去寻求安静,我就在我自己的家里,在我的工作岗位写字台前,在我孩子的吵闹声中,在邻居家的卡拉OK声中,我退思补过。

我绝没有觉得退思园本不该造成这样的意思,真是一点也没有。退思园在造园艺术以及其他许多方面的价值和意义,都不是我这样的外行浅薄之人可以说得好的,对于历史留给我们的许多东西都是这样,历史早已经做出了公正的评价。

同里,江南水乡的明珠,这同样也是历史对这一座小镇做出的最好的评价。

在去往盂城驿的路途上

下雨了。雨越下越大。

就应该是一个下雨的天气,就应该是一个不太热闹的日子。

就这样,我们安安静静地走在雨中,心就像被洁净的雨水洗过一样清爽透明。

我们是要去往一个景点,高邮的盂城驿,一座著名的古代驿站。

驿站,这一个久违的词汇,忽然间,就拨动了我们内心深处的那根弦。那一根弦,或许已经盖满了尘土,或许已经长出了锈迹,但是就在这大雨中的一瞬间,它又重新弹响起来。

是因要到驿站去,所以觉得应该下着雨,驿站,不就是为风雨兼程的旅人准备着的吗?

远行的人,归家的人,辛苦的人,劳顿的人,统统到这里来吧,来这里躲雨,歇歇脚,明天再前行。

家乡还在遥远的地方守着他,前途还在未知的方向等着他,先暂且,走进这个简朴的驿站,安顿歇息。夜来的风雨声,声声入耳,一边思念家乡,一边想象未来的旅途的情形。

其实每一个人的一生,都是行走在旅途上的,处处需要驿站,处处的驿站就是处处的新起点,一座从古代坚持到了今天的驿站,实在是让我们心驰神往的。

于是,我们来看驿站了,我们穿过了数百年的岁月,我们越过了重重叠叠的时光,来了。来寻找一种感觉,来对接一种情绪,来整理自己纷乱的心情。

好了,现在我们已经站在门口了。不过且慢,这里并不是驿站的大门,这只是这一个街区的敞开着的并没有门的大门,眼前的这个馆驿巷牌坊,像是古人张开了双臂在欢迎我们。

雨只管继续下,我们踏着雨,走在石子街上,街面的安逸和洁净,实在却不是因为下雨,而是一种生活的基本常态,是一种处世的基本观念,是高邮人的紧张与松弛的辩证法。

慢慢地往前走,慢慢地走下去,会有更深的感受,会有更全面的认识。

我们要去古驿站,需要穿越这个街区,也就是说,围绕在"盂城驿"周边,有一大片的区域,在一大片的区域里,我们即将看到诸多的景点,驿印流年、南海子河、马饮塘、柳荫禅林、柳泉草屋、同昌粮行、接官厅,等等等等,光听一听这些名字,就让我们死水般的内心泛起波澜了。

无论是微澜还是狂澜,总之是触动了心境了。

为什么我们总是会被"过去"打动,为什么我们总是会对"往事"感念,是因为在这些早已经陈旧了的名词里,有一股迷人的气韵通透着;是因为这许多早已经斑驳的痕迹中,依然焕发出历史的气息,故事仍然在继续。

总之,我们是怀揣着跃动了的心情,在这里行走。

我们还要继续往前走,我们要一一地经过这些景点,经过那些景点,我们还要了解这些景点和那些景点所蕴含着和承载着的历史的面貌和风采,我们还要知道许多与古代、与驿站有关的逝去的风景。

在雨中，一位白发苍苍的老人，倚着他家的门框，面对着雨巷中行走的我们，他的平淡而干净的目光，无意中掠进了我的相机镜头，忽然间就惊醒了我、打动了我——其实，在遥望古代的同时，我们的眼前，还有一幅同样感人的画面，那就是今天街巷里的民居和民居里居住着的居民。

我似乎回味过来了，为什么今天的高邮馆驿巷景区与往日的他乡的景区有所不同，它的近切，它的温馨，它的亲和，真让我有了一种回家的感觉了。

一条砖墙黛瓦的小巷出现在眼前，它是那么的整洁，那么的朴素，我们穿了过去，拐一个弯，仍然是一条砖墙黛瓦的小巷，它仍然是那么的整洁，那么的稳重，再拐过去，仍然是这样的小巷和这样的气息，再转过去——我们似乎是走在这个古老而又有着新鲜气味的八卦图、迷魂阵里了。

墙角有一辆自行车或电动车，后座上夹着一件红色的雨披；一个人打着伞在长长的巷子里走着；一扇大门打开的时候，对面的墙上，有"开门见喜"；一个不起眼的街巷拐角，挂着一盏古式的路灯……这些，无不向我们传递和展示着普通的民间的气息和生活的常态常景。

再看那一扇又一扇敞开着的院门里边，虽然房型并不相同，但相同是的那一份宁静，那一份安逸。

在开阔一些的地带，也不完全是砖墙黛瓦的平房，也有小楼，也有多层的公寓，却同样是古朴简洁，同样是气韵沁人，那小小的阳台上，干净规整，那些仿古的窗栏，有腔有调——在这个生活的街区，完全没有生活中的杂乱和污脏。

后来我们知道，在这里我们走过了著名的十大景点，而留给我印象最深的，恰恰是这第十一个亮点，我以为这也是它的最大的一个亮点，在建造和恢复古意盎然的景区的同时，百姓的日常生活继续在这里展开，不仅没有受到影响，不仅没有改变性质，反而打造出了这里的文明居住，使得这个景区，不曾远离了生活，也不曾降低了标准。

我们曾经去过一些地方，为了打造景区，将居民全体迁出，缺少了生活的烟火气；也有的地方，原样地保留了居民的生活，但是脏乱差没有得到控制和解决，这确实是一对矛盾。景点，是让人游览欣赏，是需要行走的，是有动感的，是热闹的；而民居，却是给人居住，让人安歇，是安宁的，是静态的。

在高邮的这个馆驿巷街区，历史的景点，和今天的普通百姓生活，两者是结合起来的，而且结合得那么自然，那么流畅，那么融和。那样的一种无缝对接，那样的一种天然重叠，景就是家，家就是景，这样的小街小巷，既是我们的童年之梦，亦是我们今天的梦中天地。

穿过这些纵横交错的简单而又复杂的小巷小街，我们终于抵达了今天的最终目的地：盂城驿。

雨一直在下着，并没有停息的意思，从雨中走了出来，从驿站走了出来，仍然是这样的感受，到这里来，就应该是一个下雨的日子。

在时光中行走

深秋了,有些凉意了,但还不是那种刺骨的尖利的凉。

因为天气好,太阳将凉意晒得有些柔软,有些温和;而太阳,也因为深秋的凉意的抚拂,体现出了它的柔软和温和。

就是这样的一个日子,我们一路往北,再往北,到邳州,这是江苏省最北边的一块地方,是江苏正北的一扇门,一扇窗,一个交界处,一脚跨过去就是山东境内了。

现在我们来了,站在这块江苏的"北地"上,感受着这个"北",却不是印象中的那么坚硬,也不是想象中的那么凛冽。

一切都是那么的和谐。气息是宁静的令人神往的,空气是清新的带着甜味的,心情是美好而激动着的。

因为在我们的面前,满眼的,满天满地满世界的,都是银杏树——我们来到了著名的银杏之乡,我们是来看深秋的银杏的。

现在,此时此刻,我们就在美色的包围之中了,我们在成熟的饱满的气味里,在金黄色的天地里,闪亮得似乎灵魂都跃动起来,浪漫得仿佛身体都飘浮起来。

是银杏,给了我们如此的馈赠;

是银杏,让这片土地变得柔软、温和,却又不失大气,豪放依旧;

是银杏,让邳州这个地方变得更加有名,更具魅力。

于是,我们来了,于是,许许多多的人,认识和知道邳州的人,或者从前不认识甚至完全不知道邳州的人,都来了。

并不是双休节假日,交通也不能算特别方便,但是这里游人如织的情形,令我们十分吃惊,大家既激动又安静地走在这条道路上,这就是著名的"银杏时光隧道"。

并不是头一回见到银杏树,银杏树在我们的日常生活中也许是常见的,但是在我们曾经的记忆中,在许多人的心目中,或者想象中,银杏树总是要和其他东西相配的。一座中式的老旧庭院,庭院中的一棵银杏树,给典雅的院子平添一份活力;一条老街的街角,一口水井,依傍着一棵银杏树,给充满烟火气的日常生活,增添了一份典雅;或者,那银杏树是在大师的画作中,那是一种无声的回响,唤起人们心中的热情……

似乎,从前在我们印象中的银杏树,都会配以其他一些东西,而今天,我们面对的银杏树,不需要任何陪衬,它们就是银杏树,不是我们通常所见的一棵或几棵银杏树,而是大片大片的,是银杏的海洋,是银杏的世界,是银杏的天下。

试想,从前,深秋里的一棵银杏树,就足以让我们动心,让我们浮想联翩,让我们流连忘返,让我们拍个不停,赞叹不已。

而现在,出现在我们眼前的,不是一棵,不是两棵,甚至不是几十棵,这真是太奢侈,太惊艳,太震撼。头一次看到银杏树如此之多地集中在一起,它们是如此紧接地气,如此地相互紧贴,不用陪衬,不用点缀,大片大片的,有如看大片的感觉,但它是真实的鲜活的大片,是触手可及的,不是虚拟的。

金黄的,闪亮的,目不暇接的,我们眼花缭乱了,心也乱了,心跳加速了,然后,乱过之后,又平静了。

悄悄地拣几片金黄的落叶,夹进笔记本白色的页面里,将现实生活中已然少见的浪漫情怀,收藏起来,带回家去。

这是邳州银杏引导我们的一次精神之旅,这是邳州银杏赠送我们的一份心灵之礼。

行走在银杏时光隧道的途中,我忽然分了一点心,看到路的一旁,专门辟出了一块地方,已经形成了一个小集市。自从时光隧道的名声传出去之后,来旅游、来观赏银杏的人越来越多,附近村子里的农民也就有了一个新的展示自己的机会。他们纷纷把本地的小吃土特产摆到集市上,让远方的朋友,让外来的客人,在观赏银杏的同时,能够通过另一种方式体会生活这个曾经无人关注的苏北小村庄的滋味。

于是,我们在这个小集市驻足了,饶有兴致地看着这些曾经是我们生活中的最爱、后来又逐渐消失了的食物,都有点嘴馋了。买了麦芽糖,买了花生,买了童年的印象,买了过去的日子,生活的烟火气就在美景如画的这里升腾起来了。

这是别的旅游景点不多见的生活常态,这里没有粗糙的旅游纪念品,也没有高声吆喝的买卖,只有乡土的气息,只有纯朴的气韵。

这个小集市,使得银杏的美,更有了生活的真实感,让我们知道,我们的生活,就如这里的银杏一样,本来就是自然普通,本来就是深扎泥土。美,就在我们身边,美,就从我们脚下的泥土里生长出来。

如果说,铁富镇姚庄村这个本来没有多少人知晓的苏北小村庄,因为一条"银杏时光隧道"而吸引了众多游人,那么,邳州这个种植银杏历史悠久的银杏之乡,如今已经以银杏之名为天下人所知。几十万亩、上千万株,无论是有 1500 年树龄的树王,或是有着动人传说的神树,还是新近生长起来的小树,这里的许多数字,代表了邳州银杏的质与量,展现了邳州银杏的昨天和明天。

一缕缕的阳光从树的缝隙中洒下来,我们的心灵像被清水洗过后那般洁净,与深秋的银杏树在一起,你能想到的就是:干净,纯洁,安静,敬畏,境界,等等。

银杏是贵族,是金色的皇冠,银杏又是平民,是普通的日子。

多情多义、意境幽远的邳州银杏,我们会将你永远地定格在我们的人生相册里。

辑 二

回家去

一个人一辈子会有好几个家,尤其是一些经历坎坷的人,人生几十年,待过的地方竟有七八个,甚至更多。常常在一个地方待了一阵子,人生中的许多重要事件在那里发生,个人的感情也投在了那里,心底里就会觉得,那就是"家"。所以有的人会有许多故乡,第二故乡,第三故乡,甚至更多。但如果要叫他说对哪个故乡感情更深,却不一定说得清楚,比较不出来,因为这地方有这地方的特色,那地方有那地方的重点,不好厚此薄彼。

如果从另一个角度看,比较正宗的家通常有两个,一个是人小的时候,与父母兄弟姐妹住的那个地方,或者加上爷爷奶奶辈的老人,那个房子,就是家,也就是歌里唱的"常回家看看"的那个家;然后,一个人长大了,成立了自己的家庭,与自己的配偶孩子生活在一起的,那也是家。这两种家的概念,与地域无关,与历史也无关,只与人物有关,与家庭的人物关系有关,所以,如果是站在这样的角度,那么,无论你一辈子曾经走过多少地方,搬过多少次家,真正意义上的家却只有两个。

只是,通常在大家的心里,还会有第三个家,除了父母亲的家和自己的家,还有一个家叫"老家"。老家也可能就是你父母亲的家,就是你小时候住过的家,但也许不是。也许别说是你,连你的父母亲都没有在那里待过。在后来的一些岁月里,你也许找到机会回过老家,也许没有,甚至因为许多年的大变动大变迁,使有些人连自己老家在哪里都不知道了。但是,无论老家对于你是遥远的还是近切的,也无论你对于老家是熟悉的还是陌生的,老家始终沉在你的心底深处,它会不时地泛起一些涟漪,让你平静的心变得不平静,让你的思绪向着那个地方飞翔而去。

比如我,从小在苏州长大,苏州当然是我的家乡,但到了十三四岁的时候,跟着父母下放到农村,在江浙交界的某个村落里,离茅盾的故乡乌镇不远,在那里我从一个女孩长成一个女青年,学会了插秧割稻犁田挑担,也体会到艰苦和朴素,它应当算是我的第二故乡。从第二故乡出来后,我又有了第三故乡,那是我在县中高中毕业后,又独自去插队的地方,是江苏吴江县的湖滨公社红旗大队,有一片水面,叫庞山湖。虽然这个公社现在已经没有了,但在我心里,那也是我永远的故乡。二十多年后,庞山湖的一位农民企业家陈金根在那里建起一座静思园。有一天我在静思园碰到陈金根,聊了当年的事情,陈金根说,我老婆就是红旗大队的人呀。

另外还有一些地方,待的时间并不长,比如有一个叫震泽的小镇,我在那里念过一年高中,后来我也有机会重新回去看看,在我的一些小说中和散文中,它们也经常出现。我的一些小说作品,像《杨湾故事》《洗衣歌》《片段》等,都是以震泽中学为背景的。甚至包括我出生的上海松江县,虽然记忆中没有留一点点印象,但那个学校,松江三中,我父母结婚和生我的地方,我也回去过。那是在相隔了整整四十年以后,由我母亲当年的一个学生带我去的。我们家从松江搬到苏州后,住在苏州五卅路,有一天大学生徐惠德从这里经过,就听到了我外婆的声音。一个外地来的大学生,在一个陌生的地方,突然听到了熟悉的声音,像找到了亲人一样高兴。徐惠德虽然不是南通人，但我外婆的南通话，对他来说，竟是那么亲切。他和许多同学都很想念我母亲，我母亲走后，他们失去了联系，猜想可能一辈子也见不到了。可是，突然间断了的线索又突然地续上了。大学生徐惠德带我到他们的学校去玩，二十年后，我也进入了这所大学，徐惠德已经是大学的领导，我叫他徐老师。人生真是变幻莫测，又过了一些年，徐老师带我来到松江三中参加我母亲工作过的学校的校庆，不然我将永远不知道我出生在哪里。当年的房子已经不在了，但是地方还在，感觉还在，我看到一排平房，看到母亲坐在家门口，我父亲正在门前的球场上打球。我去松江三中的时候，我母亲已经去世多年。

我曾经待过的一些地方，我的好几个"故乡"，许多处"家"，我都回去过，但是有一个家却始终没有去过，那就是我的老家，真正意义上的"老家"，我父亲出生的地方，我爷爷奶奶生活的地方。许多年来，我只知道在这块大地上有个范家庄，但是我的脑海里勾勒不出范家庄的模样。

我从来没有见过我的爷爷和奶奶，在我出生的时候，他们都已经不在人世间，从我父亲那里，也较少得到关于爷爷奶奶的一些事情，因为我父亲也是个少见的糊涂人，有一阵子，他甚至连自己母亲的名字都给忘了，后来过了些日子，不知怎么又想起来了。也可能因为很小的时候，他就从家里出来了，他的家乡留给他的印象，是零碎的，一些片段，是不连贯不完整的。

尽管如此，尽管对于我的老家对于我的爷爷奶奶不甚了解，但是我的生命是从他们那里开始延续出来的，我的血液里流淌着他们的因子，这是无可改变的事实。

我知道范家庄在江苏省的南通，在南通乡间的某个角落。南通离苏州并不遥远,现在交通好了,就更方便了,苏州到南通,只需两个小时多一点。就这么一点距离,难道这么多年里就没有能忙里偷闲跑一趟?抓紧一点,当天打个来回都来得及,但偏偏就一直没有抽这么一点点时间出来。一直到今年初夏,南通的一家少儿文学刊物《绿洲》邀我去南通的几个乡镇的小学讲课,第一站到的就是我的老家通州刘桥镇。

走在老家乡间的小路上,一路打听"范家庄",打听我父亲仅记得的几个亲戚的名字,但一路上的乡亲们,有人知道,有人不知道,有人说在这里,有人说在那里。我并不慌张,我知道肯定有范家庄,因为没有范家庄就没有我,我走在路上,这条路一定是通往范家庄的,它也许比较弯曲,也许比较狭小,但它是一条路。

见到范招荣的一瞬间,我忽然觉得她的脸我很熟悉,她是我父亲的堂妹,七十多岁,我肯定没有见过她,在父亲提供给我的几个亲戚的名字中也没有她,但我又确确实实地觉得自己是认识她的。后来同行的人跟我说,你们长得太像了。我有些恍悟,也有些恍惚,我是看到了未来的自己?

与生俱来的亲热从心底里升起来,弥漫开来,我不知道怎么表达自己对老家亲人的感受,唯一的办法,就是掏了一点钱出来。可是范招荣和她的儿媳妇两人一起拼命拒绝,三个人推推让让,我扔下钱就走,她们抓起钱又追上来,三番几次,最后范招荣说,你要是留下了钱,我心里会难过的。就这一句话,打动了我,最后我收起了钱,留下一张名片,走了。

在我的另一个堂姑妈范玉珍家的后面,我父亲出生时的屋子还在,很旧了,也没有人住,里边有一张床和一只马桶,是我奶奶当年用的。这房子和父亲的回忆也对不上号,父亲总是说,他家的房子是沿街的店面房,但是那个地方没有街,怎么谈得上沿街和店面呢?是我父亲记忆错误,还是范家庄的面貌发生了较大的改变?这件事情,以及还有许许多多曾经发生在老家的故事,我都没有来得及向我的堂姑妈打听,我不知道以后还有没有机会再去老家坐一坐,聊一聊。我父亲嫡亲的兄弟姐妹有七八个,先先后后都走了,现在只剩下住在杭州的我叔叔。

  我去过老家后,大约过了半个月,忽然收到一个短信,说,阿姨你好,我是范炳均的儿子,范炳生是我的伯父。我父亲和我伯父让我到苏州来看看你们,我明天来苏州。你名片上的地址嘉宝花园是办公室还是家庭地址?我回短信告诉他,嘉宝花园是我家的地址。第二天下晚的时候,他的短信又来了,说,阿姨,我现在在苏州汽车南站,本来想去看你的,但是天要下大雨了,我要赶回南通去,下次再来吧。那时候雷声隆隆,大雨将至,他回南通去了。他在几次的短信中都没有提及自己叫什么,所以我不知道他叫什么名字,但我知道他是我的一个亲人,一个来自老家的亲人。我在我的电话本上记下了他的手机号码,姓名栏里写的是:"范炳均儿子"。

又见背影

最早读朱自清先生的《背影》是在哪一年,已经记不得了。小学四年级开始就不怎么读书了,七十年代初的初中或高中课本里有没有《背影》,我也无法说得出来。能够肯定和确定的,是在大学中文系念书的时候,是必定知道《背影》的。不仅是知道,还一定是读过、背诵过、研究过、做过作业、交过学习心得的。只是,那个时候读《背影》,是因为功课,作为在校必修的内容,少一些切肤之痛,少一些深及心灵的触动。

我一直都没有学会骑自行车。小的时候,年轻的时候,也曾努力学习过,练习过,但始终不能骑车。大学毕业参加工作,单位离家远,上下班很不方便,不得不骑车了,那是硬着头皮骑上去的。每天在大街小巷歪歪扭扭,跌跌撞撞,不是撞了别人,就是跌了自己,最后以摔到脑震荡住院为止,与自行车彻底告别。

以后上下班就只能坐公共汽车,虽然途中要转一次车,但好歹总是能够抵达的。只是有的时候,不得不出门办事,却偏偏道上没有公共汽车可以乘坐、转换和抵达的,那就为难煞人了。

记得八十年代中期的某一天,外地来了两位文学编辑,那正是我刚刚走上写作道路,非常急于求成的时候,和几位同样爱好文学的大学同学相约了晚上去看望编辑老师。

从我家到老师住的旅馆,无车可乘,父亲就用自行车载着我,颠簸在大街小巷,穿过半个苏州城,将我送到那里,然后约定在多少时间后再来接我回家,他就骑车先回去了。

那一刻,在黑夜里,我也许回望了一下父亲的背影,但我心里并没有感伤,甚至没有感动。

可是这一幕情形被我的一位同学看到了,他感叹说,如此爱女儿的父亲,抵得了朱自清的《背影》。

那一年,我已近三十岁了,我父亲也五十大几快六十了。

今天,在我父亲去世近两年的日子里,我写朱自清的文章,不由自主地想起这件事情,想起那个晚上,想起朱自清的《背影》和我父亲的背影,百感交集,背影浮现在我眼前和心头,久久不曾离去。

一部文学作品,无论长短,在经历了沧海桑田历史演变,在经历了风雨砥砺时光耗磨,在被无数的读者读过传诵过以后,又在无数的新作品充斥的环境中,还能够时时处处引起人的深切的同感,还能在人的心里掀起情感的涟漪,这是巨大的精神力量,这是不可磨灭的人性的魅力,这是文字留给我们的永远的财富。

这就是朱自清的《背影》。

"父亲因为事忙,本已说定不送我,叫旅馆里一个熟识的茶房陪我同去。他再三嘱咐茶房,甚是仔细。但他终于不放心,怕茶房不妥贴;颇踌躇了一会。其实我那年已二十岁,北京已来往过两三次,是没有甚么要紧的了。他踌躇了一会,终于决定还是自己送我去。我两三回劝他不必去;他只说,'不要紧,他们去不好!'"

1974年冬天,我下乡插队,父亲送我;1977年高考后的那个冬天,我离开农村,父亲去接我;1978年年初入大学,父亲又送我去学校;1982年年初大学毕业,父亲用自行车载着我的行李,接我回家。许多年来,就是这样接了送,送了又接。父亲是个工作非常认真的人,还独自一人照顾长年病重的母亲,但是在我需要甚至不十分需要他的时候,他都会出现,他都会来。

我父亲的背影,是瘦瘦的,动作敏捷、干练,一直到他六七十岁以后,他上下自行车的样子,还像个小伙子,和朱自清《背影》中描写父亲时用的那些词"蹒跚""慢慢""肥胖的身子""显出努力的样子"不一样。但是,他们其实又是一样的,是一样的把全部的爱给了子女的好父亲。

随着年龄的增长,随着对自己父亲越来越多的感悟和理解,《背影》也就越来越深入地走进我们的精神空间,我们会越来越深入地理解朱自清的情感世界,也越来越相信《背影》留给一代又一代后人的永久的力量。

2009年年初,春天还没有来临,父亲永远地离我而去了,但也和朱自清的《背影》一样,永远地留在我的心头,永远不会离去。今天,当我又一次读了《背影》,我泪流满面。"我与父亲不相见已二年余了,我最不能忘记的是他的背影。"父亲离开我们已经二年余了,但是我从没感觉父亲走了,每每从南京辛苦工作后身心疲惫回到苏州的家,第一件事情就是推开父亲房间的门,仔细端详父亲的照片,然后和父亲说话,告诉他一些事情,给他泡一杯茶,给他加一点酒。下次回来的时候,酒杯里的酒少了,我知道父亲回来喝过了,我再给满上一点。

"在晶莹的泪光中,又看见那肥胖的,青布棉袍,黑布马褂的背影。"

世间桃源

我那时候没有忧愁,也许因为我还不懂事,还不知道什么是忧愁,但也许是田野的风,把一切不该我们承担的东西都吹走了。如果说我曾经是一个自卑的孩子,我把什么都关在心里,而正是到了乡下,到了一个叫作桃源的地方,我的心开放了,有许许多多郁积的东西流出来了。我仍然是老实巴交的,但是我不再自卑,我开始理解这样一句名言:比大海更宽广的是天空,比天空更宽广的是人的胸怀。

我正是在这样的日子中慢慢地长大,慢慢地懂事。我们大队没有中学,附近好几个队都没有。没有书念了,我觉得也挺好,可是父母亲他们很着急,十四五岁的孩子,如果就此辍学,唯一的出路就是下田劳动。

他们东走西奔,到处打听,终于了解到有一所初中,是好几个大队合办的,离家很远,而且只有初一和初二两个年级,是复式班。为了继续求学,已经读了初三的哥哥和读了初二的我,各自降了一级,哥哥重新上初二,我重新上初一。

哥哥上了半年,就毕业了,他升了高中,到桃源镇上读书去了,只剩下我一个人,孤独地继续走着。

每天每天,我拎着饭盒,下雨的日子光着脚,我并不怕苦,却有苦恼,苦恼的是在学校我只有一位女同学。我们乡下那地方,女孩子是不上学的,这位女同学的父亲在上海工作,想女儿日后有出头之日,便逼着女儿读书,可是她自己很不情愿。她母亲也不支持她上学,所以她读书总是三天打鱼两天晒网,爱来不来,她一晒网,我就成了全校唯一的女生,连个同桌也没有。

不过我仍然是天天到校,从不缺课,因为我在那里找到了一个丰富的世界,我有许多更有意义的事情可做,我可以演算那些有趣的数学题,可以放开嗓子读外语,我更愿意听我们的语文老师用他那并不太出色的声调朗读很出色的文章。这些文章,是我们的老师在课文之外给我们加的小灶,正是这些优美的文章,把我带入了一个崭新的无比丰富的天地,以至于后来受了许多这样的文章的诱惑,我自己也幻想着能够创造出这样的天地来。

我于是才知道了陶渊明,我并不觉得那环境离我们多远,我想每个人都应该有他自己的一处桃源,这一块桃源就在自己的心里。我始终觉得我的这一块世间的桃源,恰恰是我人生最重要的一个起点,我留恋我那一阶段的农村之行。

语文老师布置我们写一篇学哲学的文章,我写的是没有大粪臭,哪来稻谷香。我记不得自己的文章写得怎么样,但是一个五谷不分的城里孩子,有一天能够通过自己的双手栽下秧苗,然后浇粪施肥,然后看着秧苗长大,抽穗,结出果实,再用自己的双手,把稻粒脱下来,轧出米来,再把这些劳动写出一篇文章来,这就是进步。

我非常非常地要求进步,日记一则:

1976 年 3 月 11 日:

""如果你们骄傲起来,不虚心,不再努力,不尊重人家,不尊重

干部,不尊重群众,你们就会当不成英雄和模范了。过去也有一些这样的人,希望你们不要学他们。'

伟大领袖的教导又一次在我耳边回响,多么亲切,多么重要。几天来,我对自己的"骄"字反复进行了检查,进一步发现了这个危险的信号。北公社金星大队的铁姑娘队队长沈培英、平望公社金联大队党支部书记张金娥,她们都和我差不多岁数,她们做出了多么大的贡献,取得了多么大的成绩,党和人民也给了她们很大的荣誉,但她们骄傲了没有?没有!丝毫没有!永不骄傲,这才是一真正的革命者应有的品质。学习,努力向她们学习,做一个永不自满的革命战士,普通一兵。"

我珍重这样的进步。

桃源,是我人生的起点。

我早已经离开了那个地方,桃源对我来说已经成为历史的一页,可我忘不了那一片宽阔的田野,忘不了许多农村孩子给我的有形和无形的帮助。我也忘不了那只有一个复式班的学校,那间旧陋的校舍,教室里有一眼土灶,一只大铁锅,路远带饭的同学,就在那里蒸饭,记不清我轮值过多少回,每次轮到蒸饭,先下河去舀水,那条河就在学校门口,河水清清,在不远处汇入美丽的大运河,源源不断地流淌。

我的世间桃源。

铁姑娘

到了双抢大忙，每天早晨三点钟，队长的哨子就响了，每次都把我从梦中唤醒。在我听来，队长的哨子好像是专门对着我的窗子吹的，我真是有点委屈，我想我不过是一个插队青年，难道也非要跟你们土生土长的农民一样拼命么。其实队长的哨子根本不是在我的窗下吹的，也绝对没有人非要我和农民一样拼命，这种压力来自我的内心。于是我也每天三点钟起来，下田拨秧，天还不亮，也看不清田里有什么，只知道那是秧田，下去拨便是了，常常有水蛇从指间游过，滑腻腻，凉飕飕，也常常有把蛇扎在秧捆里，到天亮时，你看那蛇被扎得死去活来，你自己也惊得死去活来。上午下午打田插秧，一直从太阳出来做到太阳西沉，吃过晚饭就上打谷场，开夜工脱粒稻谷，做到几点，那要看当天的进度如何，也有到九点来钟就收场的，那一日必是皆大欢喜，队长说，你们看，叫你们抓紧点，早收场自己惬意。也有的时候要弄到很晚很晚，十一二点，队长就骂人，大家也互相骂，说要做死了，骂天骂地，骂爹骂娘。常常也有姑娘小伙子实在累得受不了，就一边轧稻一边打瞌睡，被家长一把头发揪醒了，说，你不要命啦，于是才稍稍清醒一点。左邻右村被轧稻机弄死弄残的也不是没有的。

我就是在这样的忙乱中过了下乡插队的第一个难关：双抢大忙。

双抢结束,放假几天,我都没有回家,因为我没有力气回去了。

我感谢我的房东大娘,她在这期间坚决不让我自己开伙,早晨她烧好早饭送到田里给儿子媳妇,也不忘给我一碗。晚上我回到自己屋里已经累得不行,不想动了,她帮我倒好了洗澡水,让我洗个热水澡。因为乡下蚊子多,我洗了澡就躲在帐子里,她会从帐子外塞一碗凉面进来,我狼吞虎咽地吃下这碗面,把空碗往床边的小桌子上一放,就睡着了。老太太帮我塞好蚊帐,把碗洗了。

我想,我一辈子也不能忘记她对我的帮助和爱护,我不知道自己应该怎么报答她,我从来没有报答过她,她也从来没有希望我报答她什么。如今已有二十五年过去,不知她老人家是否健在,我总是想到乡下去看看她,也看看别的许多人,但是我一直没有去,我只是在心里深深地牵挂着她。

我插队的那几年,农村大兴水利,去年开河,今年填河,明年又计划着拓宽什么,反正乡下到处都是泥,从这儿搬到那儿,再从那儿搬到这儿,折腾来折腾去,有永远也挖不完的泥和挑不完的土方。本来冬天是农闲,却成了一年中最忙最辛苦的季节。

我们在寒冬腊月光着脚下河挖泥,挑着沉重的河泥担子一步一步往上爬,在工地上插上一面红旗,乡下也有了军号声,真是气势非凡的。农民们对我说:"快过年了,你回家去吧。"我却不愿意回家。他们说:"你是知青,你可以少挑一点。"我也不愿意少挑,不愿意落于人后,我甚至在乡下还做一些妇女们不做的活,像赶牛犁田什么的,在我们那里都是男人做的,我也愿意去试试。犁完了田,我就坐在牛背上一路回家,农民说:"你怎么弄得比我们乡下人还乡下人了。"

我听了这话,心里很高兴。

后来我们队成立铁姑娘战斗队,我也是当仁不让地参加。我们真是飒爽英姿,叱咤风云,把男人们比得矮去三分。

今天再回想当年,我仍然可以说,我无愧于"铁姑娘"的称号,我为自己骄傲,为自己感动。

我只是始终不明白这些行为的出发点是什么。是镀金?其实镀金完全可以用别的省力一些的办法。是要出风头?可是这种风头的代价也太大了一些。是对自己的人生的一种责任?其实那时候我根本还不知道什么叫作对自己的人生负责。也许根本就没有什么出发点,只是人在自己的那一段的历程,必然会有那样的行为罢了。

后来的事实证明,铁姑娘毕竟只是一种美好的向往,人都是肉做的,没有一个是铁打的,姑娘更是。我们的铁姑娘战斗队,后来倒下了一个又一个,有的坐骨神经痛得坐卧不安,昼夜不眠,有的得了严重的胃病,面黄肌瘦,风采不再,或者就是关节炎缠身,从此难展笑容。我也一样,拼命地干活,后来终于倒下了,伤了腰,再也铁不起来了。

唯见长江天际流

小时候住在一座古老的小城里,也曾经听说过长江,以为是很遥远很古老的故事,与自己是没有什么关系、也不会有什么关系的。更没有什么想象的能力和虚构的本事,即使知道世界上有一条江,叫长江,也无法在自己的心里或脑海里勾画出它的形象和模样,于是长江就这样从一个小孩子的一个耳朵里穿进去,又从另一个耳朵穿出来,流走了。

长到少年的时候,跟着家里的大人从城市来到了农村。这农村倒是个水网地区,湖荡沟渠遍布,水很多,不过那不是长江水,是江南的水,是江南细细小小的水,是江南青山绿水的水,所以,在江南农村的那些年里,虽然是被水浸润着的,虽然是被水抚育了的,却仍然与长江无缘,与长江仍然相隔两茫茫。

然后长大,进入大学的中文系,忽然就在眼前打开了一个全新的世界,在图书馆在阅览室,我认识了长江,唐诗中的那些写长江的诗句,总是令人心动不已,吟诵不止。"孤帆远影碧空尽,唯见长江天际流";"两岸猿声啼不住,轻舟已过万重山"……我终于可以插上想象的翅膀,在文学的天空翱翔,去了解长江,去亲近长江,长江与我,不再是陌生的了。

但是,这毕竟还只是纸上的长江,诗中的长江,古人笔下的长江,自己与长江,还未曾谋面,还没有机会亲密接触,零距离相遇。

别急别急,无缘对面不相识,有缘千里来相会。这一天终究还是来临了。我与长江的结识,源于一个小伙子,这个小伙子是正宗的长江北边的人,后来我们就谈恋爱了,当然是地下的,再后来,我就跟着他回家了。

那时候我对江北一点地理概念和方向感都没有,因此头一次去婆家就给了我一个大大的下马威。从前李白乘个小舟便能"千里江陵一日还",我们坐了四个大轮子的长途汽车,清晨五点出发,一直开到下午六点才到盐城,直坐得两腿发麻,两眼发直。

记得那是一个非常寒冷的冬天,我头一次见到了长江。说来惭愧,那一年我已经二十七岁了,但是革命不分早晚,认识长江也一样不分先后。二十七岁的时候,我和江北的小伙子,坐在肮脏破旧的长途汽车上,汽车开到江边的渡口,停下来,大家下车,空了身子的汽车开上停在江边的渡船,下了车的乘客,再逐一步行上船。混浊的江水就在脚下,滔滔的波浪拍打着渡轮,水花一直溅到甲板上。

这个摆渡口,在长江的江阴段,是我们的必经之路。走在这条路上,不由得思绪就翻腾起来,想起电影《渡江侦察记》里国民党情报处长的"经典"台词:"报告军座,像这样坚强立体的防线,如果共军没有飞机和登陆艇配合作战,那是很难突破这长江天堑的……"话音未落,解放军的"经不起一发炮弹的木帆船"就冲过来,就在这地方,百万雄师过大江了。

上了船,虽然很冷,甚至有江水泼洒过来,我却没有像其他乘客一样急急地躲到车上去,毕竟,这是我头一次见到长江呀。

生于江南、长于江南,习惯了江南和风细雨的我,确确实实被这个长江震撼了,甚至震惊了。这尚且是一个风浪不大的冬天,江水便已是如此的雄壮而粗犷,如果碰上雨季风季,这个长江又会是怎么个样子呢?

那样的样子,有一回终于是给我赶上了。那是几年以后了,我们已经从地下转为地上,从恋人成了夫妻,却是一对分居两地的夫妻。于是,寒暑假里,逢年节时,你来我往,奔波于江北江南。一个深秋的日子,我在婆家住了几天后,独自一人回苏州,一上路就已是风雨交加,车到江边时,一眼望出去,真是长江滚滚向东方,那滚滚之势,让那样巨大的渡轮可怜得就像一叶小舟在风雨中飘摇。我们停在岸边等候渡船,渡船却在江上遭遇了危险,巨大的浪把船板打断,一辆停在船尾的汽车,差一点滑进江里。经这一惊吓后,有关部门立刻通知封江。这是我头一次听到封江这个词,以后也再没有碰上过。封江了,所有的汽车都停在江边,排起了长得望不到底的车队。大伙儿似乎也不怎么着急,也没有见谁慌慌张张,到处打探的,不像现在,一碰上堵车,哪怕一个小小的堵车,大家都会烦躁不安,跳起脚来。到底时代不同了,速度不同了,情绪也不同了。虽然大家很泰然,我心里却很不安然,长江南边,父母亲等着我早早归去,长江北边,丈夫也等着我到家后跟他联系,我却两头不着落地停在了江边。一急之下,便顶着风雨,下车去探听消息,可是除了风雨,哪里有什么消息。是呀,谁又能知道这风雨什么时候才肯停息呢。

结果倒是挑了江边的小食店,生意大好。我又冷又饿,又惊又慌,赶紧躲进一家小店,想喝点热水,却连茶杯也没有,借了一个碗,买了一碗热水,哆哆嗦嗦刚端上,还没送到嘴边,一阵狂风过来,打起了门帘,门帘又打着了我的手,碗就从我的手里摔出去,打到地上,碗碎了,水泼了。那卖水的妇女皱着眉头朝我看了看,又拿出一个碗来给我,倒上热水,可我竟然又犯了一个完全相同的错误,第二次将碗打碎了,将水泼光了。那妇女也急了,指着我连连说,你这个人,你这个人,你这个人。我没有听到她后面说了什么,她可能也确实没有再说什么,在这样的时候,出现这样的情况,用"你这个人"四个字也就足够了。当然,最后我还是喝到了热水,也吃到了东西,吃的什么虽然忘了,但毕竟没有饿着自己。我虽然打碎了那妇女两个碗,但她还是给"你这个人"提供了喝的和吃的。我早已经忘记了她的模样,但我知道她是一个住在长江边的妇女。

封江一直封到第二天早晨。这一夜,乘客们在车上坐了一夜,车外风声雨声,车上大家却很安静,该睡的睡,该闭目养神的闭目养神,也有人细声交谈,我的烦乱的心情渐渐平静下来,最后就坐在座位上睡着了。

醒来的时候,风雨停了,渡轮也开始工作了,我们的汽车上了渡船,汽笛长鸣,朝着江南去了。

这真是我住长江南,君住长江北,日日思君不见君,隔着长江水。好在过了不算太长的时间,我们就结束了两地分居史。但我的公公婆婆仍然住在江北,所以,我们仍然是要过长江的,每年至少一次。在我儿子出生的当年,还未满周岁,就跟着我们一起横渡长江了。

和长江的交往,就是从这里开始的。后来与长江的联系,就渐渐地多起来了。记得在我留校工作后不久,来南京某高校参加教材修订工作,第一次看到了南京长江大桥,在雄伟的桥头堡那里留下了一张黑白照片,如今那照片已经发了黄,但还在我的相册里坚守着时光呢。

再后来,有一段时间,和江苏的几位作家同行,经常出去参加采风活动和各种笔会,常常乘坐江轮在长江上来来往往,打牌的打牌,聊天的聊天,观景的观景。当我们在长江上漂来漂去的时候,北京的作家朋友总是在天上飞来飞去,千里江陵,一个时辰就往返了,所以我们还被他们嘲夸为"饱览长江景色"。又记得一次，从重庆上的船，好像要坐好几天，都为船上糟糕的伙食发愁，叶兆言变戏法似的拿出几包方便面，大公无私地贡献给我一包，说，这个咸菜方便面，你肯定喜欢。何止是喜欢，弄热水一泡，一股鲜香扑鼻而来，简直馋煞了我。那可是我吃到过的最美味的方便面。

在长江上一走就是好几天，现在回忆起来，似乎从来没有什么情绪焦虑，心绪烦躁之类，也没有迫不及待火烧火燎的感觉，慢慢走，慢慢看，慢慢享受。只是不知道现在的人怎么了，一旦出门在外，总是急急地要返回去，恨不得就是早出晚归了。凡在外面住了一两晚以上的，就肯定归心似箭要逃走了，是家里有什么急事吗，不是，是外面的条件不够好、风景不够美吗，不是，是工作实在太忙离不开你吗，更不是。那到底是什么呢？是速度。

几乎是一夜之间，我们的速度就上来了，裹挟着时代的狂风，携带着世界的信息，领着我们急急匆匆往前赶。现代化了，现实快速的条件越来越多越来越好，就说这长江上的桥，过去我只听说过武汉长江大桥和南京长江大桥，而现在仅江苏境内，大概至少也有七八座大桥。马上江底的隧道也要贯通了，有专家预测，到2010年，长江上的大桥将达到60多座。这真是一个惊人的数字。桥意味着什么，意味着一个字：快。快了，就方便，就简捷，就直接，省时省力，这是改革开放经济建设给人民带来的实实在在的好处。

现在再从江南到江北，从苏州去盐城，只需一个多小时，过长江有几座桥可以任意走，高速连着高速，大路通坦，但是去盐城的次数反而少了，觉得太近了，太方便了，随时可以去。结果，这个"随时"往往就变得不随时了。速度解决了我过长江的难题，但是我却再也找不到那个冲着我皱眉，连说几遍"你这个人"的妇女，喝不到她倒给我的热水了，也不再有机会馋着嘴讨吃叶兆言的咸菜方便面了。

就像对于今天的快捷便利生活,人人赞叹,个个感慨,可人们却又开始怀想起那慢的和不甚方便的时代了。想起从前一个人站在江边等候渡船时的心情,在渡船上摇摇晃晃跨越长江的心情,经过长途颠簸劳顿终于到达目的地的幸福感、成就感,似乎都在速度中消解了。速度让我们方便,同时也让我们变得急切,变得惶惶不可终日,变得沉不住气。速度是我们所渴望所需求所追求的,也是现代社会所必需的。现在在生活中,我们每天都听到很多的抱怨,都是因为慢而产生的,无论在什么地方,无论干什么,只要速度稍稍慢了一点,立刻抱怨声四起。

还好,今天我们能够在快快的生活节奏中,慢慢地回忆一些慢慢的故事,比如,回忆一些与长江有关的故事,这真是一件十分美好的事情。

一切都加快了,只有长江的流水,一如既往。比起人类来,长江似乎更有定性一些,它总是按照自己的节奏和规律,向着东方行走,既不更快也不更慢。

这真是唯见长江天际流啊。

江海之间一濠河

那一个夜晚,我站在南通濠河岸边,濠河沿岸的璀璨灯火,照亮和拉动了我的情思,那一瞬间,我的念想,已经穿越大半个世纪而去。

许多年前的某一天。春天,或者,秋天,那一天我的父亲,一个年轻英俊的白面书生,怀揣着一颗跃动的心,从他的家乡,通州英雄乡范家庄走了出来。他一直往前走呀,走呀,终于走到了南通市中心的一个名叫中学堂街的地方,走到了这条街上的一座老宅面前。

站在这座陌生的却似乎又是十分亲切的老宅门口,我的年轻的父亲有了什么预感吗?

这是我母亲的家。一座普普通通的老宅,三开间的朝南大屋,加一个院子,院子里有一间朝北的厢房。因为家庭生活的日渐困难,那时候朝北的厢房,被我的外公出租了,收一点房租补贴家用。

租我母亲家厢房的,是我父亲的一个亲戚。于是,我父亲这一步踏进去,就踏出了人生的命运的一条必然之路。那时候的我母亲,南通女子师范的高材生,作文好得老师都不知道怎么打分,她曾经不费吹灰之力替我舅舅胡乱敷衍了一篇小文,结果老师给了三颗星。母亲自己编印的文学小册子曾经到处流传,那时候甚至于母亲走在路上,常常有人在背后喊:"手帕掉了。"呵呵,母亲回头一笑。

这就是我南通的父亲母亲。从英雄乡到中学堂街,就是我的乡愁。

这一段既长又短、既遥远又近切的路程,就是我的故乡。我没有出生在故乡,我也不是在故乡长大的,但是我有故乡。

许多年后的某一天,我回到故乡,我到了英雄乡,找到了父亲的祖屋,那么低矮的一座破旧的老房子,曾经在父亲口中是那么的辉煌。同样破旧的门还上着锁,锁早就锈成一堆废铁了,窗户也洞开着,或者说,根本就没有窗户,只有几个墙洞,我透过它们朝里边张望,我看到了时间。我也知道了,时间是能够改变一切的。在中学堂街的我母亲的老家,我看到的同样是被时间改变了的一切。

我走进隔壁我堂舅家,我看到堂舅家有一块石碑,堂舅告诉我,这是在冯氏的祖坟上得来的。石碑上刻着:

冯氏西宗

十八代哲庐

燕京大学地理系教授

冯哲庐是我外公的父亲。

这一瞬间,我穿越了,或者说,时间又回来了。

在我和父母共同生活的几十年里,父母亲几乎从未回过南通,但是他们无数无数次地谈到南通,谈过故乡的种种种种,只是不知为什么,在我的记忆中,他们好像没有说到过濠河。也或者,是他们曾经提及,只因我对濠河没有什么了解,没有什么感情,所以濠河就这么和我擦肩而过了?

但是生活和命运,却让我在许多年后的某一天,与曾经擦肩而过的濠河相遇了。

现在，我就站在濠河这里，我听它轻浪拍岸，我听它的呼吸声，我听它低吟浅唱，这条已经有了一千多年历史的护城河，如今焕发出了崭新的姿态，绽放出生命的新气象。

我们登船游赏。说实在的，现在许多城市，都有登船夜游的节目，只是今夜有所不同，今夜我所游之河，是我的乡愁之河，是我的情之所系。

其实，很快我就知道，不仅仅是因为乡愁，不仅仅是因为个人的情感因素，濠河的独特，濠河的豪迈和濠河的精致，很快就让我们惊叹不已，赞叹不止。我并不太了解，从过去到现在，有没有留下多少关于濠河的赞美之辞，如同扬州的瘦西湖，如同苏州的太湖那样，但有与没有，并不重要，重要的是现在在我们身边行走着流淌着的濠河，它是那么的奇特和与众不同，它是那么的变幻莫测，它是那么的令人难以捉摸。

全长10公里的濠河，最奇特的就是它的水面宽窄相差之大，最宽处有250米，那真是一条大河波浪宽，最窄处仅有10米，那则是小河之水静静流，真所谓迂回曲折，真所谓忽浩大忽精细，真所谓错落有致，宽窄自如。

于是，我们已经知道了，濠河是一条潇洒之河、开放之河，它无拘无束，它有着无法之法，它自由自在。但是，你不得不承认，它是一条令你心动的，即便你走遍世界，也不多见的特殊的河流。

与此同时，濠河又不是孤立的，作为一条环城河，它自然有自己的流向和走动，它又是丰富的、有故事有内涵的，凡濠河流水历经的沿岸，不是一览无余，也不是光靠几棵树数丛花组成的沿岸风景。濠河的沿岸，处处是经典，处处有传说，博物苑，文峰塔，纺织大观园，天宁寺，光孝塔……历史就在岸边，文脉源远流长，名胜遍布河岸。

如果濠河是一本书，这就是一本读不厌、读不完的书，因为它是有层次的,是层出不穷的,它可以展开无数的故事的篇章,它可以让我们想象的翅膀飞向无限。

如果濠河是一条奇异多姿的宝带,在它的四周,又散落着无数的宝贝,琳琅满目,遍地珠玑,濠河以水作绸带,把这许多散落的珍珠串成了一体,濠河似一条沉甸甸的缀满着珍宝的彩链就这样铺洒在南通的大地上。

我为我故乡的濠河骄傲,但我也奇怪,一条普普通通的护城河、存在了上千年的老河道,为何能在今天散发出如此灿烂的全新的能量?

且让我们把眼光放开来,放开去,我们身在濠河,放眼四望,濠河之南,即是长江,长江就在濠河的身边,滔滔江水之声,和濠河的波声融成了同一首交响曲;向东看,那是黄海,汹涌的波涛,拍打着濠河脚下的大地,传递着豪迈的情感和力量。在江与海的交汇之处,我们的濠河,酝酿于江海之中,得益于江海的滋润,它既继承了长江的高贵品格,又收受着大海的无私的孕育,它是江海交集的结晶,是江海文化的具体呈现。

江海文化,就是一个意思:开放;江海文化,就是一种感觉:包容;江海文化,甚至就是一次相遇:是过往的日子和今天的相遇,是时间和空间的相遇,是细致和豪放的相遇,是低调和进取的相遇,是精神和物质的相遇。

于是,我们今天看到的濠河,它是富丽豪华的,它是具有豪气的,它是无比豪迈的,同时,它又给我们呈现出它的另一面,它是细腻的,它是精心设计的,它是独具匠心的。

这是濠河的双重形象,生发于江海文化中的濠河的性格,就是南通的性格,就是南通人的性格,就是南通文化的最具体最充分的体现。

濠河,我的父亲河,我的母亲河,让我这个南通籍的游子,永远地心系于此,永远地梦回萦绕。

现在,天色已晚,我们启船登岸,回到住宿之处,从宾馆服务员那里,听到了久违的亲切的南通乡音,这个晚上,我就这样枕着濠河的波声和南通的乡音入睡了。

牵　手

儿子小的时候,带他出去,他总是知道牵住母亲的手。人多的时候,也能感觉到手牵得紧紧的。以后他长大一些,其实还没有真正长大,就不想牵母亲的手了,离开了母亲,独自在前面蹦蹦跳跳,或者骑上他的小自行车,一路先去了,扔下母亲在后边的路上远远地看着他。有一次,我快步追上儿子,佯叹一声,说:唉,还是女儿好,女儿是妈妈的小棉袄。儿子停下来,认真地看了我一眼,说:儿子是妈妈的大衣。

棉袄能御寒,温暖;大衣呢,当然能挡风。儿子真能为我挡住些风,遮住些雨吗?即使不能,即使儿子根本还不知道什么是遮风挡雨,听了儿子的话,心里真是有些感动,也不知感动的什么,便觉得人生却是多么的好。

也许,这就是子女给你的报答。

老话说子女就是债。一点不错。父母对于子女的帮助,抚育成长,与生命同在,这种帮助更具体,更实在,更有形。而子女给予父母的东西,更多的是无形的,是一种精神上的财富,虽然父母也许从不要求子女给他们什么。

当我枯坐寂寞的书房,孤独地与书籍做伴;当我从电脑上下来,头昏眼花,肩膀酸疼,手指僵直;当我不能被人理解;当我身心都很疲惫;

当我找不到愿意听我说话的人——每当这样的时候,我最愿意也是最喜欢的事情,就是带儿子上街。

渐渐地,儿子已经不十分需要我再牵着他的手;渐渐地,儿子觉得应该由他来牵我的手。无论是我牵着儿子的手,还是儿子牵着我的手,这一份亲情,这一份感觉,会永远温暖我的心,鼓励我。

我的一些朋友、熟人常说,平时看不到你,却常常见你在星期天牵着你儿子的手,在街上走。

是的,我想,这也许是一个女人最感温馨的时刻呢。

永远的故乡

在1970年前后的两三年里,我们一家下放在吴江桃源公社新亭大队。新亭在桃源的最南边,桃源在吴江的最南边,吴江在苏州的最南边,苏州在江苏的最南边。从地图上看,桃源和新亭都陷入在浙江的包围之中,如果觉得这样说比较被动,反过来说也一样,桃源和新亭,是江苏伸入浙江腹地的一个尖尖。我就是在这个尖尖上,度过了从少年到青年的人生重要阶段。农闲的时候我们也和农民一样要上街。离我们最近的街,就是桃源公社所在地戴家浜,但因为当时戴家浜的商业不发达,我们就向往比戴家浜繁华一些而且稍有点名气的铜罗镇了。

那个时候大家并不管它叫铜罗,而是叫作严墓。我们上严墓的街,是摇船去的,去过多少次,不记得了,但第一次却记得很清楚。那时候我们全家刚刚下乡来,新亭三队的农民对我们十分友好,今天你送几个鸡蛋,明天他送几个团子,而且一形成了风气,还互相攀比,弄得我母亲手足无措了,说,这怎么好意思,这怎么好意思。母亲和父亲商量,要上街去买东西还礼,我们就去了严墓,在南货店里买了几十包红枣和柿饼,是用很粗糙的黄纸包的,扎上红绳,放了满满的一大篮子。父母亲还要在严墓办别的事情,就吩咐我蹲在街角,守住那个大篮子。我老老实实地蹲在那里,过了不多久,有人走过,就朝我看,又有人走过,又朝我看,还朝我的篮子里看,再有人走过,看过我和我的篮子后,他终于忍不住了,问我,你是卖什么的?那时候我们才下放不到一个月,我还不会说乡下的话,不敢开口,只是惶惶地摇头。人家也不跟我计较,就走开了。我就那样蹲在严墓的街角,眼巴巴地朝父母亲消失的方向看着,巴望着父母亲及早过来带我回家。

到了1971年,我去震泽中学读高中,路途颇多周折,要先从桃源新亭大队走到铜罗,再乘船去震泽,于是在那一年多的时间里,便有了无数次的往返,往返于桃源和铜罗之间,一路金黄的油菜花,一路青青的麦苗,一路红色的紫云英,至今都还历历在目。

从桃源到铜罗,途中是不是要经过青云公社,我不太清楚,但是在震泽中学时,我有几个家住青云的同学,他们曾经向我描述他们家乡的种种情形,于是,青云公社也就和戴家浜、和严墓一样,留在我的记忆深处了。

这是近四十年前的事情。快四十年过去了,有一次我又站在严墓的街上了,我不知道这是人生的偶然还是生活的必然,但事实上我又来了。我朝街头一看,就看到了我自己,一个刚从城里下乡来的小女孩,茫然地蹲在异乡的街角,看守着那一篮红枣和柿饼,我已看不清我穿的是什么衣服,也看不清我梳的什么头,但是我清楚地看见,包红枣的纸,蜡黄蜡黄的。

那一天严墓街上人很少,街是旧的,房屋是旧的,人是安静的,有一些老人坐在街边说话,打牌,看街前小河的流水。他们本来就很轻微的声音被安静的小街掩盖了,他们和他们所做的事情,对我来说,更像是一幅画。站在这幅画前,我没有多问一句,没有打听严墓有没有喧闹的新区或者发展中的工业园区,也没有打听严墓有多少历史和传说,我只是和严墓的老街一样安静地站在这里。

也许,严墓的名人故居正深深地隐藏着,严墓的历史遗迹正在悄悄地呼吸着,即使我们一时看不见它们,我们也知道,严墓是历史的,是值得我们流连忘返的。我看到的是许多普通的老宅民居,历史的沧桑落在它们的面庞上,时光的印记刻烙在它们的脊梁上,我在这里与它们的交流,我觉得更亲近,更自然。走进名人故居,面对名胜古迹,我会升起敬意或小心翼翼,但走在这个普通的旧了的小街上,我收获的是自由和放松,拾起了自己的少年,就像在自己的家,不用肃然起敬,也不要用心听讲解员刨根追底的讲解。

这里没有很多的游人,也没有很多的旅游纪念品,甚至连他们的闻名的黄酒,也藏在深巷小街和村里乡间。但是酒香飘了出来,我们闻到了。从小街乡间飘来的酒香,让我深深感到了安详和谐的气味。这种感觉陪伴着我、温暖着我,一直到前不久,我收到了桃源镇给我发来的《吴风越韵溢桃源》这部书稿。在这部丰润厚实的书稿中尽情徜徉,我再一次收获了我的桃源铜罗青云给我的心灵滋补,再一次享受了第二故乡给我的精神抚慰。

许多年以后,我才知道,"桃源"这个充满诗意的名字正是取于"问津桃花何处去,为有源头活水来"的著名诗句;我又欣喜地了解到,在青云这片土地上,许多古桥保存完好,桥上的对联,比如"北望洞庭,山浓如翠东连笠泽,水到渠成"、"冰鉴一夜秋水影,渔歌两岸夕阳村"等等,宁静纯洁的品味,让我犹如置身在一个天然的文学氧吧之中;而铜罗和严墓的名称更替,更是别具意思:铜罗曾经是严墓的前称,后来因为发现了西汉严忌的墓,从此铜罗便改称严墓。1957年严墓区划分为铜罗、青云、桃源三个乡,此时的严墓又成了铜罗镇所在地的地名。现在情况又发生了变化,严墓之称已经真正消失,而铜罗镇也已成为桃源镇铜罗社区。

桃源、铜罗、青云，虽然是三个不同的名字，但它们是相依相存的，它们的气息是相同相通的。它们有着一样肥沃滋润的土地，有着一样悠久灿烂的历史，有着一样丰厚的文化底蕴，它们共同扛负起这个江苏最南端地区的繁荣发展的重任。

历史可以变革，行政区域可以重新划归和变化，但这些都无法改变一个人对故乡的深情。

就说铜罗吧，许多年来，岁月流逝，铜罗消失了，变成了严墓；岁月又流逝，严墓又消失了，变成了铜罗；岁月再流逝，铜罗镇消失了，变成了铜罗社区。但是，我们知道，在这个世界上，凡有消失的，就必定会有不消失的。无论是铜罗也好，严墓也好，是镇也好，区也好，就像改成了桃源镇的戴家浜，就像改成了青云社区的青云公社一样，永远留守在我们的心底深处，家乡安详和谐的美好形象，在我们心里永远不会改变。

又走运河

在我人生的经历中,有一段时间我常常沿着运河走。我们全家下放农村的那一天,坐着航船,在运河里走了整整一天。第一次看运河,竟让我看了个够。下晚的时候,我们来到了新的家,那是紧靠运河的一个小村子。这个地方离茅盾的故乡乌镇不远,农闲时,我们就沿着运河走,走到乌镇去。也有的时候,我们在岸上走,我哥哥就在运河里游,运河就是这样,和我们的生活融在一起。后来我考上了镇上的一所高中,每学期数次来回,都是坐运河上的航船,是运河的水,将我送向知识的远方。又后来,我高中毕业独自插队,无巧不成书,这里又是一处运河沿岸,每天我和农民一起下地劳动,收工回来,就在大运河里泡一泡,洗去一天的疲劳。我的游泳,也是在运河里学会的。每天,站在运河边,看着流不断的运河水,当时想了些什么,现在早已经忘了,也许,我曾经像运河一般的激动奔放,或者,我又像运河一样的平静淡泊。我在农村劳动把腰做坏了,父母亲替我联系了城里的一位推拿医生,我每隔一天就从乡下坐班车进城去治疗,那一段的乡村公路,恰也是沿运河而筑。我坐在车上,看着运河的流水,时而湍急,时而舒缓,看着一掠而过的五十三孔的运河桥,数着运河上的船只,我一点也没有为自己的前途和伤痛着急。运河博大的胸怀,运河从容不迫的气度,抚平了我内心的焦躁。

再后来,我回到了城市,离开了运河。再后来,运河也渐渐地老了,河道窄了,河床高了,河岸也不那么坚固了,河里的船只船队经常堵塞,河上的桥梁也经常会被碰撞。尤其是经流那些城市的河段,更是老态龙钟,船只繁忙穿梭,随意停靠,运河不仅不再为城市的面貌增色,反而成了城市发展的阻碍。偶尔在夜深人静时,隐隐约约听到远处传来航船汽笛着急的鸣叫,我心里一动,就想起自己的少年时代,想起那时候运河少年般的活力。

无论运河是不是老了,我毕竟已经远离了它,它从我的生活中淡出了。没想到的是,最近却有机会又走了一次运河,收获了很多的感想。

这是一段年轻的运河。为了能够既保护老运河,又提升水运主通道的能力,同时保证城市的拓展有足够的空间,江苏省和常州市的交通部门花了三年时间,在京杭运河常州段以南,新建了全长26公里的常州新运河段,现在,我们跟随着交通部门的同志,跨上了一艘游艇,开始这一段新的运河之旅。

老话说,北人骑马,南人乘舟。可如今江苏交通发达便利,人们出行再也不用坐船,四通八达的高速公路和不断提速的快速火车,早就解决了人们南来北往的时间问题。运河上,客运船没有了,但货运的船只仍然是一派繁忙景象。在常州新运河上行走的短短的时间里,不断有货运大船和长长的船队从我们身边经过,我们和船员船工及他们的家人互相看望着,倍觉亲切,虽然没有挥手致意,但这份心意却在心里回荡着。看着长长的船队,看见船上的小狗小猫,小小的盆景,晾在船上的衣物,一切都是那么的亲切,那么的温馨。虽然是运河新段,却保留了老运河的气韵和风度;虽然时隔数十年,那一份对运河的感情却依然如故。

新段运河两岸的新气象,新段运河上架设的各式桥梁,新段运河的美观而牢固的堤岸,更是让我们感叹不已。我们并没有走完全长26公里的新段运河,我们也没有来得及经过新河段上堪称"小型桥梁博物馆"的全部十一座桥,但这短短的行程,已经给我们留下了深深的印记,已足以让我们回味,也足以让我们欣慰和感叹。

我们也没有再去看望在常州市区里的老运河段,但我们都相信,它已经得到了最好的修养和保护,它一定会焕发出青春的光彩。听说京杭大运河正在准备申遗,无论它的申遗是否成功,新运河段都有一份不可埋没的功劳。

新老运河,都是我心底的念想。

考高中

1971年冬天,我走在震泽镇的街上。

震泽是一个古镇,有一座宝塔,还有一所很好的震泽中学。

这一年冬天我初中毕业了。上高中的名额是这样分配的:每一所初中,只有两个毕业生可以上高中,而且至少有一位必须是贫下中农的孩子。

在我就读的新贤初中,除我之外,还有一个下放干部的孩子,他也是要去上高中的,还有一个同学,他的成绩非常好,他又是贫下中农的孩子,所以,剩下我的问题,就相当严重了。

父母亲心急如焚,他们四处出击,到处奔波,最后终于替女儿争取到一个额外的名额。

这个名额几乎是决定我人生命运的名额。

因为家庭成分而不能升学的事情,在那个年代太多太多。1998年7月11日,我回到吴江和垂虹文学社的朋友谈谈文学,吃午饭的时候,吴江松陵镇文化站的黄站长问我:"你在苏州,住哪条街上?"

我说:"东大街,盘门附近。"

黄站长说:"噢,知道了,我在新桥巷读过书。"

新桥巷就在东大街,离我家确实很近,新桥巷里有一所学校,新苏师范,黄站长和在座另一位吴江文化局的老师,他们都在新苏师范上过学。那是五十年代,家庭成分不好的人,考试过后,多半往这个学校去。

黄站长说:"有个五门功课开红灯的考上了清华大学。"

我说:"五十年代就这样了?"

黄站长说:"是的。"

我想起我写过的一篇小说《洗衣歌》。

在我上中学的那时候,学校的文工团是很让人眼红的,学生们都愿意参加文工团,但是只可能有少数人进去。再说,即使进了文工团,也可能有出来的时候,你若是唱唱跳跳表演方面才能不够,跟不上别的团员,你就只好从文工团里退出来,这其实也是正常的,不能滥竽充数。

但是,在那样的年岁里,除了你个人的水平问题,还会有许多其他的因素决定一个人的命运,比如说,政治的因素,家庭的因素,等等。

我天生不善唱唱跳跳,毫无艺术细胞,毫无表演才能,从小到大一直这样,所以我也没有参加文工团的心思,我写的,是和我同宿舍的一个同学的事情。

她参加了文工团,轮到有演出任务时,每天夜里都要排练到很晚很晚才回宿舍,那时候,宿舍里其他的同学,都已经早早地进入了梦乡。

这位同学睡的是上铺,有一天,也许是太辛苦了,夜里回来爬床时,从床上掉了下来,摔伤了,但她仍然坚持排练。

记得,那一回她参加演出的节目就是《洗衣舞》。

那一阵,我们的宿舍里充满了她的歌声:"哎,是谁帮咱们翻了身哎,是亲人解放军,是救星共产党……"

可是,终于有一天,她没有到很晚就回来了,大概在我们准备休息的时候,门突然开了,她一脸泪水走了进来,说:"不要我了"。

原来,这一次的演出是慰问解放军的,是一个严肃的政治任务,参加演出的演员的情况都要向上级汇报。上级看过情况,觉得我们同宿舍的这个同学,家庭情况不理想,她父亲是犯了错误下放的,并且错误性质很严重,于是,要学校文工团重新换人。

就这样,我的同宿舍的这位文工团员,流着眼泪,回来了。

她趴在床上哭了很久很久。

事过许多年以后,有一天,我走在街上,突然听到广播里放着一支老而熟悉的歌曲,就是《洗衣歌》:"哎,是谁帮咱们翻了身哎,是亲人解放军,是救星共产党……"突然,沉睡在我心底的往事涌现出来,我仿佛又听到了我同学的哭声,在不正常的年代里发生的不正常的事情,再一次搅动了我,触发了我的创作灵感,就这样,我写出了《洗衣歌》。

我还是得回到从前,那时候我还没有上中学,只是争取到一个极为宝贵的名额,但事情还没有结束,那一年的高中,是要考试的。

下雪的时候船在河里慢慢地走。船走得并不慢,是因为下雪,雪落下来是最轻最柔的,河面上风平浪静。在南方并不是每个冬天都下雪,或者换句话说南方几乎每一年冬天都不下雪,这样说法基本符合事实,但也不是绝对的。在我们来到桃源的三个冬天里,就有两个冬天下了雪,第一次是我们到桃源,大雪覆盖着农村大地,我们的小船靠岸时,有几个在雪地里敲锣鼓家什,我们就下放来了。

第二次下雪是我考高中的时候。

我是坐船到震泽去的。船走得慢是因为它走不快,这是一只摇橹的木船,一个人掌橹,一个人牵绷,在一拉一推中船慢慢地向前。河水被船头分开,又在船尾聚拢,就像水在天上凝聚成雪,雪又在河里化成水一样,一切进行得有条不紊。

但是我的心里不平静,有点紧张,因为我要去考高中。

在1971年冬天,高中是要考的,我和一些农村孩子以及下放干部

永不忘记

我从桃源走到铜罗镇,从铜罗镇上船,船在运河上行驶几个小时,来到震泽。

1972年一年时间,我常常就是这样走过的。

从桃源往铜罗镇的路,相当偏僻冷清。虽然路途中也要经过几个村庄,但是一过了村庄,又是一眼望不到边的田野,一踏上这小道,经常几里地看不到一个人,碰到天阴下雨,更是冷清得出鬼。在乡下,大家常常说鬼的故事,我所听到的鬼的故事,每当我一个人踏上这条乡间偏僻小路时,就纷纷跑出来吓唬我,再加上自己的想象力,我常常被自己吓得魂不附体。但是,害怕也好,不害怕也好,学总是要上的,虽然开始的时候,并不是出于我的自愿,但是时间一天天过去,我对上学、对读书的愿望越来越强烈。我已经离不开学校,因为在学校里,在书本中,我发现了更为丰富的世界,我不能不上学,就这样,在学校时想回家,回家路上却提心吊胆,又害怕,又坚强。妈妈的担心却和我不一样,妈妈担心的倒不是故事中的死鬼,而是活鬼。

幸好有朱杏玲,我们结伴而行,在离新亭三队不远的村口分手,她往南去,到前浩大队,我往东来,回家。

然后,我们约定时间,在分手的路口集中,再往前走。

路口有座亭子,亭子里常常有路过的人歇脚。

可是有一天,朱杏玲没有在约定时间出现,我等了又等,只得一个人硬着头皮上路,只记得母亲站在亭子里向我挥手。

就是这一天,我碰到一个人。

其实我根本没有看到过他的脸,对他的外形毫无印象。

那天我一上路,走了不久,就发现身后不远不近地跟着一个人。我赶紧快走几步,见我走得快,他也快快地跟上,我放慢脚步,他也就慢下来,一直这么不远不近地跟着我,好几次到了有拐弯的地方,我都暗暗希望他拐弯走了,可是他一直没有拐弯,一直跟着我。

我开始害怕,后来越来越怕,不知如何是好。终于,我看到了前面的村庄,急急忙忙走进村子,来到靠着村边第一户人家,一位大嫂坐在门前做针线,一个男人正在一边修鸡棚。

我惶惶地向大嫂说:"你能不能帮帮我?"

大嫂向我看看,问:"什么事?"

我说:"我到铜罗去坐船上学,后面有个人一直跟着我,我走得快他也快,我走得慢他也慢,我害怕。"

大嫂朝我身后看看,果然也看到了跟着我的人,我还想再说什么,大嫂却说:"你不用说了,我知道。"大嫂向我挥挥手。"你放心地走吧,"大嫂说,"我们会拦住他的,一直到他追不上你才会放他走。"

我根本也没来得及谢大嫂,便赶紧上路,一边走一边往后看,果然再没看到那个人继续跟上来,我想大嫂大概真的把他拦住了。我并不知道发生了什么事情,大嫂是怎么拦住他的,说了些什么话,那个人是怎么说的,后来怎么样了,这一切我都不知道,反正一直到我走到铜罗镇,我再也没有见到那个人的影子。

这事情过去近三十年了,到底我也没有弄清楚跟着我的人是什么下乡的知青，有许多来接知青的船。吴江是个水乡，在1974年的时候，县城与乡间的公路不像现在这样四通八达，下乡去多半是要乘船的，南人乘船，北人乘车，从古就是如此的。

更多的是来欢送我们的同学，他们暂时还不知道自己的命运，不知道自己将会追随我们下乡呢，还是留在城里做工。他们也许心里忐忑不安地等待着，但他们怀着满腔的热情和恋恋不舍的心情来欢送我们。

原先决定送我下乡的同学可能有两三人，但是后来有十几个人跳上船来，大家都很激动，他们虽然自己不下乡，但是也被这种场面感染了，他们陪着我一起踏上人生漫长的不可知的道路。

跳上船的都是女生，有一位男生塞给我一条毛巾和一块肥皂，他本来也是想上船送我的，但是不好意思。后来过了一些日子，他单独来到我插队的地方，还和我一起去场上干了一会儿活，后来他走了，再也没有来过。

农民问我："他是你的男朋友吗？"

我说："不是的。"

农民们觉得奇怪，我也有些奇怪。

1974年12月22日，一艘水泥船载着我驶向新的生活，我的许多女生朋友，她们来到我将要待很长时间、也许待一辈子的地方，她们帮我布置房间，中午队里给我们烧了一大桌农家的饭菜，有大块的红烧肉，我们无忧无虑地吃着，说着，笑着，最后她们走了。

现在只剩下我一个人了。

队里只有我这么一个知青，没有集体宿舍，我寄住一户农民家里，他们家的住房比较宽裕，有空房间，我就住了那间空着的房间。

在我下乡的那一天，他们在我的屋里砌了一眼灶，安了一口锅。

其实，当时从我自己的想法和我父母的意愿，都希望刚刚下去时能够在房东家搭伙,等以后习惯了再自己开伙,房东母子倒是愿意,可就是媳妇不乐意,所以我得自己做饭给自己吃。

房东媳妇是个爽快的人,一点也不刁钻促狭,也不是斤斤计较的,但是她坚持要我自己另立门户,我当时并不明白这是什么道理,对他们来说,让我搭伙也许更实惠一些。过了好多年后,我突然想到了一个道理,原来那时候我已经长大。年轻的房东女主人的心思,我应该是明白的,可是当时我确实是不知道,也许当时我还没有意识到自己已经长大了,现在许多年过去了,我一直没有机会见到我的房东,如果有一日见了,我也许会笑问她当年的心情,只怕她早已经记不得了。

我就这样面对一眼土灶和一张小床,开始了我的独立生活。

在乡下演戏

上水利工地，也就成了农民们离开村庄的唯一的机会。

水利大军住在工地上临时搭建的草棚里，铺着稻草，盖着打补丁的被子，男男女女挤在一个棚里，在艰苦的生活中，却没有人说这就是艰苦。

为了慰问辛苦的水利大军，也为了鼓舞大家的干劲，许多地方都搞出文艺宣传队或者类似的内容，在工地上演出节目，让民工们看，我们大队的这个任务，落到我头上。

我们那一带，大概是没有接收下乡知青的任务，所以知青很少，在我们生产队只有我一个，全大队也只有少数的几个，看起来有些孤独。其实不然，生活使我们更早成了一个真正的农民，我吃住在农民家里，和他们一样生活，下地劳动，因为表现不错，当了团支部书记，大概就因为此，文艺宣传队的事情也就非我莫属了。其实我没有文艺细胞，不会唱歌不会跳舞，连念快板书也念不好，就只好当宣传队长了。

十几二十个姑娘小伙子，白天劳动，晚上排练，节目内容呢，自己现编，这个队里的张三表现好，我们就唱他一唱，那个队里的李四干劲高，我们就跳他一跳，后来小节目不过瘾了，开始排大戏。记得排过两出戏，都是割资本主义尾巴的，台词自己瞎编，但是作曲可不会，就借用现成的沪剧和越剧的唱腔唱起来。有一个戏,一出场就是一个小木匠,念道:笃笃笃,一日一块八,又吃鱼来又吃肉。小木匠由队里最英俊的小伙子扮演,台下的人看上去,像看洪常青一样,但其实他的角色是一个落后的只知道一日挣一块八,又吃鱼又吃肉不问路线的人物。

另一出戏有一段唱腔,至今还记得:"宇红一番话,似春风吹进我胸膛,又如一副清凉剂,使我清醒了头脑,认清了方向,增添了无穷力量!"无疑,宇红是女主角、一号,是党支部书记,像江水英那样。唱这一段的人呢,大概是个队长之类,好人,老实人,但有些糊涂,不认方向,被阶级敌人利用,最后在宇红的帮助下,终于觉悟过来。这样的戏,大家看得津津有味,我们也演得自我感觉良好。

很快,我们这个宣传队的名气传了出去,相邻的队和离得比较远的村子,都争相来请我们去演出,于是我们向大队申请了一条演出专用的船。演出多半是晚间,我们的船经常深夜航行在河港湖汊。有时候,望着满天的星星,听队员们哼哼唱唱,我心里涌满了什么东西,但也不知道那是些什么东西,现在再去回想,竟像在梦中似的。

有一天,突然有一个队员像发现了新大陆似的问我:"咦,不对呀,你自己怎么一个节目也不演呢?"

我很难为情。

许多年以后,开始流行跳交际舞,在大家跳得都不想跳了的时候,我仍没有学会。曾经写了一篇随笔,说看别人跳舞也是蛮愉快的事情,其实哪能呢,看到人家翩翩起舞,引人注目,心里总是有些嫉妒的呀。

现在的社会,一个人如果不会跳舞,大家都觉得他或她的生活将是单调而且枯燥的。不会跳舞,无疑是生活中的一种缺陷,一个遗憾。

我不会跳舞。在我不会跳舞的生涯中,常常充满了因为不会跳舞带来的一些尴尬。

最早的尴尬大约在二十世纪八十年代初就出现了。一次全国性的文学会议,那一年虽然是我开始写作的第五个年头,但在这五年中,我更多的只是躲在自己的小天地里,在我们这个比较封闭的古城里做着自己的作家梦,和文学界基本上还没有什么直接的接触,最多也只是和一些编辑们有一些信件的来往,那一次的会议,也是我第一次参加大规模的文学活动。舞会是不可少的,记得当舞曲响起来的时候,就有人来请我跳舞,我立即红了脸,说我不会跳舞,但是人家不相信反复地说,你不可能不会跳,你怎么可能不会跳。我不知道这种判断从何而来,我也不可能细细地去想这个问题,当时我很尴尬,但是很快我发现更尴尬的不是我,而是那个请我跳舞的人,他站在那里,走也不好,不走也不好,完全是一副无所适从的样子,最后我听到他说:"这样站着挺尴尬。"我不知道他后来是怎么走开的,我只知道自己特别对不起他,这种内疚的心情一直到现在还存留在我的心里。

但是我始终没有学会跳舞。

早知如此,还不如当初在乡下硬着头皮上台试一试,说不定试出个刘晓庆、巩俐来呢。

旧藤椅

家里有两张藤椅，二十多年前买的，还记得是由我的两位女同学，撞见一走街串巷的卖主，拉了到我家来的。母亲不得不付出一笔额外的开支，多少钱已记不得，如今回想，同学所以会将藤椅送上门来，大概多半是看着我家的坐椅已不成样了吧。我那时也已长大成人，晓得要个脸面什么，家中大小事等，虽有母亲操持，我们没有实权，但有发言权，希望能添两把好些的坐椅也是可能的，并且可能在同学面前也已有所吹嘘，被同学记住，就有了送椅上门的事情。二十年过去，藤椅随着我们的家搬来搬去。我们虽也随着潮流添置了别的坐椅，像沙发、转椅什么的家中也不是没有，但坐来坐去，总不如藤椅好。藤椅便很得宠，也就破败得更快些，再加上儿子的某些人为破坏，拿小刀割断一根藤条之类，藤椅终于不能再用，折了腿，不敢坐了，扔了，另一张留用，也已经千疮百孔、支离破碎、面目狰狞，仍当堂放着，大家仍抢着坐它。凡来我家的客人，并不对我们的新家具有兴趣，却每每有意无意地看看我们的破藤椅，不怎么很熟的，看了也无话，熟些的人，也不说话，只看着那藤椅笑，我们也一起笑笑。

就这样，要买一对新藤椅便成了我们的话题，也成了一件不难的难事儿，如今家具潮流虽然一浪赶着一浪，翻新复古，可谓无所不有，可偏偏藤椅难觅。我丈夫在星期天也专门外出到处寻找，回来却说找不到，也不知是真去找了还是溜哪儿和朋友侃去了，总之没有买到。每每留心着有没有"藤靠背要伐"的叫卖声，终是不闻，怀念从前的两位女同学，想再没有人会撞上卖主替我送来，世事多变，人间沧桑，有一丝惆怅。

一日外出归家，上得四楼，见家门口端的放着一把藤椅，虽不是一把新藤椅，但比起我家留用的那藤椅，真不知要好上多少，进门问保姆老太怎么回事，老太说："你看看，是你儿子替你捡回来的。"

老太继续说，那日听得楼梯上哧吭作响，并伴有急切的呼喊"阿婆"声，开门一看，我儿子大汗淋漓，携他的一个同学，两人扛着这把藤椅很英勇地上来了。儿子得意道："垃圾堆边捡的。"

老太说："你怎么变成拾荒的了。"

儿子道："这藤椅比我家的好多了。"

老太道："好也不能去捡垃圾呀。"

儿子说："妈妈要坐。"

保姆老太笑起来，向我说："看看你儿子。"欢喜之情，溢于言表。

朋友有闻，戏言你有个孝子呢。

我却无话，心里忽悠一下。

难为儿子一点点心意，其实在我们成人的交往中，若人人都能为别人留一点点心，那应该是一件很好的事情。

只是我不知道该怎么处理儿子的一点点心意，捡来的旧藤椅仍然置于家门口，那儿正好有一个空隙，不影响楼上的邻居走路，保姆老太说："隔日我擦擦干净，把它拿进来，家里这把，扔了。"

我不置可否，因为我真的不知道我该怎么处理它。

儿子每天上学放学，都看这把捡来的旧藤椅，他不知道我为什么不处理它。

旧家具

我在平常生活的方方面面应该算是比较保守的，从观念到行为自认为都比较传统，对新事物的认同便比较缓慢，对新鲜事情，少一点热情，多一点观望和怀疑，所以总体上大概是个传统人物，不是新潮派。

但在平常的日子里，也难免有我激进的时候和对象，虽然不多，但毕竟是有的，比如，在家具的更新换代问题上，我是当仁不让的改革派，因此，常常受到全家人的一致反对。首先是父亲反对，父亲年纪大，当然有些忆旧，不同意大刀阔斧地把伴随了他许多年的东西一股脑儿就扔了。丈夫的反对，倒不是因为什么旧情旧感觉，他是怕烦，因为每添置一件新东西，意味着家里的布置又要搬来搬去一回，有时间在家干这些无聊的事情，还不如出去和朋友喝酒吹牛胡吹海聊，多来劲，便也是一副坚决不赞同的冷冷的嘴脸。我家的保姆老太太呢，和我心意最相通，但在这个问题，她基本上也没有站到过我的一边，她虽然不好直接反对，但脸上总也忍不住露出不以为然的意思。以上三位的态度，其实我都能够理解，也都算正常吧，而且他们的反对都不算激烈，也不算过分，只是嘴上说说，甚至嘴上也不说，只是脸上有些表情罢了，因此也就不能真正阻挡我的改革方针和路线。这时候就有一个人跳了出来，那就是我的儿子，他是我的最最激烈的反对派。十几年来，我的家具更新的诸多设想,没有一个得到过他的赞成,理由很简单,旧东西不能丢,我无法弄懂,小小的年纪,怎么一付老保守的嘴脸,奇怪奇怪。

当然,因为我是妈妈,他是儿子,妈妈的方针政策路线,如果真的下决心推行,儿子也是反对不掉的,所以,常常在反对声中,新东西进门了。儿子看到新家具,也是喜欢的,他并不反对迎新,但他反对辞旧,他决不向旧的东西告别,经常在被我扔掉的垃圾堆里拣回什么藏在自己屋里、床肚下、桌肚里,到处都是,看到我皱眉头,便说,这是我的房间,我爱放什么就放什么,很独立的口气。我说,你的房间也不应该是垃圾站呀,他振振有词,什么垃圾站,哪里有垃圾,这东西,一点也不坏,为什么扔了?那东西,还是新的呢,多少钱买的呢,为什么不要了,你不要,我……我要的。就这样,许多旧东西都到了儿子屋里,宝贝似的藏着。

家里曾经有一台缝纫机,全家根本没有人会用,所以也根本没有派过任何用场,倒是儿子小的时候,出于好奇,把它当成了玩具玩过一阵,后来也不觉得好玩了,便彻底地丢弃在一边。我在结婚时,学着当时的新娘子风气,虽然自己不会用缝纫机,但知道新房里没有一台缝纫机是很丢脸的,一心想要办一台,但实在经济实力不够,没有买成,婚后一直耿耿于怀,终于积了些钱,第一件事就是将缝纫机买了回来。所以说,这台缝纫机从买回来的第一天起,就不是一台缝纫机,而是一个累赘,因为十分沉重,家具搬挪的时候,如果丈夫不在家,或者懒得动手,我自己只得拖着它移来移去,沉重的轮子,将家里的地板划出许多道道,这是它唯一的功用了。许多年过去,虽然住房面积增加了又增加,但家具也添了又添,最后终于没有了缝纫机的位置,而且缝纫机的面貌也已经老得不能再老,与整个家庭设置又很不协调,我便下决心送给一个远房亲戚。那天正在商量此事,被看起来漫不经心的儿子听到了,心疼坏了,死活不肯,罗里吧嗦像个老太太唠唠叨叨地说,缝纫机我要的,缝纫

机我要的,缝纫机我是不送人的。最后只得骗他,说亲戚家要用缝纫机,是借给他们用几天,方得把缝纫机从他的拥挤不堪的房间里搬了出来,但此事倒也成了他的一桩心事,过几天就会想起,怎么还不还。直至今日,这件事还是一桩悬案呢,真是不大明白儿子对缝纫机的这份情感由何而生,对旧家具的这种珍惜的不舍的情感从何而来。

每当听说家里要添置什么新东西了,儿子第一个想到的就是老的东西怎么办,担心地问:"又要扔了?"

你告诉他,旧的不去,新的不来,他听不进去,因为儿子从来没有把家里的任何一件东西看成是旧的,拿他没办法。

在创建卫生城市的时候,全市大运动,每天电视里都放,全民搞辞旧迎新,领导号召大家把旧东西和旧传统一起抛弃,结果许多老太太十分气愤,我叫儿子看看电视,儿子不看。

除了对旧家具,儿子对旧衣服也有一种特殊的感情,老话说,人不如故,衣不如新,儿子从很小的时候起,就对新衣服没有感情,对旧衣服则是留恋再三,不肯脱换,害得我这个做母亲的,常常遭到批评。大家说,你看看你儿子身上,连件像样的衣服都没有,不是吊在肚脐眼上,就是露出破绽,你大概只顾自己的事业,不管儿子吧。说实在的,我放在儿子身上的精力是不够多,但是替他买新衣服总还是有心情有时间也有兴致的,只可惜儿子对新衣服天生没感觉,不要,我跟着受回冤枉,也是活该呀。

儿子的妈妈说起来也不能算是个多愁善感的人,他的爸爸更谈不上,不知道儿子从哪里来的那么多旧日情感,不用说对活生生的人,即使是对那些没有生命的家具也这样。

体　验

因为丈夫的老家在苏北,也就便有了一种解不开的与苏北的联系和缘分。

在后来的日子里,带着儿子,跟丈夫回苏北老家过年,这几乎成了每年都要做或者都想着做的一件事情。

有一年,忙忙碌碌,一直到年二十九才上路。

遇上了难得的恶劣天气,一路风雪交加,强劲有力的米雪直打车窗,汽车像蚂蚁样地在结了冰的公路上慢慢地爬行,一小时十码吧。

我们的心都提在手上。司机的脸色铁青冰冷,像车外的天气。

气温骤然下降,毫无准备的我们,既没穿上足够暖和的衣服,也没有准备多少食物充饥。以往常的经验,从苏州往苏北这一路,可以停车吃饭的地方多的是,到处能看见花红柳绿的饭店打工少女站在公路边甚至站在公路上向你的车招手,路边各种各样的干净的和不干净的装修得很好的和装修得不怎么样的饭店张着大嘴向你笑。可是今天,已经是大年二十九,打工妹大概都放假回家过年了,公路上没有她们的俏影,路边的店,一一都关了门,紧紧闭上了他们的嘴,把我们和我们的车无情地挡在风雪之中。

饿了,又冷,长时间坐车,又累,怎么办呢? 不可能有任何别的办法,唯一的办法就是继续往前开。

在任何场合从来都不肯安分的儿子,这会儿却安静得出奇,他靠在我的身边,默默地看着车窗外的大雪。

我说:"你饿了吧?"

儿子说:"饿了。"

我说:"你冷吧?"

儿子说:"我冷。"

我笑了,说:"你总算是尝到饥寒交迫的味道了。"

儿子侧过脸看看我,突然问:"妈妈,我们家算是有点钱的吧?"

我一愣,不知怎么向儿子解释钱不钱的事情,犹豫了一下,说:"就算吧。"儿子叹了口气,说:"有钱有什么用,我们现在是旱鸭子。"

我心里一动,想起大家常常说来说去的一句话——无钱是万万不能的,但钱不是万能的,我儿子在这风雪交加的路途中,终于也体验到了这句话的意义?

恐怕还早一些吧。现在的孩子养尊处优,恐怕是很难体会有钱无钱的滋味呢。

孩子,什么时候你能够真正明白钱是什么?

也许一辈子也难以真正明白钱是什么。

像我,到四十出头的年纪了,难道就能说我已经真正明白钱是什么了吗?

没有,远远没有。

雪已经将车窗封住,看不清外面的世界了,司机过一会就停车下去,将车窗玻璃上的挡住视线的冰花铲清,再上车时,头上已经是白白的一片,到这时候,我们大家反而放下心来,提心提得也累了,提着也是没用,就将一切,无奈地交给司机去吧。

忽然，司机停了车，回头向我们说："下车吃点东西吧，路边有个小店开着。"

车门已经被冰冻住，费了很大的劲才打开，我们一群人抖抖索索下车来。

这是一个叫作季市的苏北小镇，我们踩着冰雪拥向这条漫长的公路上唯一开着的小店，看到店门口大炉子上的大锅里腾出热气来，我们一下子又回来了。

只有一个品种的食物：馄饨。

两元钱一碗。我们每人要了一碗馄饨，在饥寒交迫中我发现我儿子的目光始终追随着小店店主的动作。一会儿，馄饨端上来了，是用苏北特有的那种装汤的大海碗装的，实实足足，看起来不止有三四两。都说苏北人实在，这馄饨真是够实在，在苏州，怕能分作三四碗卖还不止呢。

多么美味可口的一餐饭，一个个狼吞虎咽，哪里的山珍海味也比不上这一碗季市馄饨。

终于暖和过来，心也踏实多了，回到车上，发现司机并没有下车吃馄饨，我们问他："你怎么不吃？"

司机只摇摇头，不说话。

是怕吃饱了不能集中精力对付这天气这路，还是由于精神高度紧张而吃不下东西，没感觉到饿？或者有别的什么原因，我不知道。

车子又上路了。雪仍然下着，但是大家的心平稳多了。

儿子再一次感叹说："馄饨真好吃。"

车上的人笑起来，说："当年皇帝吃红嘴绿鹦哥，吃天下第一菜，就是这样的感觉吧。"

那时候儿子还听不太懂。

乡　下

我已经很久很久没有到乡下去了,我想我能够说出这一句话至少说明我对乡下还是有一分怀恋有一分想念,这是真的。我老是觉得乡下那地方有一大堆的宝藏等着我。越是这样想,我就越是把去乡下的事情看得很郑重其事,越是郑重其事,我也就越难跨出这一步。

但是在某一天,我终于出门了,那一天我儿子还小,他问我:"妈妈你到哪里去?"

我说:"乡下。"

儿子说:"你到金家坝去?"

金家坝是我家保姆老太的家乡,我儿子从很小的时候就一直误认为乡下就是金家坝。

我不好回答儿子的问题,我若说是,儿子以后会不会一如既往地误会下去,我若说不是,儿子会觉得不可理解,我只能含糊一声,就出门了。

我儿子很顽皮,多动,老师说他考试时抬头望着天花板。他大概也知道左顾右盼有偷看的嫌疑,只得抬头望呆。实在想不通天花板有什么好看的,总不能穿透屋顶望见北斗星吧,就算望见了北斗星,怕也不能像文曲星一样照亮他的考卷。于是常常被教育,被骂,在学校被老师批评,回家来被父母亲责怪,却又天生一副好胃口,你口干舌燥,他我行我素,自得其乐。也有大人教育得过火的时候,也生一点气,最厉害的话也能说出来,那就是说:"我到乡下去,不要看你们。"听起来还真有壮士一去不复返的气概。儿子那时候还小,乡下在他的心目中,还没有上升到概念的高度,乡下对他来说,只是一个小小的具象,那就是我家保姆的家。乡下,儿子很小的时候起,就已经把乡下当作他的另一个家,他的退却,他的进攻,都有了一个依赖,或者,在节假日里,儿子并不要求我们带他出去游山玩水,唯一的希望是到乡下去,就这样,大概感情二字的作用。

儿子以为他妈妈的乡下,也就是他的乡下。

其实,我到今天仍然没有回到过属于我自己的乡下。

属于我自己的乡下,是我独自插队的地方,在江苏省吴江县湖滨公社。

现在这个公社已经没有了。

在这个世界上再也没有湖滨公社,改制的时候,它划归镇上,变成了一个镇的一份子。

我再也回不去了。

但是我始终觉得我是回去过了的,我问儿子:"有一年冬天妈妈到哪里去了?"

儿子说:"到哈尔滨看冰灯。"

我对我先生说:"那一年冬天,我不是说到乡下去的么?"

先生狡猾地一笑,说:"你是写小说的人,谁知道你说的是生活中的真实事件,还是你写小说时胡编乱造出来的。"

我是有一篇小说,叫作《独自下乡去》。

我说不出话来。

我回头看到保姆老太洗了脚,我想我还可以请保姆老太作证,但是我一看到她卷起的裤腿和光着的脚,就想,算了吧,做什么证,无人作证,这也很好。

外　婆

当一个生命因我而开始的时候,另一个给予我生命的生命却离我而去,我生孩子十七天,我的母亲就去世了。

这是什么,这是上帝安排的?他为什么要这么安排,我不知道,但是在我心底里,这是一块永远的痕。

当我儿子的生命刚开始孕育时,我母亲也许就已经知道她于世不久了。她躺在病床上,每天靠药物维持生命,病痛稍轻的时候,她的脸上露出神往。我相信,那是对她自己生命的渴求,更是为下一代的即将来临,她开始给我的未出生的不知是男是女的孩子想名字。

每一位父亲每一位母亲大概都会为自己的孩子想许多名字,最后定一个。我和丈夫也一样,设想过孩子的许多叫法。但奇怪的是,那一天,当我母亲脱口一说,我心里立即就认定,就这应该是我孩子的名字,事情就这么定了,没有丝毫犹豫,也没有一点点反复。我母亲甚至疑惑自己取的这个名字到底怎么样,在我们所有人的心中,这已经就是我孩子的名字了。

在我儿子刚刚懂事的时候,他就听我们说过无数遍,你的名字是外婆取的。

后来我们发现,我儿子对外婆替他取的名字竟有一种特别的感觉。

外　婆

他当然不知道大丈夫行不改姓坐不改名一说,但在平常日子里,只要有人或认真或玩笑对他说改名字的事情,儿子立即正色道,我的名字不能改,我的名字是我外婆取的。他恐怕根本还不能理解人的名字到底算是什么,但他永远地认定一个理。

为什么外婆取的名字就不能改,没有人说得出其中的道理,我儿子自己当然更说不出,他只是在心中有一个单纯而坚定的信念,这是他对外婆的一种特殊的感情?

来了新的朋友,或者不知道他的名字来历的人,我常听儿子告诉他们,我的名字,是我外婆取的,我生下来十七天,我外婆就去世了。

有一位退了休的医生告诉我儿子,你外婆那时候,躺在病床上。你妈妈将生下来才五天的你抱到医院给你外婆看,你外婆摸了摸你的脚,笑了。

我生孩子时的病历记录,一直在我家放着。儿子从那上面看到了他自己的小小的脚印,儿子很惊讶,我的脚这么小?外婆就是摸的这只脚?

从某种意义上说,我母亲和我儿子是见过面的。但是从另一种意义上说,他们没有见过面,因为我儿子没有印象,母亲是有印象的,但她的印象只维持了十天。在这十天中,我母亲曾经向守护在身边的人说起她的担心,这个孩子,怎么这么黑。我们都还没有来得及告诉她,那是胎气的缘故,很快儿子就脱了胎气,一点也不黑。但是,母亲她竟没有等得及听一听,更没有等得及看一看。

值得欣慰的是,儿子虽然对外婆没有印象,但外婆的一切,在他心中却是最神圣的。

儿子自己的东西,如学习用具之类,总是丢三落四,乱七八糟,从来不知道整理,你替他整理也是白搭。你前脚收拾好了,他后脚就给你搞乱了,没有办法,可是有一天,儿子忽然很紧张很严肃地跑到我身边,说,妈妈,床头柜里掉出一包东西。

床头柜本来是我的父亲用的,后来移到儿子床边,里边塞得满满的,都是旧报纸包的,儿子从来没有想到要看看是些什么。有一天,突然从柜子里掉出一包东西,儿子打开来,他看到里面都是些信件啦,笔记啦。他看着那陌生的笔迹和陌生的语句,心里突然涌起一种说不清的感觉,慌慌张张来告诉我,妈妈,那里边是什么?

我知道那里边是什么。

母亲的遗物。

我说,这是你外婆的东西。

儿子默然,他郑重地将纸包重新包好,从未见过他如此的认真和细心,将纸包重新放入床头柜,并且放得很严实了,确信不会再次掉出来。

最后,我儿子对保姆老太说,这个柜子里装的,是我外婆从前写的东西,妈妈说,外婆的字,写得很好。

那个人

儿子小的时候,他爸爸照顾他更多一些,夜里换尿布之类,都是爸爸做的。也有做得不好的事情,比如未满月的日子里,由于吃不饱奶,夜里老是哭个不停,做大人的却不知道他要什么。哭了,就给他口水喝,不到三分钟,又哭,总之是不让大人睡觉。他爸爸一夜起来无数次,也不知他哭的什么,第二天还要上班,于是终于火冒起来,对瘦小的屁股打几次。哭声仍然,他也不知道挨打是什么滋味,恐怕尚不知道什么叫疼呢。这事情一直被我们讲到今天,仍然说做爸爸的太蛮不讲理,居然打一个未满月的小人。话虽这么说,其实大家也都明白做爸爸的那时候特别辛苦。每每讲起,像忆苦思甜似的,儿子却嗤之以鼻,不予承认,说,那个人,怎么会?

自从儿子觉得自己开始长大,便和做爸爸的对立起来。做爸爸的威严,个子又大,声音又凶,在外面对任何人都和和气气,没有火气,人称好人一个,但是他的火气到哪里去了呢?不会自生自灭的,生出来了,总是要发出去的,不能在外面对别人发,就跑到家里来发。家里呢,对不起,也不是天生让你发火出气的地方,不能对老婆发,不能对老丈人发,也不能对保姆老太发,好了,现在只剩一个对象了,那就是儿子。反正儿子还小,骂他几句,揍他两下,甚至无缘无故,他又能怎么样。当然,真正无缘无故教训儿子的事情也是不多发生的,多半是儿子该教训,欠揍,做爸爸的才会动嘴动手。

因为爸爸的威势始终悬在头上,儿子便老是觉得自己长得太慢,天天在家量自己的身高。有一天儿子终于也认识到,在短时间内恐怕还不能垂下目光俯视爸爸,但是儿子在心理上觉得自己已经高出爸爸一头了。比如全家排位置,儿子心目中第一位的是从小带大他的保姆老太,第二位才是妈妈,第三位可能是外公也可能是舅舅,或者爷爷奶奶,甚至其他什么人,甚至是不在这一个屋顶下生活的人,但总是没有爸爸的位置,最后一位也排不上,根本就没有爸爸的位置。哼,那个人。

儿子小的时候,不知道有抗争一词,只能寻求保护。好在这个家里,保护他的大有人在。等到他长大了些,或者自以为长大了,至少个子高了,块头大了,有力气了,于是儿子的抗争意识也觉醒了。但是儿子仍然是怕爸爸的,他的抗争,不是当面的,而是背后的,常常在背后,像只小公鸡似的跃跃欲斗。有时候,做妈妈的心眼小,和丈夫闹些鸡毛蒜皮的小矛盾,无处诉说,便去和儿子讲。儿子听了永远都是义愤填膺的,要为妈妈强出头。妈妈心里好感动,好激动,一感动,一激动,便故作认真地说,那既然如此,我们就换个爸爸如何?儿子的眼帘即刻便耷拉下来,脸上讪讪的,好不尴尬。

好在爸爸越来越忙,随着社会的发展,节奏越来越快,做爸爸的在家待的时间也越来越少,儿子总算松了一口气,至少没有人随时随地用不可抗拒的声音教训他了。做爸爸的有个习惯,每天若是不回家吃饭,会打个电话回来通报一下,当然不是向儿子通报。久而久之,儿子便通过妈妈了解爸爸的行踪。

那个人什么时候回来?

那个人今天出不出去?

那个人为什么还不走?

王老师

王老师叫王永勤,在我的印象中他应该是"文革"以前的师范毕业生。在六十年代的某一年,王老师和他的妻子某老师一起来到新贤初中,以后他们就把家安在这里了。他们迎来一批一批的学生,又送走一批一批的学生,从前有句话叫作铁打的军营流水的兵,这也一样适合于王老师和他的学生。

我是王老师的一个学生。

王老师教我们语文。

语文课上,我们把语文书拿了出来,王老师说:"今天不用课本,这个星期我们上一节补充课,课文不在课本上。"

王老师转身在黑板上写下四个字:白杨礼赞。

王老师说:"这是一篇很著名的散文,是茅盾写的,我们节选其中的一个片段,这个片段在从前的初三语文课本上。"

王老师扬一扬手里的书,不知道那是不是初三的语文课本,我们根据王老师的要求,把课文抄了下来。

节选的片段是这样的:

"它没有婆娑的姿态,没有屈曲盘旋的虬枝,也许你要说它不美丽,——如果美是专指'婆娑'或'横斜逸出'之类而言,那么白杨树算不得树中的好女子,但是它却是伟岸、正直、朴质、严肃,也不缺乏温和,更不用提它的坚强不屈与挺拔,它是树中的伟丈夫!……"

王老师要求我们把课文背出来,有一个功课不好的同学也把《白杨礼赞》的片段背了出来,王老师很高兴。

有一天夜里有几个小偷闯进了王老师家,王老师惊醒了,他听见他们在说话,他们说的是拿什么什么东西。在黑灯瞎火的屋里,他们准确地搬走了王老师家的一些东西,王老师事后分析,一定是熟悉情况的人。

被搬走的东西中有一只收音机,这是王老师家最珍贵的东西,还有被子和衣服。王老师喊起了睡在隔壁的陈老师,他们一起去追,看见小偷在前面跑,他们在后面追,追着追着,小偷扔下衣服,又追着追着,小偷扔下了被子,但是收音机始终没有扔下。

小偷逃走了。

王老师家遭窃,我们都十分紧张,王老师却是平静的,他照常给我们上课,只是在开始讲课文前,他多加了一句话。王老师说:"老师家里的东西能够被偷走,但是我们学到的知识是偷不走的。"

不知道王老师退休了没有。

楼下人家

我们家的住房,是在一片低矮的旧民居中突然竖起来的一幢六层新公房,原以为随着这一幢楼房的竖起,跟着会有许许多多的楼房起来,可是没有,我们家的房子,十多年来,一直鹤立鸡群般站在这里。

在初春的某一天,我家楼下的某个小屋或小院里袅袅飘来了哀乐,我的心被拨动了一下。许多年前,当我们这幢六层楼突然地矗立在一大片低矮破旧的民房中的时候,当我们家拿到了这幢楼房中的某一套住宅的钥匙时,就注定会有各种各样的声音从楼下的平房小院里传上来,让我听到,让我的心被拨动一下,或者也可能我会无动于衷。

哀乐从楼下的一个小院传来,我走上阳台朝楼下张望,阴冷的春风吹得脸上生疼。在我们搬迁到大楼里来的十多年时间里,我们每天都能看到小院里的活动,在夏天我们一不小心就看到小院的天井里有一个光溜溜的身子洗澡,楼下人家的坦荡,逼迫着我们不断地走进窘境,感觉上不是我们看到了他们光溜溜的身子,而是我们光溜溜的身子被他们看到了。

如果我没有记错,这位刚刚离去的老太太,是我们搬迁到大楼来以后,这个小院里逝去的第五位老人。在我们刚刚从和楼下的小屋小院类似的环境中进入大楼的时候,我们怀着好奇探视楼下的一切,在不断的探视中我们感觉到楼下的邻居情感的变化。对于冬天挡住他们的太阳、夏天遮住他们凉风的大楼,他们曾经抱着愤怒,他们向造房者索赔各种各样的损失费;当大楼在他们的愤怒中站立起来,大楼居民的脑袋不时地出现在他们头顶上的时候,他们的愤怒已经变成无奈;再过一阵,他们连无奈的情绪也失落了,剩下的只有坦然,他们坦然地面对压在他们头顶上、时时刻刻都可以掌握他们的行动的高大的阴影。我继续朝楼下小院里张望,我看到老太太的女儿坐在小院里的一张小矮凳上,一前一后地俯仰着,哭着念着,她的口齿不是很清楚,也可能是有意含含糊糊,我听不清她念的什么。

楼下小院是一座已经破旧的小院子,在我们刚刚搬迁来的时候,我们朝小院探望,我们看到这小院里人丁兴旺,给人的感觉乱糟糟的。最突出最明显的印象就是小院里老人特别多,像个敬老院似的。冬天的时候,院子墙角边,他们一排坐开,晒太阳,无声无息地生存着。我们过了很长时间才慢慢地明白了他们家的一些人物关系,爷爷奶奶,外公外婆,父亲母亲,一个女孩,两个男孩,其实弄明白楼下小院里的人物关系,对我们家,对我们家的每一个人并没有什么影响。

在弄清了楼下小院里的人物关系以后的几年里,我们开始眼看着小院的人物一个跟着一个地离开了。他们一个接着一个到了另一个世界,所以我们家保姆老太说,日子过得真快。

其实我还说漏了一件事,在楼下小院里的老人一个跟着一个走过去的同时,小院的生命并没有减少,另一种生命的形式又一个跟着一个走过来了。在我们开始窥探大楼下的许多人家包括这家小院的时候,小院还是一个没有孩童的世界,在这些年里,他们家的一个女孩嫁了人,一个男孩到别人门上做了女婿,另一个男孩子则将一个女人娶了回来,这样就有了他们家的外甥,有了一个孙女,又有一个小的孙女,他们基本保持了人丁兴旺的特色。

有很多人从小院进进出出，他们一律穿戴着丧服，忙忙碌碌，但给人感觉忙而不乱，忙得很有秩序很规范。我想大概和他们家不断有人上路有很大的关系吧，若是换了一个人家，多少年也不办一次红白喜事的，猝然碰到一次，一定会乱了阵脚。

有两个小孩子在小院里窜来窜去，另一个坐在摇车里，他们披麻戴孝，嘴里发出快乐的声音，这是小院的第四代。他们现在还不明白死是什么，如果一定要追问他们的想法，他们也许会想到，死是一件让他们快乐的事情，他们从幼儿园的笼子里放出来，来到一片暂时没人管他们的天地里，这里的大人都很忙碌，很少有人腾出精神来斥责他们。

天终于黑下来，楼下小院里的人声已经渐渐隐去，但是灯火仍然通明，守夜的人在小院里默默无语地等着天亮，远处有一两声狗吠传来，小雨仍然无声无息地下着，永远不断似的，夜在雨中愈发的宁静。

第二天，老太太坐上火葬场的车子，真正地上路。

老太太就这么去了，轻轻的，很快，再也没有人提到她，许多天以后，家里人给老太太做五七，消失了的老太太似乎重新又出现在这条小巷里，出现在大楼和小屋之间，做五七是哭七七中一个最重要的步骤。请来一群道士，在家里做道场，道士身穿深蓝色的道袍，头戴深蓝色的道士巾，或坐，或站，或绕场走圈，将鼓、锣、笛、二胡各等乐器，演奏出催眠曲般的道教音乐，替死去的人，也替活着的人超度做斋。在悠长婉转的音乐声中，从另一个世界回来看望自己灵台的老太太的亡魂笑了，她说，这下我可以放心地走了。

这是民间的传说。

但是楼下小院人家给老太太做五七，请来道士做道场，彻夜不息的事情却是真的。夜里我站在自己家的阳台上朝楼下小院里张望，我看到道士们非常认真地做着自己的工作,司鼓,司笛,司二胡,演唱,持鱼,持磬,分工明确,我感觉到那种音乐已经浸入了我的内心深处,我有一些感动,但我不知道为什么,我不知道是道教音乐中的什么东西感动了我,还是替老太太做隆重的五七这件事本身感动了我。那一夜,大楼里的人和小巷里的人几乎都在怪异神秘的道教音乐中睡去。

几天以后,我在新华书店看到有道教音乐的磁带卖,我买了一盒,回来就迫不及待地将它塞进录音机,道教音乐声起来的时候,我的心就开始疼,并且越来越疼,我胆战心惊地关了录音机。我曾经听说过一些带"功"的磁带会产生让人想象不到的效果,我不知道我买回来的这盘道教音乐磁带,是不是也带着一些怪异神秘的磁场,这磁场一定和我身上的某种磁场相冲突,不能兼容,我赶紧把磁带放回它的包装盒里,收起来,让自己看不到它。

转眼就是多年,老太太去世的时候,他们家的小孙女还不会走路,现在你再往下看,小孙女已经在院子里奔来奔去,不时撞到些物什,她妈妈端着饭碗在后面追她,再过些日子,她就长大了,我们都要老了。

现在我们这大楼里许多人家都有铝合金窗将阳台封起来,有一天我们家也跟上了,也封了阳台,现在我们很少再站到阳台上往下看,也不知楼下人家过得怎么样。

阿弥陀佛

有一段时间我到一家很小的区级医院的伤科门诊推拿。

伤科医生是位老医生，他并非科班出身，没有上过医学院，十四岁开始拜师学习武术，师父是某镖局的伤科先生。医生常常在给病人治疗（推拿）的同时，随口说起他的一些往事。我也渐渐地知道和我一样来治疗的大多数是工厂的女工；也有一些小学老师，有退了休的，也有尚未退休的，多在五十岁上下，也有更老一些，或者稍年轻些的。过去岁月的艰苦，在她们身上留下了深深的痕印，她们有的面黄肌瘦，有的虚胖。她们坐在伤科灰暗的门诊室里，穿着最普通的服装，梳着最老式的发型，毫无光彩，在以后的一些日子里，她们开始和我交流病情和别的一些话题。

由医院的性质决定了病人的来源，他们大都是一些区级小厂和街道工厂的工人，被指定只有在这家医院治病才能报销，或者就是医院附近的几条街道上的居民，就近到小医院来就诊，还有就是医生的老病人，他们认定他们自己所信赖的医生，至于医院的大小规格级别怎样他们并不在乎。时间长了，病人与病人也都熟悉。

有一位老太太大家管她叫阿弥陀佛。老太太孤身一人，信佛，家庭妇女，以裹粽出售为生，开口说话总是离不了阿弥陀佛四个字。

在端午节的那几天,阿弥陀佛忙得没有时间到医院治疗,病人和医生谈起她来,都说,阿弥陀佛,要钱不要命了。

过了端午节阿弥陀佛愁眉苦脸地来了,说,阿弥陀佛,医生呀。

大家说阿弥陀佛,歇歇吧,何苦这么想不开,把钱带到棺材里呀。

阿弥陀佛说,阿弥陀佛,再想得开的人也要张嘴吃饭呀,卖粽子的,巴不得天天过端午节呢。

大家说,天天过端午,你这把老骨头顶得住?

阿弥陀佛笑了,说,顶得住?怕早已经化成青烟了。

大家说,那是。

轮到医生给阿弥陀佛推拿,阿弥陀佛说,阿弥陀佛,医生,你这是积功德。

医生说,我是要吃饭。

阿弥陀佛按照自己的思路往下说,她说,阿弥陀佛,积暗德要比积明德好得多。

大家说,那阿弥陀佛你卖粽子是积暗德还是积明德?

阿弥陀佛说,阿弥陀佛,医生是积德的,长辈积德会报在子孙身上。

医生也笑了,说,谢谢阿弥陀佛。

有一天我经过某个街口,看到阿弥陀佛的粽子摊,粽子用青青的箬叶包裹,用细细的麻绳扎紧,小巧玲珑。

我走过的时候,听到阿弥陀佛说:卖粽子。

她的声音低沉,平稳。

邻　居

有一天我和我们家保姆老太随便说着话，不知怎么我就说，一楼的老太这么大年纪了，看起来还很健朗，腰也不弯背也不驼，干干净净。

我们保姆老太惊讶地盯着我，过了一会才问，你说谁？

我说，我们一楼的老太呀。

保姆老太说，你什么时候看见她？

我想了想，也说不准是哪一天，反正也离得不远，就这几天吧，在后门口和别的老太说话呢，还和我点头。

保姆老太说，瞎说，死了都有一年了。

我说，怎么会。

保姆老太说，死就是死了。

我默然。死了？有一年了？我怎么觉得她就在我眼前，好像昨天还看见她。保姆老太念念叨叨，不作兴瞎说，她说。

这就是大楼里的邻居。

早几年每月轮到一家抄电表水表，一个门洞里十几户人家，应该每年有一次机会到邻居家看看。后来，电表水表也用不着抄了，统一装到楼下，有人将表抄了，写在账单上塞在电表盒里。自己拿着上银行交去吧，这样再也没有什么借口什么机会到邻居的门上去了。

有时候楼梯上下轰轰作响,家具进进出出,有卡车黄鱼车停在楼下,便知道是哪家搬迁了。搬到哪里,空出来的房子谁来住,不知道,大楼里也没有人会从家里走出来问一问。

有些户室的门窗上贴了一回喜字,过了不久,又贴了喜字,再过不久,又贴一回喜字。上下楼梯不断地发现一些新面孔,谁也不知道他们是哪一室的新主人。是原先的主人的亲戚呢,还是与原先的主人毫无关系?只是看得出他们的年纪越来越轻,以后,就看到他们抱着小小的孩子上上下下,再过些时,这些孩子也不知到哪里去了。

人与人少往来,声音却是挡不住。我睡眠不好,晚上常常睡不着觉,对声音敏感。夜深人静的时候,能听到邻居的打呼声,也不知是从哪一家传来的。而我们的感觉上,邻居的电话铃声总比自己家的铃声更柔和,更温情。这也许不奇怪,因为有距离。婴儿半夜里突然哭起来,关在阳台上的狗突然叫起来。

最烦人也最给别人添烦的是装修。

我们家装修的时候,下一层的老人一步一步上楼来,说,对不起,你们能不能轻一点,我有病。

我们没有办法轻一点。

过了不久,他们也开始装修。

声音把大楼里的邻居连在一起,使我们知道邻居的存在,也使邻居知道我们的存在。

假期的孩子

我们家朝北的窗户对着一座二层的小楼,不是现在新造起来的那种别墅式的让人看一眼就会眼红心跳的小洋楼,而是一个旧旧的,已经有些破败的、老式的小楼。

小楼的主人是一位孤老太太,她将一间房间出租了,换些钱来养活自己。于是,有了房客。虽然不是我们的房客,但是他们的活动都在我们眼里,当然,这需要我们站在北窗口看。

房客是从苏北来的,一对三十来岁的夫妇,在我们这个城市里打工。男人替某个商店运货,有一辆助动的黄鱼车,每天早晨出去,晚上回来。

女人在某个旧货收购站做活。

他们早出晚归,基本上没有什么声息。

即使他们每天在家,他们有声有色,我们却也不可能一直站在北窗看着他们,每个人都有自己的事要忙。

到了暑假和寒假,情况就不一样了。在假期里,他们家和我们家就有了联系。

是因为孩子。

他们的两个孩子,一个女孩一个男孩,平时在老家的乡下学校念书,放了假,就到父母亲这里来。第一次见到他们的时候,小男孩大概有五六岁的样子,由我儿子结识了他,领回家来玩,一进门,就向我们一一鞠躬,说,阿姨好,阿婆好,阿爹好,十分懂事,讨人喜欢。

小男孩成了我们家假期的客人。

时间过得快,已经几年过去,小男孩也上学了,每年放假,他仍然和他的姐姐一起来,他仍然到我们家来玩。我问他,大群子,假期作业做了没有?他说,做了。其实还没有做。他的姐姐揭发他。

到吃饭的时候,他妈妈就在家里喊,吃饭了。

快开学的几天,我儿子总是急急忙忙地赶做假期作业,大群子被我们挡在门外不许他进来了。

大群子写了一封信从门缝里塞进来,信是给我儿子的,信里夹了一块水果糖。信上说,徐来,我送一颗糖给你,比你送给我的东西少得多,但这是我的一点心意。

过了一会,他又故技重演,再从门缝里塞一封信进来,说:徐来,你约我十点钟来,我准时来了。

我儿子实在安不下心来做作业。

每年假期结束的时候我儿子和他依依不舍地告别,希望下一个假期早点到来。

今年寒假结束,我儿子郑重地对我说,大群明天要走了,我想求你一件事情。我说,什么事?儿子说,带我和大群去吃一次肯德基。我问儿子,是不是大群要求的?儿子说,是我想出来的,大群从来没有吃过肯德基,他们那里没有肯德基。我说,好的。

后来大群来了,我说,大群,晚上我们一起去吃肯德基。

大群摇头。

我说,不去?为什么?

大群摇头。

我说,是你妈妈不许你去?

大群仍然摇头。

我儿子说,去吧去吧,你妈妈不会骂你的。

大群还是摇头。

结果大群没有去。

我带着儿子吃了肯德基回来,我儿子站在楼下大喊大群,说,大群,明天早晨你们几点钟走?

大群的脸从窗口探出来,说,五点。

我儿子说,我明天不能送你了,再见了。

大群说,再见。

第二天一早,大群他们就走了。

清　唱

在某一年的重阳节,我去看望一对老人。

住在小巷里的老人,老爹七十八岁,老太八十三岁,他们本不是夫妻,只是在老了以后,经居委会动员,搬到一起住了,互相有个照应。老爹原来是园林绿化工人,弄了一辈子花花草草,老太则帮人家做了一辈子用人,经她那双手倒过的马桶不知有多少,现在他们都老了,互相照顾相依为命。开始几年,老太身体尚健,由老太照顾老爹的生活,后来老太中风瘫痪了,反过来由老爹照顾老太,喂水喂饭,端屎端尿,老爹毫无怨言,好像天生就是应该这样的。他们的生活很清苦,老太没有收入,靠老爹微薄的退休工资过着清贫的日子,他们的住房旧得不能再旧,小得不能再小,尽管如此,老爹还是在那一小块狭窄的地方种植了一些花草盆景,每天精心侍弄它们,使这一片几乎被世界遗忘的狭小贫瘠的角落充满了生机。

那时候我看着这些花草盆景,一时却说不出什么话来,我随口赞扬了几句,老爹脸上露出了淡淡的笑意。七十多岁的老爹,由于长期辛苦劳作,看上去是那么的苍老,那么的枯瘦,但同时他又是那么的从容,那么的恬淡,那么的充实。那一个重阳节,这两位老人在我的心里真是留下了深深的记忆。我如果写他们,我不能写出别的什么,我只能写老人历尽人间事,尝遍天下味以后,怎么样慢慢地进入一种淡迫的与世无争的境界。在这一种平平淡淡的默默无闻的生活中,难道不是蕴藉着历史的沧桑,难道不是包容着人类的命运吗?

曾经有人说我的人物脸上浮着平和的微笑,而在这些平和的微笑背后,有着一种"众生之悲"。如果真是这样,那么这意思正是从生活中来的,而绝不是我自己坐在家里能够想出来的。

在生活中我向来是主张中庸之道的,我不喜欢走极端,与人相处我奉行君子之交,我或许没有好得可以同生共死的朋友,但是我对别人不抱偏见。我始终记住我的母亲和我的外婆从前常常说的一句话:欺人是祸,让人是福,在母亲和外婆的影响下长大起来的我,性格中的懦弱和平淡,那是不言而喻的。以我这样的性格去看世界,去感受生活,我所感悟的东西,我所希望于生活的,也就不会是轰轰烈烈,大喜大悲,也不会响鼓重锤,放声呐喊,总是希望人能够安详些,内心能够平稳些,少一些邪念,多一份善意,少一点怒吼,多一点清唱。

世界是多声部的,我所希望的清唱只是世界和音中极小极微弱的一部分。我并不是要所有的人都来清唱,清唱也好,配乐也好,轻音乐也好,重摇滚也好,卡拉 OK 也好,美声高歌也好,只有容纳了更多的声部,这世界才能更美好。

清唱,说到底也许还是性格使然。

清唱,说到底总是在唱。

养鸡阿婆

养鸡阿婆住在我家楼下,我们家是公房,六层,老太家是私房,一楼一底,她的小小的阳台正对着我家北窗。早几年,养鸡阿婆将一间房间租给一个外地来打工的人家了。这家人在阳台上做饭,常常听到"哧溜哧溜"炒菜的声音。

养鸡阿婆这个称谓是跟着我儿子叫出来的,而我儿子,又是跟着我家保姆老太叫的。我儿子小的时候,保姆老太带他到外面去玩,看见老太太,保姆老太就让我儿子喊她们阿婆。为了让我的儿子尽量地区别老太太与老太太的不同,我们家保姆老太便在阿婆前面加上这位老太太的特点,比如楼下的老太家常常养着鸡,我儿子小的时候,常常到她家轰鸡,把鸡轰得到处乱跳,就管她叫养鸡阿婆。比如还有一个老太太,每天到水灶打热水,就叫她泡水阿婆。还有一位,是从一个叫作东台的地方来的,叫她东台阿婆。

养鸡阿婆没有子女。但是她有养女,有两个。一个养女是从前从戏子手里抱过来的,另一个不太清楚。养鸡阿婆年轻的时候,很喜欢看戏,和戏子做了朋友,戏子有困难,就将女儿交给了养鸡阿婆,养鸡阿婆收下养女,把她抚养大了,出嫁了,很少回来看养母。在我们做了养鸡阿婆的邻居后的好多年里,我只看到过一次。

我们搬来的头几年,养鸡阿婆的老伴还在,他们常常叫来另外几个老人,在家里打卫生麻将,从我们家的北窗口,可以看到他们不急不忙地摸牌、打牌,从来没有听到他们中间有人大声说什么,连洗麻将的声音,也是轻轻的。有一天,突然就看到养鸡阿婆手臂上套着黑纱,养鸡阿婆的老伴死了。

也没有哭声,很多人根本就不知道,一个人就这么去了。

老伴死后有很长一段时间,养鸡阿婆的身体很不好,她一直闭门不出,我们家保姆老太说,她住院了,过了几天说回来了,但是情况很不好,保姆老太认为,她恐怕要跟着她的丈夫走了。

可是,养鸡阿婆挺过来了。她又和从前一样,养鸡,生活,不同的是,她现在形单影只。

养鸡阿婆有退休工资,只是不知道有多少。听说一些效益不好的单位,发不出退休工人的工资。每月发工资的时候,退休工人排成一条长队,有多少发多少,排在后面的就拿不到工资。不知道养鸡阿婆原先的单位效益怎么样,不知道养鸡阿婆要不要自己去排队领取退休工资。

她仍然在煤炉上做饭,没有用上液化气。去年我们家养了一只猫,用得上煤灰了,养鸡阿婆说,我有。我们每天到养鸡阿婆家去讨煤灰,想,若是养鸡阿婆不烧煤炉了,我们拿什么做猫的茅坑呢。

有一天我儿子怒气冲冲奔回家来,向我要大一点的纸,拿了毛笔要写什么,我问他做什么。他说,太不像话,他们把垃圾倒在养鸡阿婆的墙角边,我要写一张纸贴在那里,骂他们。

我到北窗口朝下看,看到养鸡阿婆正用一把铲子,吃力地铲着垃圾。

我对我儿子说,你现在也晓得替别人着想了。

儿子其实并不明白我的话。

现在养鸡阿婆更老了,他们家再没有人打麻将,偶尔看到有老太太或老头在她家堂屋里坐坐,虽然说着话,却像是无声无息,过不多会,老太老头们就走了,也不知道他们从哪里来,到哪里去,剩下养鸡阿婆一人,坐在屋门口看着门前的小街。

我走过养鸡阿婆家门口,我说,阿婆吃过了吧。

养鸡阿婆说,吃过了,你吃了吧。

大　妹

我不太清楚大妹的确切年龄，从来没有问过，但想起来她总有五十出头了，因为大妹的儿子、女儿都已经结婚了。大妹先抱了外孙，又抱了孙子，大妹的外孙，今年已经上学。我们都说，大妹，你真有福气。大妹咧着嘴笑，说，我有什么福气，我有什么福气。

大妹其实是一个很苦的农村妇女。年纪很轻的时候，丈夫就死了，拖着两个很小的孩子，又得了血吸虫病，常常要住院治疗，又要干农活养自己和孩子。不知那些年，她是怎么过来的。

我们和大妹结识，是在医院里。大妹和我母亲住一个病房，算是病友。大妹是血吸虫病，我母亲是癌症，因为医院小，不分什么科什么科，病人都混住在一个病房里，就这么认识了。印象中最先母亲告诉我，说大妹很穷，住院期间从来舍不得买菜吃，都是萝卜干就饭。有一回馋不过，去买了些猪尾巴来，吃得非常节省，一直吃到猪尾巴发腻、长毛，仍然每天咬一点每天咬一点。那时候我们家也不富，所以也不可能给大妹什么关照。

大妹的病经过许多次的治疗，渐渐地好转了。我母亲的病情却越来越严重，最后生活也不能自理了。我们都忙着工作、学习，没有很多时间每天照顾我母亲。我们和大妹商量，请她照料我母亲，大妹便答应了。从此以后,大妹一直住在医院里,陪着我母亲,一直到我母亲去世。

我母亲去世前的那个冬天,因为病痛,每天晚上都要折腾许多次。起床、躺下、再起来、再躺下,我母亲叫大妹起来,大妹就从被窝里爬出来,冻得直抖,帮助我母亲拿药、倒水、上厕所。大妹说,真冷,真冷,那一年的冬天,真是特别冷。

在大妹住院的日子里,大妹的两个孩子,有时候也到城里来看看母亲,吃一顿饭,下午再回家去。大妹的孩子,从小没有父亲,母亲又生病,一直是自己照顾自己。现在孩子大了,大妹开始为他们发愁,她希望孩子们的生活比她好,不要步她的后尘贫穷一辈子,但这只是大妹的心愿,大妹没有能力把自己的心愿变成事实。

但是命运却把大妹的心愿变成了事实。大妹所在的村,被一个大电厂征用土地,村里每户摊上一个人作为征用土地的对象进电厂做工人。分配给大妹这个村的名额,除每户摊一个外,还多了几个。村上的人家,家家都在为这几个多余的名额奋斗。大妹求我父亲帮帮忙,我父亲在县委工作,果然给大妹帮上了忙。结果,大妹的两个孩子,一转眼,都成了国家的人,进电厂工作,每月领工资,吃皇粮。

我母亲去世以后,大妹就回去了。以后,每年到年底的时候,大妹都从乡下出来,带一只猪腿给我们。大妹背着沉重的猪腿,下了火车,再上公共汽车,然后下公共汽车,到我们家,还得走二十分钟。大妹就这么每年走来一次,和我们谈谈乡下的事情,谈谈她的儿子女儿的事情。我们呢,送大妹几本挂历和其他的一些年货。到下午的时候,大妹看看时间,说,差不多了,我得回去了,大妹就走了。

除了在年底的时候,平时大妹也到我们家来,那多半是有什么事情要托我们替她办的。比如媳妇的工作,太辛苦,想换个岗位。也或者不是她自己的什么事情,是村上哪家的事情,知道大妹认得我们这家人,便由大妹带着他们一起出来,找到我家,把事情说了。我们答应替他们想办法,有的时候,事情能够办成,也有的时候,事情办不成。

在这许多年间,我们家如果有什么困难,需要大妹帮忙的,我们就给乡里或者村里打个电话,叫他们通知大妹。大妹接到通知,会马上赶出来,来帮助我们。有一阵我哥哥的孩子没有人带,大妹还专门到南京去替我哥哥带孩子。可惜后来大妹身体又不好,回来了。大妹直叹息,说,哎,我没有福气,南京的日子多好呀。

很快,大妹的女儿有了婆家,婆家是镇上有头有脸的人物,比较富有,但是他们家的儿子是农村户口,事情就平衡了。大妹女儿出嫁后,大妹的儿子也开始谈对象,开始担心电厂没有房子分。大妹考虑要给儿子造房子,但是大妹没有造房子的经济实力,虽然儿女都做了工人,但是他们的工资都得要自己准备着结婚生子用的。大妹在村里的一个厂看浴室,收入不多,后来厂也办不下去,浴室也停了,大妹就没有收入。大妹没有钱给儿子造房子结婚,后来还是电厂给大妹的儿子分了房子。大妹的儿子有了房子,到了年龄,就结婚了。大妹的媳妇和大妹的女婿一样,也是个农村户口。

去年年底,大妹破例地没有到我家来。我们有时想起来也议论议论,不知道大妹是把我们忘记了呢,还是另有什么事情走不开。到了开春后,一天,大妹却来了,告诉我们,她的儿子也已经有了孩子,把大妹接到他们的家。大妹帮助儿子媳妇带孩子,只是他们的房子太小太小,只有一间,隔出一小块给大妹搭了一张床。大妹说,每天我只能从床脚跟头钻上床去。大妹在我们家四处看看,有一种久违的亲切感。她长长地出了一口气,说,我今天要在这里住一个晚上再回家。我可以想象在那个狭小的空间,大妹连呼吸都有些阻碍。

我们问大妹,你住到镇上了,乡下的房子空关着?大妹说,租给外地人了，第一次出租，被外地人骗了，住了一个月，没有付钱，人逃走了。这一回，大妹说，我叫他们先付钱。我问大妹他们付了没有，大妹说，他们先付了一半。

　　大妹牢牢记住女儿家的电话，到了晚上，我替大妹拨电话，要告诉一下大妹今天不回家。但是怎么拨也拨不通，大妹守在边上看着我拨电话，一脸的疑惑。我拨了一遍又一遍，实在没有办法，我把大妹牢记的电话号码重新组合排列，经过各种排列，也仍然打不通。大妹口中不断地说，咦，咦。后来大妹便开始自己拨电话，也一样，仍然拨不通。我问大妹会不会一家人都出去了，大妹说，女婿在外地干活，但是女儿一定是在家的，有个上学的孩子，家里不可能没有人。大妹这么一说，我倒有点担心起来，但是我不敢说出我的担心来。大妹后来又拨了很长时间电话，据说第二天早晨一起来又继续拨，因为我起得晚，没有看到。

　　后来才知道是大妹记错了电话号码。

文　满

我在乡下广阔的田野里,在清新的气息中自由自在地呼吸,农民孩子质朴友好的感情,好奇渴求的眼睛,使我第一次感觉到了自己的存在。

在很短的时间里我交了许多朋友,这使我自己也感到奇怪。

那是一个特殊的年代,家庭的背景在孩子身上留着深深的烙印,我的许多农村朋友们,有家庭出身好的,三代贫农;也有出身不太好的,或者有很严重的家庭问题,比如地方富农的孩子,总是不太能抬头理直气壮地做人。

留在我记忆中最深最深的是"中和党"。

在我们乡下那一带,"中和党"很多很多,一个村子,差不多三五家,至少就有一家是"中和党"。我至今不知道"中和党"到底是什么,它的组织到底有多大,成员有多少,总部设在哪里,总书记是谁,目标纲领是什么,具体有哪些行动,我也不知道它有没有全称,它的全称是什么。中华和平党?中国共和党?或者是别的什么,我甚至不知道这个党到底存在不存在,也许它就像那时的另外一些所谓的反动组织那样,纯属子虚乌有。

不管"中和党"是有还是没有,是会对共产党造成威胁还是无动于共产党一根毫毛,总之在我们那地方,"中和党"的阴影是非常浓重的,浓重得连我这样的不谙世事的外来孩子都感觉到了它的力量。在我所受的教育和被灌输的思想中,"中和党"是比地主富农更反动更凶恶的敌人。

我的一些农村的少年朋友,他们小小的年纪,便背上了"中和党"这样一个沉重的包袱。

文满就是其中的一个。

我刚下乡时,正是冬天,我们到田里敲麦泥,没有手套,手冻得厉害。到下晚,文满带着另一个小女孩到我家来。她拿来一副手套,是粗线织的,送给我,文满指指小女孩,说:"这是我妹妹,我还有一个妹妹在家里。"

我说:"她怎么不来?"

文满说:"她想来的,我不许她来。"

文满和她的大妹妹只坐了一小会就走了,第二天母亲从外面回来,神情很严重地说:"你知道昨天给你送手套的是什么人吗?"

我说:"她是文满。"

母亲说:"你知道她家的情况吗?"

我不知道。

母亲说:"他父亲是'中和党'。"

我没有问母亲"中和党"是什么,我也始终不想知道什么是"中和党",但是当初母亲说到"中和党"时的那种神态,我是永远不能忘记的。

文满就这样走进我的生活。

如今文满四十出头,仍然不识字,后来我曾经把文满以及她的家庭的一些事情写在一篇散文中。去年有一天,文满的爸爸突然从乡下到苏州来了,找到我家,说:"有人告诉我,你的一本书上写了文满。"

文满的爸爸想来买一本回去看看。

我把那本散文集给他,他要付钱,我说:"你怎么说得出的。"

文满的爸爸说:"谢谢你。"

春节前,我正抓紧写作,电话响起来了,我接了,听到一个遥远的乡音,是文满。

文满说:"二十几年没有见到你了,我想来看看你。"

我说:"我正忙着,你过几天来吧。"

过几天就是新春里,那几天本来就是人来客去的日子,反正多她一个少她一个不算什么。

文满说:"我从来没有到过苏州,没有出过远门,到时候你要到车站接我。"我说:"好。"

挂了电话,我忘了这事情。

到了初三,文满的电话又来了,我知道抵赖不过,文满是非来不可,我稍一犹豫,再也找不到借口。文满说:"我有一条长辫子,我把辫子梢咬在嘴里,你就能认出我来。"

我说:"好。"

阴差阳错,在车站转了一个多小时才找到文满,文满果然咬着辫梢,在那里站了一个多小时,见到我时,文满笑了,她说:"我好心慌,没有人来接我,我好心慌。"

我说:"哎呀,怎么搞的。"

文满在乡下私人工厂里绕线圈,一年收入五千元,文满的丈夫养牛蛙,文满说:"这一两年牛蛙也不好卖了。"

去年因为价不好,他们的牛蛙没有卖,已经养得很大很大,她做了个手势,有这么大了,说:"今年再卖。"

文满两个孩子,一男一女,女儿上高中,文科比较好,明年要考大学,文满说:"到时,请你帮忙。"

我说:"到时候再说吧。"

我和小天向文满打听村里张三李四,回忆从前的许多事情,我们又笑又感伤,终于我们谈得都很累,往事和故人将我们的心填得满满的。

我问文满什么时候回去,文满说:"我今天住一个晚上。"

我说:"好。"

下午四点左右,我对文满说:"文满,我们到车站去,看看明天的车是几点的,如果能买预售票,就买了,免得明天不知道时间,赶不上车。"

我带着文满,到了大街,打的,下车时,文满看我付车钱,问我:"这么一点点路,十块钱?"

我说:"十块钱是起步价,上车就是十块。"

文满说:"噢。"

我们买到了第二天上午的车票,出了车站,我说:"文满,我陪你到沧浪亭玩玩。"

文满说:"沧浪亭是什么?"

我一时竟有些语塞,说不出来沧浪亭是什么。在沧浪亭买门票的时候,文满问,多少钱一个人,我说:"五块。"

文满说:"噢。"

因为时间比较晚了,我们进园不久,工作人员就在里边催游客,快到关门时间,让大家抓紧,文满说:"五块钱还没看满呢。"

我们匆匆转了一圈,我只能告诉文满,这是从前的有钱人家一家人住的地方,从文满脸上,看不出她心里在想什么。

文满在我们家住了一晚上,第二天早晨,我拿出一件羊毛衫,一条绒毯,还有几盒营养品和食品,也都是人家送的,再转送给文满。其中有一盒营养品,我对文满说:"文满,这个给你爸爸。"

在车站门口又给文满买了一个大蛋糕,卖蛋糕的妇女,看看文满手里提的东西,对文满说:"这份礼蛮重的。"

另一个妇女也看看文满,再看看我,说:"是插队时的吧?"

我说:"是的。"

文满回到家,给我打了个电话,说她到家了。

第二天,文满的爸爸也打了个电话来,谢谢我给他的营养品。

五　姨

五姨其实是男的,应该叫他五叔。他是我丈夫的五叔。

有一年春节,我们不仅回了丈夫的盐城老家,在春节期间,又到了老家的老家,我公公婆婆的老家,滨海八滩小镇再往北去的一个孤零零的小村子,见到了五姨。

很显然,以他们的风俗习惯,因为我的公公兄弟五个而没有女孩子,就把最小的一个男孩当作女孩子养了。后来他们都长大了,都为人父了,四个哥哥的孩子们,仍然沿袭着从前的习惯,管五叔叫五姨。

我们的面包车到达小村子的时候,五姨正在屋门口晒太阳,他看到一辆车,他没有想到是他的三哥的几个孩子回乡下来了,后来五姨反复说:"我看见车子来了,我没有想到是你们。"

当五姨在强烈的阳光下终于看清是谁来了的时候,五姨的眼眶湿润了,他说:"你们来了,你们来了。"

五姨显得有些不知所措,他挂着两条胳膊站在场上。五婶将屋里的长条凳搬到场上,让我们坐下来晒太阳。我们坐了,磕着五婶抓给我们的瓜子,五姨仍然呆呆地站在场上,看着我们,不说话。

地里种着蔬菜,鸡窝里养着鸡,我没有看到猪,不知道五姨家现在养不养猪。农民家里一般都养猪。

我丈夫说:"我插队的时候就住在五姨家。"

在五姨家的屋后,我看到一片长得很奇怪的竹林,成 U 字形,中间有一条干干净净的小道,丈夫说:"那是粪坑。"

我走过去看看,小道尽头,竹林深处,果然有一个坑。

没有一点茅坑的臭味,四周干净得让人不敢相信这是乡下人如厕的地方。我十分惊讶。我从来没有看见过甚至不可能想象过将一个粪坑或者说粪坑的环境建造得如此艺术,如此富有情趣。

冬天的风吹来,竹林发出沙沙的声响。丈夫说:"我插队的时候,就这样子。"

也许,更早的时候,就是这样子。

五婶进屋忙了一会,激动地出来了,说:"好了,好了,茶好了。"

我们一一走进五姨家,看到桌上摆了一圈碗,中间是四个盆子,碗里冲的白开水,盆子里是乡下自己做的花生糖和炒米糕。我没有想到五姨家没有茶叶,只喝白开水。

五姨家有三间瓦房。我不太了解,这在如今的苏北农村算是什么样的水平,是高的还是低的,或者是中等。我没有看到五姨家有什么家具,东屋里一张床,堂屋里也是一张床,西间是灶屋,灶头上冷冷落落,没有菜,也没有酒水。热情的五婶一直在我的身边,说:"现在日子好过了,现在日子好过了。"

从前五姨家是三间草房。泥垒的墙,草顶。并没有谁告诉我是不是这样,我也没有问他们是不是这样,我只是想象该是这样。

我们喝着白开水,吃着乡下做的花生糖,说着自己的话题,好像找到了一个茶馆。

五姨始终挂着两条胳膊站在场上,他没有参加我们的谈话,也没有说他自己的事情。

五姨年轻的时候，曾经在一个水闸上工作，他管了许多年的水，后来因为身体不好，也因为家里的田没有人种，五姨就从水边回到田里来了。

五姨自己也有好几个孩子，现在他们也都长大了，他们不再像五姨这样留在自己的家里，留在田里，他们或者在外面的城市打工，或者在家乡的某个单位做活，过年的时候也不在家，我们没有看到五姨许多孩子中的任何一个。

只有五姨，守着老家。

我们喝饱了开水，吃够了家乡的糖，出来拍照，大家都分别和五姨合影，说："五姨，你站着别动。"

我们一个个轮换着走到五姨身边，五姨像电影明星，又像道具，五姨仍然没有说什么话。终于，我们感觉到该回家了，我们说："五姨，我们要走了。"

五姨说："吃了饭再走。"

我们说："不了，晚上还有应酬。"

其实也没有什么应酬。

五姨把我们送到路边。我们的车子停在这里。车子开动了，我们向五姨挥手告别，五姨也向我们挥手告别，但是，因为车窗玻璃的原因，我们能看见他，他却看不见我们。

母　校

小时候,我住在同德里,从深深的同德里走出来,横穿过五卅路,斜对面,又有一条弄堂,叫草桥弄,草桥弄也是深深的,在深深的草桥弄的中段,有一座小学,叫草桥小学,这就是我的母校。

在长达六年的时间里,我每天往返数趟,来往于家与学校之间,对一个孩子来说,这段路程,是那么的漫长,漫长得甚至有些遥远,有些模糊。我每天需要穿越的那条五卅路的路面是那么的宽阔,我在那宽阔的石子路上摔过一跤,摔破了脑袋,哇哇大哭起来。

以后的许多年中,我离开苏州,又回来,离开苏州,又回来。终于有一天,我又来到了这个地方,放眼一看,惊讶得不敢相信,曾经宽宽的五卅路,曾经深深的同德里和深深的草桥弄,现在是多么的狭窄,多么的近切,狭窄到几乎双手一伸就能撑住两边街墙,近切得几乎一步就能跨越而去,才知道记忆中的那个漫漫的征程,中间只有几个门洞相隔而已。

所幸的是,除了距离上的"变化",其他一切基本依旧,一切都是那么的熟悉、亲切。弄堂还是那个弄堂,梧桐树还是那一排梧桐树,从前朝南的母校大门,依旧朝南,儿时的乐园苏州大公园的北门依旧正对着我们的学校。

这应该是最值得庆幸的,我还能在从前的地方找到我的母校,找到我的童年里最珍贵的六年记忆。不像我曾经在苏州住过的其他一些地方,比如干将路103号等,后来都不复存在,永远找不见它们的身影,也找不见自己的脚印。

所以我庆幸,所以在以后的日子里,只要有机会,我都会经过五卅路或者公园路,往左或者往右折一下,穿过草桥弄,就从母校的门口走过去了,如果有人与我同行,我会告诉他们,这就是我的母校。有时候,明明走不到五卅路,走不到草桥弄,我哪怕舍近而求远地绕一点路,也要到那里去走一走,听一听母校的声音,感受一下母校的温暖的气氛。

六年的时光,留在记忆中的内容已经不多了,但有一件事情却是至今还记得很清楚。那是小学二年级,第一批加入少先队的名单里没有我,我很伤心,班主任蔡老师特意到我家来安慰我,并让我代表第一批没有入队的同学上台发言。时光流去了四十多年,当年走上台去发言的情形却依然在眼前,只是不知道如今蔡老师又在何方,一切可都安好。

还记得我上的那个班叫"文"班,这是草桥小学的一个特殊的传统,每一个班级都有自己的班号,比如我哥哥的班,就叫作"强"班。同班的同学从一年级一直同到六年级,如今大多已经记不得了,后来和我有联系的有两个同学,一个叫曹小燕,一个叫李萍,但是李萍现在也不再来往了,只剩下一个曹小燕。其实我和她的来往也不算十分密切,但是每到节假日时,都会收到她的祝福短信,内心倍感温馨。短信多的时候,来不及一一回复,但是曹小燕的信我却是必定会回复的,毕竟,我和她,已经有了近半个世纪的缘分了啊。

这个缘分,是母校草桥小学赠给我们的。

听说最近母校设立了名人馆,四月底的庆典活动,我因为另有工作,没能赶上,但是在那一天,我的心绪却回到了母校。草桥小学,这座一百多年来始终稳健淡定地坐立在草桥弄的小学校,是我,也是许许多多学子的人生的起点,虽然那个时候,我们还不懂得什么叫人生,但是我们的人生之路,却是从草桥小学开始的。

昨天晚上,我在灯下写这篇文章,回想母校,思路竟是那么的顺畅,完全可以一气呵成写完它,但是行文至此,我忽然停下来,因为心里忽然涌起一股强烈的愿望。

今天中午,为了这个愿望,我特意绕道经过草桥弄,从草桥小学的大门口经过,我朝里张望时,又忽然想到,今天正是母亲节,母校也和母亲一样,一辈子呵护着我们,也是我们一辈子的永远的惦念。

辑 三

不像作家

有时候接到一些人的来信,或是电话,说:"我读过你一些小说,很想见见你,和你谈谈文学,或者谈谈别的什么,不知你有没有时间。"

时间总是有的,于是就约定了,详细告知我家的地址,若是从城市的东面来,该怎么走,从西边来,又该怎么走,走到哪儿看见有一幢楼,门洞在大楼的最西面,进了门洞上四楼,等等。——交代清楚了,到差不多的时间,便在家里静心等候,将泡茶的杯子准备好,水烧开了,若知道是位男客,也先将香烟找出来,免得一会手忙脚乱。这才坐下来,守候,心里,竟有些丑媳妇见公婆的感觉,别别扭扭的,又有些上考场面对考官的感觉,忐忑不安,不知能不能过关呢,想。

终于听到了敲门声,去开了门,笑一笑,说:"你就是某某吧?"

门外的人说:"是。"

便引进门来,慌慌张张地指着椅子或沙发说:"坐,坐,我给你泡茶去。"或者说:"抽烟吧,我拿烟。"若是天热,再开电扇,找扇子,有满头大汗的,看着心里过不去,再挤把凉毛巾让擦一擦。客人坐下来,倒显得从容自在,细细地将我打量起来,这么忙过一阵,才坐下来。我说:"天气很热噢。"或者说:"天气很冷噢。"或者说:"我家不好找吧?"就这么先找些文学以外的话题说了,再慢慢地引入正题。

如果来客是能说会道的,一般都是他或她先说,看过我什么什么小说,在哪次电视上也见过一面,书上也见过照片,再说看过我的小说的感想,怎么怎么,多半说得很在点子上,很有见解,我呢,总是要谦虚地笑着,说一些我的文章的缺点。如果客人倒是比较腼腆,就由我先说,问问他或她的工作单位,家住哪儿这些,听他或她回答了工作单位以后,再说说这工作的情况如何,比如是医生的,就说说医院的情形,比如是学生的,就说说学校的情形,是工人的,也问问工厂的事情,这样总能把话说下去,再说到文学,说到小说,话也更多些。偶有停顿,我就说:"喝茶。"或者说:"再抽根烟。"就这样,一次见面就算过去了,当他或她看看表,说:"哟,时间不早了,耽误你不少时间,我走了。"

我也就起身送客,说有机会再来的客气话。

他或她回去以后,一般总有一封信写来给我,他们会说一说和我见面的感想,写下对我的评价,他们都说:"你看上去,不像一个作家。"说:"你和我想象的相差很大。"

一个人这么说我也许不在意,两三个人说了,我也可以不放在心上,但是到我家来看我的人他们几乎不约而同都这么说。那么我到底像个什么呢,却没有人说我像什么,这倒是他们很一致的地方,只说我不像什么,却不说我像什么。

把自己的言行举止一一回想过来,笑眯眯的显得不深沉不痛苦,温和和的一点也不敏感不尖锐看不出神经质。说话多了显得没教养没风度,说话太少好像肚子里空空的,说了些实实在在的大白话显得没学问没根底,忙乎于泡茶拿烟说天气说住房说上班路途远不远不谈哲学不愁人类命运像家庭妇女。生就了一个大众化的样子没有作家的气质,眼睛不近视所以也没有戴一副眼镜,没有抽烟的习惯所以也没有点一支夹在手指间。儿子不听我的话也只好让他不听去,穿衣服因为街上没有开辟作家专卖店所以穿的也是和大家一样的衣服,商场里买的,也有请楼下小裁缝做的,就这样,看起来所有的一切都和大家一样。如果和许多人一样就不像作家,那么,我们可以也反过来试一试呀。我们面容憔悴,面带痛苦,两眼炯炯,目光尖锐,服饰长相与众不同,行走站立独具风采,谈吐尖利,言论高深,谈到人类命运死去活来,这就是作家吗?大概也不见得吧,那么什么样子才是作家的样子呢?想来想去我也不能明白,想我这辈子大概注定是做不到像一个作家的了,做不到像就不做也罢,像不像个作家也无所谓,做不做个作家也无所谓,那么什么才是有所谓呢?像个人样,活着,过日子,那大概是有所谓的吧。

　　见过一面说我不像作家的人以后若是有机会再见面,我会有兴趣和他们谈谈什么是心目中的作家呢,他们多半认真地想一想,然后一笑,说:"我也不知道,说不出来。"

　　原来,谁也不知道作家该是个什么样子呀,也许,根本作家就没有什么样子,甚至你根本就别以为这空间有什么作家存在呢。

速不求工

看到一篇文章,介绍范烟桥先生的为文,说他是速不求工,看了挺喜欢。这四个字,合我胃口,我也是速不求工,虽然我不能拿自己和烟桥先生比。

我为文的速不求工,是有点儿名气的,同仁之间常当笑话说,当个段子传来传去。吃着碗里望着锅里,我写文章,就有些这味儿,手里写着这一篇,心里已经想着那一篇,总以为只有前面那一篇才是最好的,手中这一篇已是明日黄花,真是见异思迁见利忘义得很呢。总是急急地去追赶最好的那一篇,永远也追不上。永远追不上,仍然是要去追,从来不知道停下来看看为什么追不到,总结一下经验教训之类。没有的,只知道往前追,就这么速不求工,文章就这么一篇一篇地抛出来,粗制滥造的多,精雕细刻的少,马而虎之的多,讲究文法的少。关心我、爱护我、希望我写作进步的师长、朋友,包括读者,他们都对我说,放慢一些,再放慢一些,现在对你来说,不是多一篇少一篇的问题,现在你必须注重质量,写一篇是一篇。他们真心诚意,不带半分勉强,也没有一丝一毫别的什么目的,他们说这话,完全是出于责任,出于对我的爱。可是我,却难免有些不恭,也许在心下暗笑,你说你的,我行我的,你说完了,我认真地点过头,转过身去,我仍然速不求工。

速不求工

早在十多年前,大家就说,我们知道你的名字,但是要我们说出你的哪一篇文章特别好,却是对不起了,说不出来,十年后的今天,仍然是这样的情况。我想,这和我的速不求工,大概是有着某种必然的联系吧,速度快了,就有数量,数量多了,就使人浑浑然,泥沙一堆,将珍珠也掩在里边,当成了泥沙。冤哉枉也,可怜我的珍珠。

速不求工,怕是断定成不了大家的。成大家,这是我们每一个人梦寐以求的事情,我也不例外,我也想成为一个大家,但是如果成不了,就罢,成不了并不是我不想成,不是我不出息,是我无可奈何。如果有一个人他告诉我你若是放慢写作速度,慢慢地求一求工,你百分之一百能够写出划时代惊天地的好作品来,如果真有这样的人这么对我说,我想我也许会试一试,但是没有人能这么说,谁也不能保证。求工也不是你想求就能求来的,也不是你放慢了速度就能得到的,所以以我的想法,与其把希望寄托在不知道有没有的结果上,还不如按照自己的意愿。写吧,只希望在"速"与"工"之间,没有调解不开的矛盾才好。

我这样的观点,完全是个很不愿意进步的懒汉的观点,其实,我可是很要进步的呢,我希望自己好好学习,天天向上,像我儿子一样,这全是真心话。其实关于我的速不求工,我也曾写过文章教育过自己,文章题目叫作"快不过命运之手",明明像是有大彻大悟的意思,赶什么赶,追什么追,你不是承认追不过命运之手么。可惜人总是这样,明白也是明白,承认也是承认,追却还是要追的,速不求工的事情也仍然是要做的,这算什么,大概算是人的脾气吧。

唉,人的脾气,无论是好脾气,还是坏脾气,要改,都不容易。也许人人都已经觉得你臭不可闻,你却沾沾自喜,闻着挺香呢。挺香的东西,干吗要去改,不改。

不改也罢,人能按照自己的习惯和愿望生活,不是幸福又是什么?

感悟语文

我曾经和几个作家朋友聊天,谈到很想到郊县的民工子弟小学去上一堂语文课,结果大家都非常赞同。这让我看到,在大家的心底里,都有这样的一种向往和渴求。这一方面可以说是作家在关注农民工这个群体,但其实更多的是作家自己内心的一种需求,这种需求是和文学紧密相连的,也和作家们年少时的语文学习分不开。虽然因为种种原因,去民工子弟小学上语文课这个想法一直未能实现,但是有这样的一种心情,有这样的一种愿望,时时伴随着我们的繁杂浮躁的生活,那是美好的,是能够让人安静的。

不知道是不是在每一个成年人的内心里,都有着小时候的语文情结,至少我和我经常接触的人群中,许多人都是从语文课堂上开始做文学梦的,也许是因为小学语文课本中的某个篇章,或者是因为语文老师的某一次朗读,这个梦想就扎下了根。不一定每一个人以后都插上文学的翅膀,都走上文学的道路,但是语文教学给我们带来的丰富营养,能够滋润我们一辈子的生活。哪怕生活是平淡枯燥的,哪怕生活是平庸无奇的,但是小时候的语文教学,替我们打出一口深井,这口深井在我们的内心,源源不断地滋生出活力之水。

以我个人的理解,中小学的语文教学,更多的应该是启迪孩子们感性的感悟,而不是做太多理性的分析。我不太了解现在的中小学语文课到底是怎么上的,所以没有更多的发言权。我只知道在从前的许多年里,老师依靠着中心思想、段落大意等进行教学,这是理性的分析,不是不需要,但它只应该是语文教学中的一部分,一小部分。更多的语文课文,应该让学生去感悟,可以背诵,也可以默读,但它应该是整体的,不应该是被分解得支离破碎的。甚至可以让学生模仿着课文去写一篇作文,这可能也比死记硬背他们所不能领会和理解的中心思想、段落大意更有实际意义,更有帮助。

许多年过去后,没有人再记得当年背得滚瓜烂熟的、考试时写得一字不差的中心思想和段落大意,而留下来的,是某一篇课文的印象、美感,也许已经记不太清,但那一种印象,那一种哪怕已经模糊的情景,会一直印在你的内心,久久不会离去。

如果为了应试,不得不教导和学习一些理性的清清楚楚的东西,那么,在这同时,希望孩子们能够从语文课的课文中,感悟一些不那么清楚的、不那么理性的东西。感性的东西不容易说清楚,但是可以体会,一旦体会到了,它对人生的作用无形而又巨大。

栖息地

快过年了。

这是一个风裹挟着雨和雪的年。年前的一个下午,我出了一趟门,并不远,只是不到一小时的车程,到苏州近郊的一个镇,一个有着千年历史的古镇,它叫木渎镇。有许多人知道它,也有许多人不知道它,这都没有关系。我已经在路上了。

一路下着雨,是冬天的雨。因为雨,也因为年前大家的忙碌和乱,路上有点挤,车开得很慢。我看着车窗外的雨和骑着自行车在风雨中行走的人们,感觉到了冬天的寒冷,还有一点孤独,但是想到我将要到达的那个地方——古镇上的那一个会议室,就像是风雨中一块安逸的栖息地,我的心里顿时温暖起来,空洞洞的心就被这温暖填满了。

这个古镇据说乾隆来过六次,古镇上还有许多历史的遗迹。许多东西我没有考证过,也不用考证,我今天到这里不是旅游,也不是为了历史,更不是为了宣传介绍它,只是参与一个小小的与文学有关的活动。

参加木渎镇的白云泉文学社的活动,这大概是我一年中参加的与文学有关的活动中最底层的一个活动了。再往下面,就是村一级了,我虽然长期生活在基层,但是村一级的文学活动,确实还没有涉及过。农民作家倒是接触过的，但村里的文学活动不太清楚到底有没有。

一个镇的文学社，一次最基层的文学活动，连见报的可能性都很小，小到几乎没有，更不用说对社会的什么影响了。但是这一天的会议室里，真的热气腾腾，群情激昂，与屋外的恶劣天气形成了强烈的反差。大家围坐着，围着的中心，就是我们的文学。

我到得晚了一点，一进会场，立刻就印证了我在路上的想象，甚至超过了我的想象。在大家都忙忙碌碌无心做事的年关上，有这么多人顶风冒雨来参加文学社的活动，文学社的凝聚力，出乎我的意料，也让我倍觉兴奋和振奋。

白云泉文学社是十年前成立的，没有人给钱，没有人资助，没有人宣传，甚至没有人知道，但他们坚持下来了。整整十年，每年出自己的刊物，每年出自己的作品，每年有文学活动，每次大家都来。

有外来务工者，有银行行长，有派出所的政委，有农民，有离退休的老同志，有机关干部，有企业家，有青年，也有老年，有男的，也有女的。一位年近七十的老同志，上海人，当年支持三线建设离开了上海，退休以后回不了上海，就在木渎镇落了户口，在上海的边缘定居下来了。他在会上说，因退休后的反差、回不了家乡的失落，得了抑郁症。后来听说镇上有个白云泉文学社，就自己寻找来了，来了就参加了，一参加就是十年。结果，不仅治好了病，现在生活得比年轻人还活跃还充实，每天爬山，每天写作，去民工子弟小学上课，还带动其他的离退休老同志一起去上课，真正把余热发挥得淋漓尽致了。

还有一位女作者，向我要了一本《赤脚医生万泉和》。后来她写信告诉我，她村子里就有一位年长的赤脚医生，从前给她爷爷看病，后来给她妈妈看病，再后来给她看病，现在给她的女儿看病，她说赤脚医生的故事太多太多了。我读着她的信，心里深深地感动着，为赤脚医生，也为关心着赤脚医生和被赤脚医生关心着的农民。

他们在最基层坚持着文学,他们是金字塔的庞大而坚实的塔基,没有这样庞大而坚实的基础,哪来金字塔尖的光芒和荣耀?

没有谁命令或动员他们写作,但他们始终在写。他们的作品,一般只在自己的刊物《白云泉》上发表,或者最多就在当地晚报副刊上发表。没有更高更广阔的舞台让他们展示才华和才能,但他们仍然孜孜不倦地写作,仍然对文学不离不弃,多年如一日。文学也许没有带给他们更多更实惠的东西,但是他们感激文学。他们感恩,因为文学,他们活得滋润,因为文学,他们快乐安详。在平常的日子里,他们也有困苦,也有艰难,他们都很平凡普通,但是在文学的那一瞬间,他们是如此的辉煌,如此的令人敬佩,令人感动。他们也是感动中国的人物,虽然他们没有做出惊天动地的事业,他们没有几十年侍奉孤老抚养孤儿,更没有见义勇为舍己救人,他们很平凡,但是他们身上有一种神圣,有一种伟大。

我因为经常喝酒应酬,胃不好,甚至多次发誓,再也不喝酒了。可是这天晚上我又端酒杯了,跟其中大多数我并不熟悉的人干杯。怎么不熟悉呢,我们是很熟悉的。在这个风雨交加的冬夜,我们畅饮着,畅谈着。

每年参加许多与文学有关的活动,这一次的白云泉之旅,深深地刻印在我的心底。我之所以忘不掉他们,是因为我和他们一样,有一块共同的心灵栖息地。

文学路路通

我的家乡苏州有句老话,叫"苏州路路通"。苏州小巷多,而且纵横交错,星罗棋布,像一个大棋盘,又像一个迷宫。小巷又窄又长,你往里边走着走着,就好像走不通了,好像走到底了,因为它越来越窄,越来越闭塞,前面越来越不像有路可走的样子了。

其实,你大可不必担心,因为"苏州路路通"。就在你担心走不通的时候,前面就是拐弯处了。拐了弯,仍然是小巷,仍然是深深窄窄的,但那已经是另外一个世界,另外一番风景了。

文学也是一座布满街巷的城市,我们这些写作者,就行走在文学的大街小巷。就像一个人不能同时跨越两条河流,一个人也不能同时走过两条街巷。也许一个人一辈子要走好多条街巷,但在某一个阶段,在某一个时刻,却只能走一条街巷,无论它是宽阔还是狭窄,是畅通还是阻塞。

走吧,走吧,无论文学的街巷有多少,你只有勇敢地往其中的一条街巷里走去,你才会慢慢地知道,你是走对了还是走错了,你才会慢慢地感悟,这条街巷适不适合你。

经典也是一条路。

经典具有引导性,经典能够让你跟着它的指引走向胜利的前方。

但是如果你闭着眼睛跟着经典走,你就是一个盲目的行走者。曾经有过一个时期,我们在经典的指引下,按照一个模式写作,我们放弃了许许多多街巷不走,拥挤在同一条小巷里。

所以说,经典是一条路,经典又不只是一条路。如果你走错了路,你走上了一条不属于你的路,那也不要紧,你可以重新再寻找自己的路,你总能找到那一条属于你的路。关键是你要发现自己走对了还是走错了。这时候,经典又像街巷里的一盏路灯,照亮你脚下,也照亮你内心。

有些经典是一统天下的,权威的,人人共爱之,个个赞颂之,那是当之无愧的经典。词典上对经典的解释就是:具有权威性的著作。但无论它的经典性和权威性有多大,它也只是一条街巷,而不能替代文学这座城市里所有的街巷。

有一位作家说过,他原来是写诗的,到了二十世纪八十年代末或九十年代初,忽然看到了一大批跟从前的小说完全不一样的小说,他忽然就想,原来小说也是可以不"那么写"的,又想,原来小说也是可以"这么写"的。像一颗星星闪亮天空般闪亮了他的内心,他顿时醒悟了,立刻改行写小说,而且迅速成为一位知名的小说家了。

我绝不是说小说家比诗人更伟大或者更什么,我说的只是一个人的一次转型。我不太清楚诱惑一个诗人成为小说家的那些"这么写"的小说是哪些小说,但我完全相信,在他眼中,它们一定是他的经典,至少是他某一时期的经典,是他写作生涯转折的一个动力。

在苏州的大街小巷,很少有"此路不通"的标志,在文学的大街小巷也一样,文学路路通。每一条路上都有路灯,它就是我们的经典。街巷和街巷是不一样的,路灯和路灯也是不一样的,即使是同一条街巷,你走着和我走着,感觉是不一样的,即使是同一盏路灯,照着你的时候和照着我的时候,也是不一样的。

　　这是一个充满个性的时代。充满个性不是不需要经典,也不是没有经典。我们需要经典,经典是一种信仰,是一个榜样,是支柱,是灵魂,但是,经典不是唯一,也不是一统天下,它们是许多盏路灯,同时照亮我们的城市。

意外的相逢

如果要说一说外国文学对中国作家的帮助,恐怕又是一个言而不尽的话题了。而且因为可说的话太多,恐怕还会有无从谈起的麻烦。就像我们站在某一个起点上,面对的不是一条直达终点的路,而有无数条路线,你反而迈不开步子了。要想在这个言不能尽而且无从谈起的起点出发,尽快地走到终点,就必须头脑清醒、意志坚定、不左顾右盼地选择其中的一条路,还必须注意扬长避短,别选了自己不熟悉的路去走,结果迷失方向。

我不是一个读万卷书、行万里路的人,我是一个写多于读、坐多于走的人,因此常常会有朋友劝我,书还是要读的。我有时候在学校的文学社和热爱文学的学生们谈读书,也说一样的话,开卷有益,至少,读你喜欢读的书。话虽是这么说,但我却知道自己读书很少,读外国的书尤其少,与许多打骨子里热爱外国文学的同行相比,我几乎是无地自容的。他们随口说出来的,某某克斯,某某德拉,某某什么,我经常是闻所未闻的。深深地烙印在他们灵魂和心灵最深处的那些振聋发聩的经典作品,我却是硬着头皮也读不下去,在这样的时候,我只能紧紧闭上嘴巴,不让怯意和无知从嘴里跑出来。

说实在话,除了早些年,刚刚开始有书读的时候,巴尔扎克、托尔斯泰、大仲马等的作品，我是读了不少，也很读得下去。像《基督山伯爵》读起来算得上是如饥似渴，甚至好像已经身临其境，恨不得能够帮上基督山伯爵一臂之力呢。到了后来，越来越多的外国文学来了，先锋派的外国文学来了，现代派的外国文学来了，后现代派的外国文学来了，后后的什么什么也都来了，而且还在不断地到来，但我的外国文学阅读却渐渐地少起来，不再如饥似渴，也不再有很多身陷其中的感受。即使有时候逼着自己读一读，常常会觉得疙涩（这个词是我自己想出来的，是将疙瘩和干涩合起来），读得咬文嚼字仍不知所云，因为难以卒读，渐渐地就知难而退了。如果这时候，恰又读到本土的某一部好作品，尤其是那些语言特别好的作品，那些细微的感觉能够一直传达到神经末梢的作品，就不由自主地傻想，对一个中国读者来说，到底是中国文学好还是外国文学好呢？又想，不读外国文学，就不能当中国的作家吗？喝牛奶能长大，喝米汤也能长大，如果喝了牛奶拉肚子，喝了米汤长膘，那么喝米汤也是可以的吧。这么想着的时候，却又不免绝望而伤心起来，觉得我与外国文学越来越远了。

其实我知道自己的这种想法是错的，我从来没有远离过外国文学，这是我想远离也远离不了的，人类的艺术，原本就是沟通的，横竖都是贯穿的，又是互助的，是胶着的。

我在二十世纪七十年代末八十年代初刚开始写小说的时候，就有人说，哇，你是意识流。我吓了一跳，我不知道什么是意识流。在我写了至少四五篇被称作意识流的东西后，我还没有读过意识流。于是我急急地去寻找意识流。在八十年代初期，还没有多少意识流作品被介绍被翻译过来，介绍意识流的文章也很少。后来我好不容易找到了普鲁斯特的《小玛德兰点心》、伍尔夫的《墙上的斑点》，前者是一个长篇中的一段，后者是作者的第一篇意识流作品。我读了它们，又看了一些评价的文字,我仍然不是很明白什么是意识流,但是有一点我知道了,那就是:我的作品不是意识流。

这样一看,我与外国文学的关系,就倒置过来了。人家是先阅读,再受益,从而提升自己的境界,我呢,是先沾沾自喜地以为自己是意识流的孩子,再去寻找老祖宗,结果发现不对头,以为无师自通,实际上不是那回事。但这是一次意外的相逢,收获就是,我读了意识流作品。

其实无师自通的事情也是会有的,我们慢慢往前走,是会发现的。

这是一次意外的相逢。

意外的相逢经常出现在我的阅读和写作之间。

艺术本身是相通的,也许不一定非要通过什么桥梁。他在他那里写,我在我这里写,写出来也许会是很相像的东西。

但是,如果有一座桥梁,把这两者连到一起,那是再好不过了,会惊讶,会倍受鼓舞,会出现奇迹。

记得有一回看意大利电影《木鞋树》,看过之后,随手写下以下这些东西:

《木鞋树》(法国)(注:这是当时的笔误)(上下集)

中世纪法国农村生活。散状的,非常优秀的影片。

六个孩子没有父亲的家庭,母亲洗衣支撑着。

新婚女子的家庭。

小学生上学的家庭。

在应该有一点表情的地方就是没有表情。爷爷卖了早熟的番茄也不会买面包圈,小女孩的手指在隔着店的窗玻璃抚摸面包圈,实在让人忍不住要给她买一个面包圈,但是不可能。爷爷出来时,篮子是空的,牵着女孩的手,一路回家,女孩并没有一丝一毫的懊丧和不快。永远是平静。

新婚之夜的平静,第二天早起的平静,不是因为在教堂的原因,因为本身的平静。看不出一点激动,但是有激动。

因为偷砍木鞋树替上学的儿子做鞋被农场主赶走。默默地搬,领居默默地看,让人希望发生些什么,比如从马脚底下发现那块金币,但是决不能发生,发生就完蛋了。从感情上说,希望看到一点亮色,但又让人担心这一点亮色的出现,因为一出现就破坏了整体。到底是高级,不可能出现。

极其耐得住的好片子。

好的小说是很难写出内容提要的,好的电影也一样。

想到自己在八十年代末九十年代初的一些作品,《光圈》《还俗》《文火煨肥羊》等,也是这样一种结构法,也是这样一种情状,至少是在向这种状态努力,就感觉是很沟通的。写一种或许多种感觉而不是一种结果。

这段散记没头没脑,不成文,但意思是明白的,是在意外的相逢中的意外的惊喜,对艺术相沟通的惊喜。后来我又看到博尔赫斯说的话:"写小说……由相互靠拢、分歧、交错或永远不干扰的时间织成的网络包含了所有的可能性。"

再说说黑色幽默。

先抄录一段关于黑色幽默的评说:"黑色幽默深受存在主义哲学的影响,它的主要内容在于表现世界的荒谬。面对荒诞,唯一可做的事仅仅是玩世不恭地发出无可奈何的苦笑,以便暂时舒缓一下痛苦不堪的心情。正因为他们以幽默的人生态度与惨淡的现实拉开了距离,所以一改以往荒诞文学作家的惊愕、困惑、愤懑的心态,而是把荒诞当作一种合理的存在,然后进行从容的描绘,在绝境中保持心理平衡。"

我写过很多小说,但从来没有人(无论是评论家还是读者或是别的什么人)把我的小说和黑色幽默沾上一点点边。但是不知为什么,我自己每读一点黑色幽默小说,或看到类似的评价,都会激动起来,因为我觉得,我的一部分小说,像《失踪》《错误路线》《出门在外》等,与黑色幽默是近亲,就算够不上黑色幽默,也至少是灰色幽默,在本质上,有着很相同的东西,都是从生活中感受到荒诞,然后是无可奈何。所不同的是,许多黑色幽默小说是采用荒诞的形式去表现荒诞的内容,抛弃传统小说的叙事原则,打破一般语法规则,采用夸张、悖论、反讽的手法和克制性冷漠的叙述进行创作。以喜写悲。场景奇异超常、情节散乱怪诞、人物滑稽可笑、语言睿智尖刻。而我的小说,以平淡写悲,场景、情节、人物、语言都是正常的,但骨子里是荒诞的,从容地描述,"在绝境中保持心理平衡"。

比如我的短篇小说《失踪》,写两个中年妇女突然失踪,丈夫要寻找她们,却记错了她们的衣着、身高,甚至长相,等等。而这两个妇女,失踪归来的时候,好像根本就没有失踪过,好像家里根本就没有闹得天翻地覆过,好像失踪是很正常的事情,一切仍旧平平淡淡。写人与人之间的不沟通,不关爱,甚至出了失踪这样的大事件后,仍然没有改变,漠然的日子依然如故。

最近我正在写一篇小说,写一个年轻的很老实的农民工进城打工,被人所骗,他在寻找骗子的过程中,渐渐地发现,城里人都在说谎,最后他自己也突然而至地产生了骗人的念头。

小说正在进行中,但我的思绪是迷迷糊糊的,往前走的时候是犹犹豫豫的,正在这时候,我翻开了凯尔泰斯的小说《英国旗》。凯尔泰斯在小说中写道:"当我翻看一本庸俗小说的时候,忽然捕捉到一个突如其来的闪念：我根本不在乎到底谁是杀人犯。在这个充满杀戮的世界里绞尽脑汁地琢磨'到底谁是杀人犯'，这不但使人困惑、使人恼火，而且还毫无意义，因为：在这个世界里，每个人都是杀人犯。"

凯尔泰斯点亮了我的这一篇小说。我依样画葫芦地想：是呀，在一个充满欺骗的世界，苦苦地去追寻一个骗子是很滑稽的事情。

不是说我差不多达到了凯尔泰斯的水平，可以和他相提并论。只是想说，小作家和大作家、中国作家和外国作家，无论环境的差别有多大，水平的距离有多远，但他们的灵魂如一片片的树叶，在无限的空间飘浮着，飘着飘着，说不定，其中的一片与另一片，在某一时空的交叉点上就不期而遇了。

这边风景

一个深秋的下午,苏州十中校园,遍地金黄,瑞云峰一如既往无言无声地守候着时光,不远处的王鏊厅里,举行着一场简朴而又绚丽的诗歌朗诵会。

一首《风景》打动了我:

> 过去的我是一只不知疲倦的鸟/一朝醒来我突然变成了一棵树/一棵再也不走/再也不盼顾/再也不漂泊/再也不浪漫的树/从鸟变成树/是一种痛苦/一种失落/一种悔悟/是与天地的默契/也许我会天长地久站成一块化石/也许我会站成一道风景

一首诗打动了我。但打动我的,还不仅仅是这首诗,更是这首诗的作者柳袁照。他是十中的校长,一个在应试教育的舞台上表演得酣畅淋漓又疲软至极的重点中学校长,毫不犹豫地给了自己一个异度空间:写诗。而且,不仅自己写诗,他还影响了他的学生也写诗,另一首在朗诵会上被选中的就是他的学生王禹的诗《涂鸦》:

> 我有两只手/都一样消瘦/看着我的墙/用我的手在上面画上

两只狗/他们也一样消瘦/是否？/还应该有一片黑沙漠/让他们一只向左/一只向右/独自走走/可是不能够/因为我消瘦的手/因为我只画下两只消瘦的狗/不是像墙一样厚实的骆驼/而是两只狗/都和我的手一样消瘦

就这样，校长和学生，他们的诗都上了台，都走进了每一个聆听者的心灵。

在这一时刻，在别的学校和别的教室，老师在板书 X+Y，同学们在背诵 ABCD，而柳校长和他的学生，却恣意纵横地沉浸在诗情画意中，这里没有枯燥，没有乏味，没有呵欠连天，只有跃动的心律和从心底里流露出来的热爱。

那一天的十中校园里，有诗声回荡。朗诵会很快就结束了，明天也没有朗诵会了，后天也不会有。但是这一天的短短的朗诵会，却给了这个校园一个气场，一个大大的浓浓的气场，一个经久不散的气场。这个气场，就是文化的氛围，就是素质教育的环境。

我是这样想的，一个学校，有一位诗人校长，有一位校长诗人，对于他的数千名学生来说，肯定是一件好事情。

那一天我走出王鏊厅，看着校园里的秋天，真是风景这边独好啊。

不多天后，我看到了柳校长即将出版的一本新书，这是一本图文并茂的书，是他的摄影作品和散文的合集，就在那一瞬间，我又想起了风景，想起属于柳校长的这边风景。

对于我来说，其实与柳校长并不陌生，柳校长的文章也早有拜读，还看过一些他主编的书籍，但是当我读到这本新书，我还是有了再一次认识他的感觉。

在这本书里，柳校长的文字大都是写的风景，有大自然的风景，有人生的风景,他把自己置身于风景之中,他是一位赏景人,乡村,山林,江南,北欧,母亲,兄弟,朋友,梦一般的西藏,都是他眼中和笔下的风景。

那么他自己呢?他早已经把自己融化在风景之中。一个人用心赏景,风景给予他的回报,就是熏陶和造就。于是,这一个赏景的人,就再也不是从前那个赏景的人了。

我们心目中的中学校长,或者我们想象中的中学校长,大概总是被分数、被升学率压迫得焦头烂额,无处逃遁,而柳校长却能够在繁忙紧张的工作之余写诗、写书、拍照,这是因为他给了自己一个极为辽阔的空间。在这个空间,他的精神是自由的,他的思想是不会被禁锢的,也许他是一棵站定了不再漂泊移动的树,但是树的灵魂永远飞翔着。

在变化中坚守,或者,在坚守中变化

每次要写"创作谈"的时候,心里就会乱纷纷的,好像有许多东西,很想谈一谈,但是又被什么东西堵塞住了,拱来拱去找不到出口。这应该是个好现象,至少说明对"创作谈"还是有话可说的,但同时又是一个不大好的现象,有话可说却说不出来,无从下口,无从开头。最近一阵我又在苦苦考虑"创作谈"的事情了,但这次运气好,刚好有个人问我,你在苏州几十年,生活在这里,成长在这里,写作在这里,家人在这里,朋友在这里,社会关系在这里,几乎一切的一切都在这里,你写的小说,因为有浓郁的地方特色,有人还说是"苏味小说"呢,可是你现在跑到南京去了,你去"上班"了,你去体会另一个地方和另一种生命了,你的人生的风格会不会变,你的作品的风格会不会变?会不会有一天写出南京味来了?这个问题给我找到了一个出口,我就从这个出口拱出来了。

我回答他说,南京味应该是不会有的,但风格的变化又是必然的。过去的三十年,我一直在苏州写作,给人的印象就是苏州作家的特色,小桥,流水,人家,以这种风格为主的小说,好像早已经定位了。这一类的小说我自己把它们叫作"状态"小说或者"情致"小说,不是按照传统小说的样子来写的,人物个性不鲜明不突出,故事不是大起大落惊心动魄，只讲究一种气场，讲究一种情状，讲究一点韵味。这可能比较符合苏州城市的风格。苏州城市的风格是由它的文化底蕴决定的，苏州人肯干事能干事但不张扬不外露，内敛但又很进取，风格上比较儒雅，却又不是出世而是入世的，只是入世的表现形态比较温和。我从小在苏州长大，受苏州文化影响感染较大，我创作的文学形象、营造的文学氛围肯定是苏州化的，这种风格最显著的特征就是希望能够达到淡而有味、小中见大的境界，而不仅仅是精致精细。但是这种追求就带来了问题，许多人能够感觉到你的淡，却感觉不出其中的味，于是就淡而无味了，就像有些北方人喝碧螺春的感觉。这是由地理环境和文化背景决定的，不能说谁的鉴赏或品尝水平低或高，每个人都是由自己那地方的文化熏陶出来的，比如西北的人，他们肯定喜欢羊肉泡馍，不喜欢碧螺春，而我们觉得碧螺春是有品头的，这是文化的差异。所以，我自己觉得我的小说看似平平淡淡，没多少波澜，但内含的是人性的东西，是内在的精神冲突，怎一个淡字了得，自己津津有味，乐此不疲，但别人不一定认同。我的小说创作在新世纪前或者更早的二十世纪九十年代前期就是这样一种境遇，曾经有批评家以"反常规的写作在写作中的遭遇"为题来谈论我的小说创作。欣赏的人觉得这种小说耐读，有回味，但读者群小，许多人觉得平淡无奇，找不到"刺激"，提不起精神。

就这么一路走过来，听得多了，自己也会反省了，怎么才能让人提起精神来呢？同时，从客观上讲，我们身处的环境也发生了很大的变化。十多年前，苏州的小街小巷还在，街巷里的老头老太、挑着担子走街串巷的乡村妇女还在，就鲜活地在你眼前，但是后来慢慢地消失了，没有了。再写小说时，好像主、客观条件都不让你再像原来那样写了，这时候变化就是身不由己的了。其实我很偏爱我原来的一些中短篇小说，但后来很奇怪就觉得不能再这样写，内心有个声音，一直在提醒你，让你觉得要变化。1997年我写了《百日阳光》，开始接触比较重大的题材，可以玩笑说是"中年变法"了。写苏南的乡镇企业，还是苏州文化背景，但是人物、题材都有变化，记录乡镇历史变迁，故事情节强了，人物个性鲜明了。有人说我变得大气了，从小巷子里走出来了。可也有人痛心我的变化，认为我不适合写这类题材，把自己变没了。从那时开始，就一直处于变与不变的矛盾当中。2000年前后我又开始回归，写出一批像《鹰扬巷》这样的中短篇，但是写着写着还是觉得不行，如果硬要说为什么会觉得不行，我也说不太清楚，总是隐隐约约感觉到，和内心的声音有关，而这内心的声音又来自哪里呢？再后来就有了《城市表情》《女同志》，写政界、职场，改变以往故事情节平淡的习惯，至少要写完整的故事、人物，像《女同志》，主人公有完整的奋斗经历，让读者对她的命运有迹可循。而我过去的小说常常是故意把命运隔断，跳开去写，制造阅读障碍，总觉得那样写小说才更有张力和言外之意。《女同志》似乎是一个回归，回归传统，使读者容易产生共鸣。但是说心里话，我确实不知道这是文学的进步还是退步。

再以我的长篇小说《赤脚医生万泉和》为例，小说出版后，有人说，你前几年的长篇小说创作，似乎多以城市题材、干部题材为主，比如《城市表情》《女同志》等，怎么一下子变化了，转到农村题材了呢？我是写完了《赤脚医生万泉和》再回过头来想这个问题的。

我们的社会正处于一个城市化的过程，我们的城市越来越大，因为它周边的乡村都成了城市的一部分，我们的农田越来越少，农民都进城当了市民，农村都已经是城镇模样，造起了和城里一样的房子，等等。尤其是经济发达的地区，这里的农村正经历着千百年来最最巨大的变化。如果说过去的几千年几百年，或者说最近的三十年，农村也发生了巨大的变化，但那个变化还只是一种量的变化，从穷变富，从封闭变开放,从落后变进步,等等。但就是这两三年时间,我们周边的农村发生了令人震惊的质的变化,因为它已经不再是农村了,农村消失了,农民没有了。这正是我们所需要的梦寐以求的城市化、现代化。

但奇怪的是,我却发现我的内心越来越依恋农村,依恋我曾经待过的那个时候的农村,我的思绪常常回到那片也许已经消失了的农田,常常回到那个曾经偏僻的村庄。那一座农村的院子,也就是这本《赤脚医生万泉和》的封面上画着的那个院子,我曾经住过,三十多年以后,它还一直浮现在我的眼前,挥之不去,梦回萦绕。于是,我听到了自己内心的召唤:在城市待久了,回农村看看吧。

我并没有回到农村去,但是我的心、我的创作回到了农村。我内心的召唤,是时代带给我的,是历史带给我的。我想,我们无论如何也摆脱不了时代和历史的影响,所以,变化是必然的,是别无选择的。

说的似乎都是"变",那么坚守的是什么呢?《赤脚医生万泉和》这部小说对于我的文学观念渗透或者表露得更透彻更深入一些。我用第一人称写了一个笨人,这在我过去的小说中是比较少见的。万泉和很笨,但他是一个有情怀的人,现在我们周围聪明人很多,聪明人也是有情怀的,但是聪明人的情怀,大多数给了自己。也许只有不太聪明的人,才会把自己的情怀,把自己的爱,送给需要关心需要帮助的人。于是就有了一个脑膜炎后遗症患者万泉和来当农村的医生,村里的农民说,除了脑膜炎,谁来管农民的病痛啊?我的写作总的说来是温情主义的,有时候明明可以,也应该写得凶一点,刀口锋利一点,但是温情这东西总是缠绕在我的心头和笔下,让我丢弃不掉。万泉和笨,但他善良,有慈悲心肠,正好吻合我的审美要求,写起来特别舒服,所以会写得得心应手,有一种痛快淋漓的感觉,如果换一个凶恶的人,或者阴险的人,我不知道自己能不能把握好。过去我的小说有许多是符号式的,很容易就被冠上"小巷式"的帽子,或者被贴上"苏味"的标签。在《赤脚医生万泉和》里,符号式标签性的东西隐藏起来了,但是本质的内在的东西没有变,仍然坚守着。

关于成长和写作

现在还记得小时候的与后来有关的事情很少了,上一年级时重重摔了一跤,掉了许多童年记忆。小学时的我,基本上是无声无息的,四年级以前一直是个闷嘴葫芦。后来"文革"就来了,"文革"中的一段时间,不用读书,我有了放开自己的机会,喜欢带着比我小一点的男孩女孩出去乱玩。可能大家觉得我性格比较内敛文静,其实也许是假象,或者是表面现象,或者是一个人的两面性,我小时候和长大后都有许多大胆的作为,说出来也不比男孩子差。后来就跟着大人全家下放了,在江浙交界的地方,叫桃源公社。我们人在江苏的桃源公社,但上街却上到浙江的乌镇,因为乌镇离我们更近。在农村我们还不够劳动的年龄,却喜欢劳动,就一边在农村学校念书一边劳动。再后来到县中上高中,父母也相继调到县委,1974年县高中毕业后,我又一个人远行——不是远行,很近,就在县城附近的一个公社,吴江县湖滨公社插队,这里也和桃源公社一样是半农半桑地区。但这次是一个人下乡了,不是远行也是独行。在农村卖力地劳动,还入了党,一边记日记说要扎根农村,一边也在想着什么时候能够上调。再后来就考大学,没头没脑地,考大学的前天晚上还去看电影,内容早就忘记了。回来被哥哥骂了一顿,父母倒没骂。之后成为江苏师范学院(现为苏州大学)中文系78级的学生。

一个人在农村插队时,环境差,条件差,内心却是敏感的,思想是活跃的,但没有书看,也没有人交流,只有到写作中寻找精神安慰。所以那时候就开始练习写作。在劳动之余,在笔记本上写一些古诗词,也写过一个所谓的"长篇小说",但从来没有投寄过,也根本不知道往哪里寄稿,甚至没有投稿这样的概念。到现在这部"长篇小说"还在我的旧笔记本里待着呢。真正的写作开始于大学二年级,开始写短篇小说,投寄过几篇,大约到第三或第四篇的时候,就被《上海文学》录用了,那是1980年第九期,一个短篇小说《夜归》,写的是从农村进入大学的年轻人对自由的渴望。

这是我写作生活的正式开始。毕业后留校工作三年后,我就离开了苏州大学,到江苏省作协当了专业作家——这就是我简单的成长和写作的道路。

我从七十年代末开始写作,一直坚持以小说为主,头些年主要写短篇,到1985年发表第一个中篇小说,1987年出版第一部长篇小说《裤裆巷风流记》,以后仍以小说创作为主,也写过散文随笔以及电视剧等。

经常有人会问,写作能给你带来什么?我总觉得,我是因为喜欢写作而写作。写作可以给我带来许多东西,其中最重要的就是快乐。写作对我的意义,就是生活的一部分,这话可能比较通俗,但事实就是如此。也有人问写作是不是我关照生活的最好方式,我想说,它不一定是我关照世间的最好或最重要的方式,但它能给我带来精神上的极大的收获和满足。

我在大学期间读了大量的文学作品,我比较喜欢托尔斯泰、海明威等。另外,在我小的时候,书很少,早年的《红旗谱》《青春之歌》《欧阳海之歌》《艳阳天》等作品都给了我很大的影响。它们对我的写作的影响是潜移默化的,渗入骨子里。我在重视阅读书籍的同时,更重视阅读生活这本大书,所以,我虽然较早就进入了专业创作,工作经历简单,但生活的经历并不单调,因为我时时刻刻关注、感受、投入丰富多彩的生活。

在成为一个专业作家以后,每天的生活基本上就是写作,记得年轻的时候最多一天可写一万字,现在一天大概能写两三千字。这么多年来,为了写作,为了将写作坚持下去,我一直坚持记笔记的习惯,点点滴滴地记录下在生活中看到、听到的与写作有关的任何内容。这些笔记对我的创作是必不可少的。另外我觉得,前辈作家的影响和自己童年少年生活的影响,都是形成我的创作风格的重要原因。地域性的艺术视角也是来源于生活的影响和对生活的感悟,我在苏州写作的最大感受,就是我是一个苏州人,我与苏州是融为一体的。

经常有人说我的创作风格比较内敛,我想这可能属于艺术追求的个人品味,也可以说是一种小说的观念。说到小说观念,它是一直在变化着的,直到现在还在变化,所以很难说清什么是我的小说观念。我曾经觉得小说可以写得很清淡,要淡而有味,我也曾经一直这么写,但是现在我也在怀疑这种观念。一方面我的小说仍然是清淡的,但另一方面我始终在怀疑,也始终在动摇,我觉得我近期的小说发生了某些变化。从前我曾经认为写小说也应该和人生一样随缘一点,至少要做出和达到随缘的效果,现在我也怀疑这种观念。我过去觉得写小说的最高境界就是让人感觉什么也没有,但其实是有些什么的,这种想法也许得不到许多读者的认同,如果读者知道你的小说里什么也没有,他们为什么还要来读你的小说呢?

我写作的文化背景是传统文化和现代文化交织的一张网,我既生活在一个传统文化积淀深厚的古城,又习惯现代意识的思维。在现代的写作中,信息压力很大,但这就是信息时代,你想躲也躲不过各种各样的信息,生活中的事情超出想象时,只能让我感叹生活的了不起。所以我所理解的生活和文学的关系，就是写作者要敏感、用心、艺术地学习生活、了解生活、感悟生活，才可能有文学。同时，作家还应该坚持自己的精神立场，而我的精神立场，则在我的小说中体现出来。

过去多强调作家关心现实，关心社会，这是毫无疑义的，但同时我觉得作家也应该关怀自己。我想，作家对自己的关怀，就是要尽量让自己在物欲的社会中保持平心静气。

我经常觉得自己的作品不能让自己满意，就是所谓的写砸了。虽然写砸这个词比较含糊，但对我来说，自己不太满意的，都算是写砸了，所以就比较多了。其实关键不在于写砸后的感觉，只怕明明写砸了自己却不觉得，那就无可救药了。

还想再说一点，我对小说的态度，也就是我对生活的态度，既无可奈何，又温婉谅解。我对我自己的创作的理解，就是始终不温不火，慢慢进步，中间也许还退几步，但无所谓，重要的是我一直在写，还会一直写下去。

花开花落

我在几年前曾经写过一篇文章,题目叫作《我是谁》,现在回想起来,还是有一些印象。主要写的是自己写了好几年小说,在创作中苦苦追求,上下寻觅,却越写越不知道小说该怎么写,文章该怎么做,文坛的路该怎么走,也就是越写越不知道"我是谁"。这是一种困境,一种困惑,当然是想摆脱这样的困境,走出困惑,于是写那一篇文章,想有些新的追求和新的寻找。

那一篇文章的题目很明显是受了一些武侠小说的影响。记得那篇文章中提到《射雕英雄传》中的西毒欧阳峰,一心要做天下武林第一高手,苦练苦熬,到头来武功果然了不得,却迷失了本性,竟然不知道"我是谁"。

回想当时,我似乎是从欧阳峰的悲剧中产生出一些感叹来,才写了那篇《我是谁》,也许意在提醒自己不要在追求和寻觅中迷失了自己的本性吧。

其实,现在想想,天下不知道"我是谁"的情况,并非只发生在欧阳峰一个人身上。欧阳峰只是因为被作家点明了,于是众所周知,明智的人则引以为戒,而天下别的更多的人,谁又知道谁是怎么一回事呢。普天之下,又有谁能彻底地永远地解决"我是谁"这个问题呢。

既然不可能彻底解决"我是谁",为何又要苦苦地去追求,去寻找答案呢。欧阳峰是因为迷失了本性而不知道"我是谁",而更多的人正好相反,因为苦苦追寻"我是谁"而迷失了本性或者可能迷失本性。

花开花落,一切顺其自然。

这是一种消极的人生观?

这是一种积极的人生观?

武功的最高境界是心剑合一,无剑之剑,也只有真正地回应自然,无胜负心,才可能达到这一种境界。但是,达到了这一种境界以后,又是一种什么样的境界呢,也许出现的将是一种新的不自然,新的迷失。

武侠书常常告诉我们这样一种思想,最高的境界就是无境界。

既然是一种无境界,又怎么去追求,怎么去达到呢,于是又回到原来的话题,还是顺其自然。

自然,包含着不自然——自然——不自然——自然这样无尽的往复。

所以,顺其自然也许我们一辈子也做不到,我想那也无所谓。重要的不是目的,达到的多半不是目的。

花开花落,花开是目的?花落是目的?

花开花落,本来是没有目的的。

花开花落,来也然,去也然,好自在,好轻松,好潇洒。但是人生却不能没目的,无论是达到还是达不到,人生应该有自己的目的,那么,向着你的目标走吧,这也是一种顺其自然。

写文章的人,当然也是要以顺其自然为高境界的,但是怎么样才能做到顺其自然呢,我说不出,大概也没有一条现成的路让我去走。写作许多年,回头细细想想,好像就是在不断地寻求"我是谁"这样一个问题的答案。

因为始终也看不清"我是谁",所以我对自己的作品也就难以有一个比较明白的认识。是顺其自然,还是勉为其难?我想这绝不是一个三五天一年几年能解决的事情,也许它将陪伴我一生,至少是陪着我走过自己全部的写作历程吧。

有些人认为我在写作中不注重状物,或者说是状物能力不强。事实正是如此。写了十几年的小说,居然越来越不会描写了,现在我几乎不知道该怎么逼真地去描摹一件实物,怎么细腻地描写一个人的内心世界,我不知道这是一种退步还是一种进步,有时候,我明白是我自己不想去写。比如一个漂亮的姑娘,到底怎么漂亮,为什么不能让读者去创造呢,我好像没有权力剥夺读者的丰富的想象力,我也不知道我的这种想法是正确还是偏误,或者是一种偷懒的借口。其实古今中外多少大手笔对于世间的一切事物早已经做过十分详尽十分全面十分细致十分传神同时也是十分琐碎的描写,现在的我,再怎么写也是不能出新招的了,既然如此,就另奔前程了。打不过就走,这可不仅仅适用于武林和兵家之争。

这是不是顺其自然呢,我不知道。

我写文章也不怎么注重复杂深厚的精神意蕴,文如其人,因为生活中的我,就是一个比较简单的人,我的文章也就不可能复杂到哪里去。我平时最怕的就是哲学和有关哲学的讨论,人类的命运,世界的未来,生命的意义,宇宙的结局,物我对立还是物我统一,时空有限还是时空无限,等等。面对这些精神深层的东西,我真是无能为力。我想我也不必惭愧,那本来并不是我的事情,那是哲学家们的工作,写小说的人也许不必去和哲学家争那一块地盘。

注重或者不注重,这是从创作者的主观角度出发的,有时候生活本身的意蕴要比哲人的思考更深厚更复杂。作品写了生活本身,也就有意无意地写出了某种精神深度,那就是一个客观效果的问题了。

挖掘精神的深层结构，是我无能为力也是我无意作为的事情，但是如果我的某一个作品能给人一些感想，多多少少有一些意思，那也就是我的成功，不想为而为之，顺其自然也。

不为而有所得，歪打正着，顺其自然也。

也有人觉得我写小说过于冷静，好像文章中就没有自己的一些主观色彩，这其实是一种误解，或者是阅读上的偏差，或者是因为我的文章给人的感觉就是这样，但是事实上没有作者主观色彩的小说是很难写出来的。我不敢说绝对没有，绝对写不出，但是从我自己的体验看，如果真的没有一点点主观色彩，我是写不出小说来的。我想任何作品都是在写作者生命的体验，生命的体验恰是最强烈的主观色彩。我对生命有什么样的体验，我的作品就会有什么样的色彩。问题在于这种主观色彩是通过什么样的形式表现出来，是自觉的还是不自觉的，是有意的还是无意的，是明显的还是隐晦的，是直接的还是间接的。

人对生命的体验不是一成不变的，在昨天的位子上我体验生命是某一种想法，到了今天的位子上我又是另一种想法，再到明天，又不一样。如果要说我现在的生命体验，那就是花开花落。

花开花落是一种自然现象，我的作品也应该呈现出一种自然状态，把自己的主观感受融入自然。

应该呈现与是否呈现，我要跨越的就是其间的距离。

我现在的作品是不是有一些自然状态，我常常问人问己。问人问己，能问出长长短短，对一个作品的看法，各人有各人的角度和标准，是很难一致的，所以我想我也不必很在乎长和短。

问人问己，看起来是问的创作，其实归根到底还是问的"我是谁"，明明知道"我是谁"不会有答案，偏偏还是不肯放弃，凡夫俗子，要做到顺其自然，何其难也。

高邮，我们共同的家乡

许多年了，汪曾祺的一本书，一直就放在我的手边，书已经很旧了，这是出版于1987年的汪曾祺自选集，里边收有汪曾祺不同时期写作的小说散文随笔等各种文体的作品。我读其中一篇《涂白》感动不已，这是一篇写冬天为了防冻给树刷石灰的小文，只有几百字，甚至说不上是一篇散文或者随笔，差不多就是一篇说明文，却使我眼中蕴含泪水。这样的一种文字的力量，这样的一种与文字的缘分和感情，许多年来一直陪伴着我，不离不弃。

已经记不太清是什么时候开始读汪曾祺的小说的，但是有一个印象却是十分深刻而又清晰，自从读过汪曾祺的小说，有一个名词就深深地烙在了心底里，再也抹不掉了，这个名词就是"高邮"。

高邮是汪曾祺的家乡。到底是汪曾祺有幸，因为他生长在高邮，还是高邮有幸，因为她诞生了汪曾祺，我想，这两者必定是互补互融的。高邮与文人，几乎就是同义词，就是一种共同的现象，高邮可以是文人故乡的代称，凡文人成长或适合文人成长的土壤，必定有如高邮那般，能给人一种天然的亲近的感觉。

这就是高邮的魅力。一千多年前，高邮就已经是天下文人向往和贤集之处了，秦少游曾写道，"吾乡如覆盂，地处扬楚脊，环以万顷湖，天粘四无壁"。那时候,高邮的文游台,就是大家来了去、去了又来的地方,苏轼、孙觉、秦观、王巩……他们给高邮留下了诗文书画,留下了温润的气息,留下了高尚的品格,留下了文人之间纯净美好的相知相交和相敬。千百年过去之后,这样的气息,这样的品格,这样的交往,仍然在高邮的大地行走,仍然在高邮的天空回荡,它们像阳光雨露一般,滋润着一代又一代的高邮人。

于是,七十年代后期到八十年代初期,汪曾祺和他的作品,裹挟着高邮的泥土气息,携带着高邮的历史沧桑,从这里出发,走向了全国,走向了世界。今天,十位高邮籍作家,陆建华、子川、朱军、于宇、陈其昌、姜文定、周荣池、徐晓思、王玉清、张荣权,又执手相助,共同推出了《文游台创作丛书》。

《文游台创作丛书》,是高邮文人对"吾乡"的汇报和回报,是这十位作家交给"吾乡"的一份答卷。这份沉甸甸的答卷,饱含了他们对"吾乡"浓得抹不开的情感,透溢出"吾乡"养育出来的品位和气质,使汪曾祺开创的新时代高邮文脉延续、发扬、走向前方。

汪曾祺的小说,让我们这些本来与高邮并没有什么联系和关系的人,都深切地感受到了自己与高邮的亲近;十位作家的丛书,又给了我们一个更加走近高邮的机会。

秦少游的"吾乡",又何尝不是天下文人的"吾乡",它曾在千百年前吸引了许多文人贤士,又何尝不是今天的文人的精神着落点。

在你的人生中,在你的心中,总有那么一个地方,无论这个地方与你是近是远,有多少距离,有多少间隔,这个地方是一定会永久地存留在你的内心深处的,就和你自己的故乡一样。

倒置的关系也是一种关系

前不久有朋友打电话给我,给我推荐一个电影,在他还没有说出片名的那一瞬间,出于对他的了解和熟悉,也出于知道他对我的了解和熟悉,我其实已经知道他要推荐的是哪一部电影。

果然不出所料,他推荐是的《一次别离》。虽然我告诉他我已经看过了,他还是坚持解释说,之所以推荐你看这部电影,是因为这个电影,就是你的小说。我嘴上说,哪是一个档次,哪是一个档次,心里却是受用的,也是认同的。不是说我的小说已经达到了如何的水准和境界,只是想说,小作家和大作家、中国作家和外国作家,无论环境的差别有多大,水平的距离有多远,他们的灵魂如同一片片的树叶,在无限的空间飘浮着,飘着飘着,说不定,其中的一片与另一片,在某一时空的交叉点上就不期而遇了。

我一直是一个读书滞后于写作的人,读外国文学作品尤其如此。这一篇关于外国文学的文章,本来是应该谈外国文学对于中国作家的影响的,因为这种影响是不言而喻,而且是不可估量的。如果要想说一说外国文学对中国作家的帮助,恐怕是言而不尽的,而且因为可以谈论的东西太多,恐怕还会有无从谈起的麻烦。就像我们站在某一个起点上,面对的不是一条直达终点的路,而有无数条的路线,你反而迈不开步子了。

所以我忽发奇想,选择一条倒过来走的路吧,倒过来说一说我个人的写作和外国文学的关系。倒置的关系也是一种关系。

比如,我在九十年代的某一阶段,迷恋上了一种极为简单的小说方法,现在回想总结一下,大约写了几十个类似的短篇小说,多是普通的平民百姓的平常生活。

两个结伴走街串巷卖橘子的乡下妇女,经过小巷的时候,听到书场里在说《描金凤》,她们很喜欢听书。

一位老太太坐在小巷里晒太阳,从远方来了一位老先生,他是来寻找当年隔壁女校的校花的。他和她从来没有任何故事,甚至没有说过一句话,没有打过一个照面,但他还是在几十年后,风烛残年的时候,来了。在鹰扬巷他果然见到了校花,就是那位晒太阳的老太太,他了却了这个心愿,就坐火车离开了。

这样的小说,我写得有滋有味,自我陶醉,就像早晨起来,不急不忙地泡上一杯碧螺春茶,独自慢慢品。却很少有人认为我的这类小说有多么值得一读和一谈,有些朋友或者编辑干脆直接告诉我,你这些小说太疏淡了,有人认为我的这种写作是"反常规的写作",所以,在写作中就会有"非常规"的与众不同的遭遇。事实上也确实如此,因为这些作品太过自我,决定了它们的阅读维度的狭窄,因而也就决定了其他许许多多的事情。

这多少让我有些沮丧,但是我仍然按照自己喜欢的方式写作。

一直到十多年后,我读到了卡佛的《大教堂》。卡佛带给我莫名的惊喜和激动。《大教堂》被称为卡佛极简主义小说的代表之作,写的都是普通人的日常生活故事,故事大多很平常,文字漫不经心又暗含忧伤。

在阅读卡佛的那一刻,我感觉到某一种关系又产生了,我的内心又遭遇了撞击,那是无比美妙的撞击,那是心领神会的撞击。

去年我出版了一部长篇小说《香火》,之后,有几位批评家写《香火》的批评文章时,同时提到了卡尔维诺的"轻逸"。

——"这样一种'轻',显然不是'轻飘'、'轻浮',而是'轻逸'、'轻盈',是举重若轻的'轻'。作家借助于'轻逸'、'轻盈'这架梯子飞翔起来,俯瞰这个充满混沌、沉重的世界,从而对生活获得更为深刻更清晰的体认。这样一种'轻'是卡尔维诺所说的'深思之轻'!"

——"发现了小说新美学的机心,那就是轻逸、飞翔与快乐,这样的风格与效果与小说的主题无关,与小说的题材无关,因为再沉重再宏大的事物也可以化而为轻。不知道范小青如何看待卡尔维诺有关轻逸的主张,现在的她是否如同这位意大利大师做着同样的努力?"

坦白地说,这是我头一次接触到卡尔维诺。朋友们又一次给我打开了一扇世界文学的窗户。

我十分惊喜地阅读到卡尔维诺的一个短篇小说,写一家人逛超市,其实身上根本就没有钱,但是所有家人都尽情地挑选自己喜欢的东西和家里需要的物品,堆放了满满的一推车,当然,最后他们必然是要把这些物品一一地放回原处的。但是小说的结尾出现了意外,使得他们意外地带走了货物。

这个意外是轻逸的,但又是更沉重的。

这是一次精神之旅,一种令人心酸的精神满足,是城市贫困人群的共同际遇,所以,我不得不又一次感受到我们的相遇。在我的一个短篇小说《城乡简史》中,乡下人王才和他的儿子王小才,因为看到城市人账本上记着一瓶昂贵的香薰精油,他们无法理解香薰精油。后来他们进城打工了,最后,他们终于在城市的大街的玻璃橱窗里,看到了香薰精油。"王小才一看之下,高兴地喊了起来:哎嘿,哎嘿,这个便宜哎,降价了哎。王才说,你懂什么,牌子不一样,价格也不一样,这种东西,只会越来越贵,王小才,我告诉你,你乡下人,不懂不要乱说啊。"面对城市的昂贵消费,他们表现出来的不是羡慕嫉妒恨,而是惊喜和坦然。但是,但是呢?

艺术本身是相通的,也许不一定非要通过什么桥梁,他在他那里写,我在我这里写,写出来也许会是很相像的东西。

但是,如果有一座桥梁,把这两者连到一起,那再好不过了,会使人惊讶,会让人倍受鼓舞,说不定会出现奇迹。

别种的可能和困惑

现在是一个说什么都可以的时代,但恐怕不大会有人标新立异地说,写小说就应该写不好看的小说。谁不想写出好看的小说呢,问题的关键是,不是你想写好看的小说就能写出来的。还有一个问题是,好看由谁说了算?

一篇好看的小说要具备什么,这是众说纷纭的,各抒己见的。但有一些基本的东西,大家也是有共识的,比如说,首先要有一个好故事,再比如说,要有好的语言。

可是好故事和好语言的标准却又是千差万别的。传统意义上的好故事,是有头有尾,圆满的,完善的。一个人的命运,两个人或者三个人的爱情,历史的沧桑,生活的沉淀,等等,这都是好故事的基本点。除此之外,还有没有别的可能了呢?我想应该还是有的,我曾经在自己的笔记本上记录过这样一段问自己的话,那是在看了香港电影《枪火》和越南电影《忘情季节》后写下来的。《枪火》和《忘情季节》都是我最喜欢的电影,它们共同的地方在于,在说一些故事的同时,又隐去了一些故事。比如《忘情季节》,本来是有很完满的三四个故事,却基本被隐去,又将几个隐去的故事穿插进行,这种努力,大大增加了作品的内涵,给人更多的想象空间。这是真正意义上的现代意识。

我们都说,好的作品如行云流水。其实流水是流不出电影和小说来的,任何东西包括小说,都是制造出来的,但是我们不要去制造障碍,我们要制造顺畅。我们写小说是为了让别人读,也让自己读,读得舒服,读得懂,或者哪怕半懂不懂但多少读出一点想法和感受来,而不是为难读小说的人,也不要为难你自己。

再回过头来说那两个电影,它们当然是制造出来的,可贵的是,这种制造出来的效果,没有丝毫的障碍和疙瘩,它们显得很单纯很简单很质朴,并没有故意地去深藏什么,但确确实实又深藏着什么。生活是打乱了的,没有什么时间和空间的顺序,却又没有制造出来混乱,一切都很平常自然,所有的感悟与思想,都在这平常之中了。我曾经说过我不知道什么叫思想、我也有些害怕思想这样的话,其实我的意思是,思想这东西,并不需要我们努力地特意地去思想,它是时时刻刻都在我们这里的。

我很激动地问自己:这样写小说行不行?有没有出路?两个问号,前一个是纯个人的,纯文学的,后一个是功利的,世俗的。我总是想要丢弃后一个问号,却不知这种努力的结果,和有没有结果,和结果好不好。试试吧。

《东奔西走》可能是一篇学习得比较幼稚的作品,但是有一点我觉得还是可以自信的,因为小说的内容是地域性的,是苏州,而不是越南。在写这篇创作谈的前一天,评论家林舟对我说,他不是苏州人,现在生活在苏州,他看这篇小说,体会什么叫苏州人。现代社会里,大家都在东奔西走,但是苏州人有自己东奔西走的独特方向和方式。

再说一个语言的事情。我很看重语言的功力。我们平时读作品和看电影,常常会在极短的时间内就判断出一些东西,读了一个小说的开头几行,看了一个电影的开头几分钟,就决定了你是不是读下去和看下去。我想，这在很大意义上是语言的作用，小说的语言和电影的语言。

又要从电影说起，有一个电影叫作《母亲与儿子》，无故事，无情节，无任何进展，甚至很少有台词。一个母亲病重，儿子守在她身边，背着她去野外透透气，又背回来，随时可能要发生什么，至少会有一点进展，或者讲出一个陈年的故事，或者母亲死了，但是什么也没有发生，也始终没有第三个人进来。你希望它发生什么，但是它不发生，你失望了吗？你厌倦了吗？一点也不！一个多小时的电影，靠什么吸引住我们？凭什么说它好看？就是它的语言。

我比较迷恋这样的状态，有时候也很痴心妄想，想试探着走走这样的路。我的困难在于，我的对象可能是缺乏诗意的，是很民间、很世俗的，更是很普通的，但是对我的挑战也正是在这里，所以我会慢慢地走着。我写过一个中篇小说《火车》，傍晚了，两个人上了火车，火车就开了，靠站就停下来，接着再开，最后到了终点站。有些人物上上下下，有些人物始终在的，但是没有什么故事，只有一些琐碎的细小的事件，这些事件，每一个坐过火车的人都碰见过。在写作这篇小说的时候，真是有一种痛快淋漓的过瘾的感觉呀。但是我很悲哀地想，大概很少有人会重视这样的小说，因为大家会觉得这样的小说不好看。我也反复地审问自己，假如这小说是别人写的，没有故事，或者只有一点点小事，剩下来的就是啰啰唆唆的语言，你会去看吗？

这就回答了我在前面对自己提出的第二个问题：这样写小说有没有出路？从客观的角度，答案是显而易见的：没有。

没有出路你还走吗？我还走。

这就是困惑。写作是永远的困惑。没有了困惑也就没有了写作。

快不过命运之手

在传说中,我是一个写作的快手,传说我十几天能写二十几万字的长篇,传说我一个月写十几个中篇,传说我写作没有阻碍,像流水,传说我不食人间烟火,只认得一个"写"字。

对于传说,可以相信,也可以不相信;可以认真,也可以不当回事儿。我呢,常常是一笑,我想这也就足够了。

其实,我常常觉得头脑里一片空白,只知道自己是要写的,是要不停地拼命地写的,但心里常常很茫然,在人生的路上,在写作的路上,我已经奔跑得很累很累了,但我仍然拼命奔跑,我并不知道前面等待我的是什么。卡夫卡写的一篇寓言,大意是这样的,他说有一只老鼠拼命地奔跑,它不知道它要逃避什么,它只是拼命地奔跑,它穿过大街小巷,终于跑进了一条长长的静静的安全的通道,老鼠正想松一口气,它看到了猫站在通道的另一出口,猫说,来吧,我等着你呢。

我以为我是一只老鼠吗?

当然不。

但至少有一点是相同的,那就是我和老鼠,我们都不知道为什么要奔跑,我们也不知道我们的终点是什么。

我们的一切,只在于奔跑之中,我们的快乐,我们的苦恼,我们的兴奋,我们的无奈,都在奔跑之中。

　　奔跑是一种状态,生命也是一种状态,奔跑是一个进程,生命也是一个进程。我们的奔跑与我们的生命同步,这是我们应该引以为自豪的事情,同时也是我们觉得无奈的事情,因为除非生命停止,我们不得停止奔跑,这是命运排定了的。

　　太阳每天升起又落下,每月过了初一又十五,每年花开又花落。每一年中大部分时间我住在我古老而潮湿的小城,每天写字,后来改成打字。我的颈椎病越来越严重,但我从来不曾想到去医院看一看,我不知道这是为什么。我继续打字,有时候我觉得自己像个劳动模范,有时候又觉得像个殉教的教徒,更多的时候我不敢想一想我到底是谁,一想到这个问题,我就有一种推动自我的恐惧。我写了一天又一天,我常常不知道自己是很快活还是很荒诞,我不知道我是很充实还是很空虚。在我实在感到心烦意乱的时候,我走到阳台上看着滴滴答答的小雨,我感觉空气的湿润,我想我回屋会继续打字,这是注定了的,无法改变。

　　我对我的行为曾经想了又想,我感觉自己很快很快,但是永远快不过命运之手。突然有一个苍老的声音在我耳边响起,是索尔·贝娄在说话,他说:"只有当被清楚地看作是在慢慢地走向死亡时,生命才是生命。"

怎么写短篇

从我自己的写作习惯来说,我不大喜欢精心设计,更喜欢随意性的东西,或者说,更喜欢开放式的小说。我想说的开放式的小说,不是圆形的,是散状的。因为我觉得,散状的形态可以表达更多的东西,或者是无状的东西。表达更多的无状的东西,就是我所认识的现代感。过去我总是担心,一个小说如果构思太精巧,圆形叙事,太圆太完满,会影响它丰富的内涵,影响它毛茸茸的生活质地。但是我近些年的小说,却开始精心地画圆了。比如《城乡简史》,我用心地画了一个圆,画了这个圆以后,我开始改变我的想法,散状的形态能够放射出的东西,通过一个圆来放射,同样是可以的,当然,这个难度可能更高一点。一般讲圆了一个故事以后,这个故事就是小说本身了,大家被这个故事吸引了,被这个故事套住了,也许不再去体会故事以外的意思。要让人走进故事又走出故事,这样的小说,和我过去的小说是不大一样了。其实我的这个圆最后还是留了一个缺口,小说里的自清和王才相遇不相识,这是我的一个直觉,他们应该是擦肩而过的,联系他们的只是一本账本,甚至也可以是他们的部分生活,但不是他们的心灵。

什么是短篇小说,什么是好的短篇小说,好的短篇小说究竟应该怎么写。从八十年代末期到九十年代这些时间里,我的写作,尤其是短篇的写作，基本上就是那种淡淡的，散散的，不讲究故事，就是那么一个慢慢的过程，一些零碎的事情，一种似是而非的氛围。对我来说，好像写那样的小说比较容易，似乎与我身上的什么东西有着一些本质的联系，因此是自然顺畅的。比如《鹰扬巷》，一旦把握了那种氛围，几乎只要几句对话就能解决了。所以在相当的一段时间里，我甚至没有觉得写短篇小说是一件多么难的事情。

可是后来事情发生了变化，变得让我措手不及。因为我突然觉得，我不能再这样写下去了，我知道《鹰扬巷》是一篇好的小说，但我不能再写。究竟是什么触动了我，是什么事情敲打了我，我说不上来，反正就是有了那样的一种感觉，我开始放弃容易，也放弃了一种境界，去走了一条艰难的路。

说难走，是因为我从一开始就觉得自己不会写故事，想象能力也不够强，很难有精巧的构思让小说圆圆满满地呈现出来，但是现在我硬着头皮去走这条路。

看电影的时候我们都知道批评别人：连故事都不会说，还拍什么电影？现在这种批评才回落到了自己头上，其实早就应该问一问自己了。

生活中确实有许多现成的圆满的好故事，但更多的好故事是需要精心打造、杂糅出来的。我真正体会到了短篇小说的难，精巧的构思有时候它忽然就来了，但有的时候，或更多的时候，你想死了它也不来。于是，有一些小说就留有遗憾了，明明知道什么地方没有处理好，也知道问题在哪里，但就是找不到解决问题的办法。

其实，在我苦苦求圆的时候，我的内心深处还是很怀念从前的那种自然散状的，比如《想念菊官》《六福楼》《东奔西走》《苏杭班》都是我心底里很喜爱的作品，手心手背都是肉。

属于我自己的经典

在给一本经典小说集选一个短篇的时候,我选了我的《生于黄昏或清晨》。算不算是经典作品呢?不知道。因为经典,多半是经过历史选择、时间过滤后留下的最有价值的作品,这是一。第二,经典至少应该具有公认的典范性和权威性。而这篇《生于黄昏或清晨》,不具备这两个条件。

但是如果从我自己的角度来看,从我自己的短篇小说创作和作品的纵贯线来看,我觉得它是有经典性的,那就是说,它是属于我自己的经典。

所以这篇文章不谈公认的经典,只说说属于我自己的经典。

《生于黄昏或清晨》,起源于一次偶然的聊天经历。有一天我们几个人一起坐车从一个地方到另一个地方,在车上话题很多,后来就说到了人的年龄、出生、生日,等等。有一个人说,我大致能够看出一个人的出生年代,也许与他自己以及他的家人朋友等现在所认定的他的出生年代不一样。

这句话忽然间就点了我一下,我想起来,在从前的日子里,我们家的户口本上,竟然有三个人的出生日期都是2月1日,我的父亲、母亲和我。而事实上,我们家没有一个人是出生于2月1日的。这样荒唐的事情一直延续到今天,今天我的身份证上仍然错误地写着2月1日。

我可以说是因为我的父母亲在那个年代糊里糊涂过日子。其实,在从前的许多日子以及现在的许多日子里,常常我们自认为非常确定的事情,事实却完全是另外的样子。

那么事实在哪里呢?事实总是在某一个地方待着,只是我们并不一定能够接触到它,我们认为的事实,也许离事实有着十万八千里呢。

于是就有了写作《生于黄昏或清晨》的想法,于是就写了这样的一篇小说。

这个小说发表以后,有个朋友读到了,跟我说,他认识的一个人,年龄一改再改,到最后忽然发现,他姐姐比他大五个月,不知他妈是怎么生的姐弟俩。

生活就是这样,小说也就这样写了,所以《生于黄昏或清晨》对于我自己来说,是有典范性和权威性的,它就是我自己的经典。

还有一个很短的短篇《在街上行走》,早些年写的,写一个收旧货的人收到一些旧的日记,收购站要当废纸收,他舍不得,转而卖给了旧书店。旧书店的店主,看了这些日记,想找到主人,但找不到。丢失日记的是一位已经去世的老人,他的子女想替他把日记出版出来,但少了其中三年的内容,是被不识字的保姆卖掉了,就登报寻找,书店店主虽然也看了当天的那张晚报,但没有注意登在中缝的这个启事。店主去世后,他的店被儿子继承了,儿子听从女友的建议,改成了服装店,但因为父亲留下一些旧物旧书,儿子舍不得丢掉,就在店的后半边辟出一小间堆放旧物。后来服装店开不下去,出租给人家做房屋中介,房屋中介的经理,是个喜欢看书的人,买到一套新出版的旧时日记,但是发现其中缺少三年的内容,书中说明,这三年的日记弄丢了,一直没有找回来,房屋中介的经理觉得怪可惜的,但却不知道这三年的日记正躺在他的办公室里边的那间小黑屋里。最后结尾又回到前边,那个收旧货的人,因为卖了日记,有了点钱,就到洗头房去找他喜欢的洗发妹。六千字,写了八个人物,八个人物没有一个有名字,也没有一个有性格特征外貌特征,等等。这几乎是小说的大忌,或者说是传统小说的大忌。小说就是应该把人物写好写透,一个六千字的短篇里塞进这么多的人物,能成为好小说吗？但是我却很喜欢这个小说,因为作为一个写作者,我就是这样面对生活考虑问题的,客观的生活经过我的主观过滤后,出来就是这个样子。

这篇小说发表有十多年了,多多少少经过了时间的过滤,到今天我还是十分喜欢它,有机会出版小说集的时候,我总是忍不住要把它收进去,它也是属于我自己的经典。

惊奇的是有一天我听别人告诉我,有一个县委书记说,他读过我的《在街上行走》,十分喜欢。我真是十分惊异,说实在的,惊异的程度超过了惊喜。

会记着那一天

在一个阴雨绵绵的冬天的早晨,我们去了太仓的沙溪镇。这是一座历史文化名镇,但是我没有去过。开车来苏州接我们的是一位朴实憨厚又很热情的小伙子,他的车停在充溢着幽静气息的图书馆的门口。他是来接我们去参加一个会议:姚国红小说研讨会。

姚国红是谁呢? 是一个写小说的人,三十几岁,却已经下岗,开了一个青藤书屋,他的妻子也下岗了,开了一个青藤礼品店。我们在沙溪的时候,恰好经过那个礼品店,看到小小的店里挂着圣诞贺卡和各种礼品,连同她的平和的微笑,都是那么温馨。姚国红告诉我们,他的妻子非常支持他写小说。他们踏实而艰辛地生活,努力工作,培养女儿,其余考虑的,就是姚国红的文学事业。

文学在当今的社会中已经不太重了,但在姚国红的心里,却依然是那么的沉,那么的难解。我们在沙溪镇古老的园林绿荫园里,坐在一座古典的大堂里开会。后来我听说,沙溪镇党委这一天本来要用这个地方开会的,但是知道了这个小说研讨会,他们的会就搬到别处去开了。我没有想到寒冷的雨天,会有那么多的人来,使得原本冰凉的大堂,热腾起来。沙溪的写作者们对姚国红的支持,也一样告诉我们,文学在他们心目中的地位。我无言地看着他们,心里一直在感动着,不仅是为姚国红感动,更是为文学的简单和纯洁感动。

凌鼎年是太仓作协的理事长,他主持会议时用"文友们"作开场白。我还注意到,那一天有好几个发言的人也都使用了"文友"这个词,这个久违了的词,或许显得有些幼稚。但是我认为,一个人如果没有这种"幼稚",他就不适合到文学的队伍中来。我们都不是能够超脱世俗的人,我们在各自的生活和工作中,会心浮气躁,会焦虑不安,也会与人生气。但是一旦进入了文学的殿堂,我们的心却是那么的静,那么的宽容,那么的柔软,难怪那天就有人说,留了一脸胡子的姚国红是"外刚内柔"。

对姚国红作品的评价,不是我这篇小文能够容纳得下的。我倒是要感谢姚国红给了我一次机会,让我在这个沉郁的冬天的周末,心情像被洗净了一样。褪去了繁华的色彩,摒除了功利的喧闹,即使是在大家情绪高昂以酒祝贺的时候,我所感受到的,仍然是一片纯静,心灵和精神被充分地滋养着。

回来的时候,仍然是那个小伙子开车,我们已经知道他是姚国红的中学同学、多年好友,在沙溪的汽车公司工作。在车上我听他说,我和姚国红,他有困难我帮他,我有困难他帮我。这时候,我忽然很想问一问他姓什么,但是大家都在讲话,觉得有些唐突和冒昧,就没有问,后来一直犹犹豫豫,到下车了,再见了,也终于没有问出来。但是,我想我会记住这位未知姓名的司机小伙子,因为我觉得,他和让出会场的镇党委一样,都是文学的大后方。

会记着,冬季,在沙溪镇,下着雨的那一天。

短篇小说的艺术和生命力

曾经有朋友说我写小说，尤其是写短篇小说，像开自来水一样，打开龙头，小说就像水一样哗哗地流出来了。我也曾经很自鸣得意，但是后来知道事情不应该是这样的，做什么工作都得讲究、考究，做木匠也要考究，做裁缝也要考究，写小说也一样。就是不应该像开自来水龙头一样不费劲地哗哗地流，语言、细节、场景，一切的一切，都应该费劲地精心地打造（当然最好是看似不经意，其实是精心的）。好像是博尔赫斯说过，"写小说和造迷宫是一回事"，我这里是断章取义用他的半句话，所以不去细究他的话原意到底是什么。只是从表面上理解，就知道，写小说是要用心的，是要费尽心机的。迷宫要造得人走进去钻不出来，钻出来后才恍然大悟，甚至钻出来后也没有恍然大悟，也仍然有诸多迷惑，甚至有了更多的疑问，有无限的想象的空间，这才是真正的好的短篇小说。

所以，造迷宫的人首先自己得用心。光用心还不够，光精致也还不够，要有奇异性。奇异的出现要靠天赋，如果天赋不够，就要靠耐心和努力。

在如今这样一个文化多元的时代，传统的小说似乎早已经呈现出弱势，更何况短篇小说，它的颓势似乎让人沮丧。但其实，对于短篇小说的写作者来说，内心是始终存在安慰的，无论社会的大格局和文学的小格局中，短篇有多么边缘和不景气，却仍然有那么多人在写短篇小说。这是否多少能够说明短篇小说的文体艺术是有无限魅力的，是有无限空间的，同时，短篇小说的生命力是坚韧的、恒久的？

以我自己创作短篇小说的体会，我觉得，我通常怀着平常之心去发现和捕捉生活和艺术连接之处的奇异之果。比如这一篇《生于黄昏或清晨》，人们对于现代社会中许多事物（包括对自己的身世、年龄等的认定）的不确定感，本身都来源于生活的触动。就像我自己家，曾经有一段时间，五口人中有三个人的出生日期都是2月1日，其实这三个人中没有一个是出生于2月1日的，至今我的身份证上还是这个错误的日子，许多年了，也懒得去改正。

错误和不确实性就是这样在平常的日子里，在不知不觉中产生出来的。而短篇小说这种文体的好处，就在于你能够在不长的篇幅中，把对生活的种种疑惑呈现出来，让自己也让读者游走在生活与艺术的交织网中，感受短篇小说带给我们的享受。

时至今日，也许，短篇小说的地位不再显赫，恐怕以后也很难再现当初的风光。其实，我们知道，短篇小说本身可能也不具备特别风光和特别轰动的因子，因为它是供人细细地静心读，或者是慢慢品的，像品茶一样，不是喝酒，更不是喝烈酒。品茶和喝酒不可能达到一样的效果。从前的风光，是不正常的岁月造成的，从前甚至把对社会和改造社会的希望寄托在短篇小说身上了，这个责任短篇小说不一定能够承担起来。但是短篇小说对人的心弦的拨动，对人的精神世界的影响和慰藉，对于人类的思考和探索，应该是有作用的。这种作用潜移默化，却是少不得的。

有个和我通了二十多年信的读者曾经跟我说过这样的话，她说我们社会的鉴赏(阅读)水平尚处于幼儿时期。(她自己就在家里读千字文和朱子家训:黎明即起,洒扫庭除,要内外整洁……)我不是说短篇小说有多么的高贵,但是如果全社会都没有人读短篇小说,这个社会是有些悲哀的,当然反过来,也不可能全社会的人都读短篇小说,那是疯狂。

对于喜欢短篇小说的人来说,外界的影响归影响,短篇还是要写的,因为短篇永远是活着的,何况这是安身立命之本,这是心灵所归之处,不写的话,你的心往哪里放呢?

高楼，高楼
——《高楼万丈平地起》创作谈

在现代化的进程中，我们许许多多地方，都在建高楼。

我们不停息地建高楼，互相攀比地建高楼，争先恐后地建高楼，好像不建高楼就不是现代化，不建高楼人民的生活就不幸福，不建高楼就体现不出这个地区经济社会发展的水平。

于是，几乎是一眨眼的工夫，你已经看到处处高楼林立，楼楼高耸入云，高楼多到令人咋舌，令人叹为观止，令人如痴如醉。

我们兴奋不已，我们看见高楼的光鲜，我们感受高楼的气魄，我们享受高楼的尊贵，我们赞叹高楼的辉煌。

我们会说，其实国外也没有什么了不起，我们不比他们差，我们的楼比他们还多，我们的楼比他们还高。

无可否认，高楼让人倍感振奋，高楼让人底气十足，高楼让人觉得蓝天也不过就那么高。

当然，与此同时，我们同样看到了高楼背后的许多东西，许多的问题，许多的矛盾，许多的荒诞，许多的惊诧，许多的许许多多。

土地的问题；

腐败的问题；

文物的问题；

城市建设的问题；

施工质量的问题；

农民工工资的问题；

在等等等等的问题之中、之上，还有一个问题，看不见，摸不着，它既虚幻又真实，你可以忽视它，它却不会放过你。

那就是灵魂。

在物质的高楼上，人的灵魂失重了，人的灵魂跌落了。

在物质笼罩的社会语境中，灵魂是不被重视的。但人类的生命却是包含了很多内容的，是由许多部分组成的，如果用物质来涵盖生命的全部，生命的价值就是值得怀疑的。

人类的困境在于，人的欲望始终难以平抑，尤其在物化倾向极为明显的当下。这是一个充满现代性诱惑的世界，无数的诱惑让人们眼花缭乱，心绪烦乱，让人们无法停下自己的追求，却又不知道这种追求到底有没有意义，到底值不值得去追求。小说中的"红姐""我——江秋华""白晓光"，等等，都在不停地追求，但同时，他们是迷茫的，是失衡的，甚至是异化的、错乱的。

所以，玉涵楼到底在哪里，是不确定的；到底有没有玉涵楼，是不确定的；红姐的高楼最后到底有没有造起来，是不确定的；到底有没有人从高楼上坠落下来，是不确定的。

最后的结果，也是不确定的。

这不是故弄玄虚。现实就是玄虚。

高楼建起来了，精神和灵魂跌下去了，我想，这肯定不是我们这个社会的终极目标。

茶几是什么
——《嫁入豪门》创作谈

早在三十多年前,我们读书时,老师讲现代主义,举了一个典型的例子,是一个话剧,叫《椅子》。这个剧在舞台上摆满了椅子,有两个演员要从舞台的这一边穿过这些椅子走到舞台的另一边,但是他们怎么也走不过去,椅子阻挡了他们,他们在椅子中迷失了方向。这个剧说的是物质高度发展以后,束缚了人的自由。我清楚地记得,当年学习的时候,觉得不可思议,因为那时我们的物质还没有高度发展,还无法想象无法梳理物质高度发展后的情形。却没想到,弹指一挥间,今天也轮到我们了,今天的我们,也在椅子中转昏了头脑。

昏头昏脑并不可怕,可怕的是"昏"而不知。文学(写作)能够让我们保持清醒的头脑,坚持自己的操守,倾听内心的呼喊。文学(写作)给人带来的应该是精神享受,精神享受应该是深远的、意味深长的、经得起时间考验的。有人曾经说过:我不愿意拿道德和他们换财富,因为道德是永恒的,而财富却每天都在更换主人。

再回过来说茶几,小说中的鸡翅木茶几既是物质,又不是物质。当它被当作物质的时候,它经常易主,命运一波三折,可以被搬来搬去,可以被人常年觊觎,一生惦记,它曾去过冯爸爸那里,又去过古董店,最后到了小一辈的新房里,也许它还会更换更多的地方和主人;而当它呈现出它的非物质性的时候,它是永存不变、巍然不动的,无论将它搬到哪里,无论它的主人更换成谁,它的非物质性,永远弥漫在时空里,谁也看不见,摸不着,却有着无限的能量。

小说中的人物和故事,在向我们提出一个问题:在物质时代,我们被谁主宰?这个问题的答案,在我们自己的内心。

但是,我们的内心是犹豫的,是动摇的,我们很难在道德和财富这两者间做出选择,拿道德换财富,或者,拿财富换道德,你愿意换吗?我们无法回答。我们不能摆脱物质、丢弃物质,但是我们又不甘心被物质所束缚,于是,我们困惑,我们迷茫。

将这样的困惑,这样的迷茫,在文学作品中呈现出来,我想,这就是我们当今写作的价值体现。

《梦幻快递》创作谈

我因工作的原因，经常坐火车往返于两个城市之间，开始是特快，然后有了动车，后来又有了高铁，提速，又提速，再提速，那仅仅是几年间的事情，真是快呀。现在坐高铁，我从出发点到目的地，只需要一个小时多一点点。因为车次很多，就是这个"一点点"，也可以让你有多种选择，这多种选择之中，有差三五分钟的，有差七八分钟的，最多也只差十来分钟，我总是尽可能地选择差十分钟的火车。为什么？想快一点罢。

谁不想快一点？

如果问一下在现代社会中人们最想要什么，我想，一个"快"字是逃不掉的。

快一点，再快一点，我们已经完全没有了慢的耐心和习惯。于是，种种的"快"便应运而生了，这是我们每一个人在生活中都深切感受和深切体会的。

快递业也就这样蓬勃地发展起来了。我也有过网购或电视购物，购了以后，就急切地希望它们能快一点送到。有一天一大早快递员来电话核对地址姓名等，我问他什么时候能送到，他说现在说不准，等快到的时候再联系。我等呀等呀，等到快中午了，仍然没有动静，着急了，回电话到他的手机上,对方却说早晨的电话不是他打的,是他的同事借他的手机打的,我问你同事怎么用你的手机呢,是他手机坏了,还是没电了,还是怎的,这人说不知道,他甚至无法告诉我那个同事的联系方式,他不知道他的手机号码。于是,那个早上联系过我的快递员顿时就像断了线的风筝。我真着急了,嘀嘀咕咕表示不满,哪有快递员借别人手机工作的呢,哪有等这么长时间还不来的呢,这人到底到哪里去了呢,他今天还来不来呀?当然我只是在家里口头抱怨一下,还不至于急到去投诉他。可我的家人对我的奇怪也表示出奇怪,他们奇怪地说,你急什么呢,他总归会来的,这是货到付款的呀。是呀,我急个什么呢,是马上要出门家里没人接货了吗,不是;是买的东西很着急用吗,不是——反正什么也不是,就是着急。

其实这时候那个快递员已经进了我家的小区了,东西马上就要送到了,我还在着急。

对于社会一味求"快",可能很多人都是有想法的,我也一样。所以我完全可以问一问自己,你何不从自己开始,慢起来,下次回家就别坐高铁了,去坐普通快车吧,或者,你哪怕买一张慢十分钟的高铁票,行不?

那是不行的。

这大概就是现代人的无奈。一方面被现代文明所束缚,感受到压抑,却又无力挣扎,或者,根本就不想挣扎,甚至还十分享受。

痛并享受着?

一个人,如果长期地生存于这样的背反中,一个人,如果行进的速度过快,身体过度劳累,心灵过度疲惫,是有可能产生出一些错觉的。那么,一个时代,一个社会呢?

还不仅仅是速度,还有许许多多的现代因素,比如复制,比如雷同,比如人的生活的超常信息化，比如生命和人生的符号化，等等。许多本来很踏实的东西悬浮起来，许多本来很正常的东西怪异起来，渐渐地，疑惑弥漫了我们的内心，超出了我们的生命体验，动摇了我们一以贯之的对"真实"这两个字的理解。

我是个多梦的人，在我的自我感觉中，我几乎每天都做梦。根据对梦境的回忆，我将我的梦分成两种，一种是熟悉的，一种是陌生的，也就是说，因为睡觉的地方、床铺、被褥和枕头的不同，我的梦的色彩也是不一样的。虽然是在说梦，但这一点在我的感觉中，却是千真万确的。

环境不仅会影响人的意识，还会影响人的潜意识。当我在一个陌生的地方醒来，回想昨晚奇异而又陌生的梦境时，我不会再惊讶，我只会想，原来昨天我没睡在家里的床上。

我近几年的小说创作起了较大的变化，我想，这变化中，当然有主观求变的因素，但我有时候更想用另一句话来说：生活找上门来了。

我们无可躲避地被现代生活的便捷、快速、繁复、庞杂紧紧包围着，被那许多闻所未闻的新鲜的细枝末节死死纠缠着。这种直扑而来的风潮，强烈地裹挟着我们，冲击着我们的心灵，动摇了我们一以贯之的信念，同时，也极大地煽动了我们创作的灵感和激情。

于是，我再也感受不到老头老太太坐在小巷里喝茶晒太阳的滋味了，我曾经许多年为那样的滋味而痴迷；我再看不到安安静静坐在小门面房里缝衣服的瑞云姑娘了，那个女孩曾经是我那个年代的梦想。所以，当我在为自己的小说能够切近现实感到欣然的时候，我同时也对自己感受生活的方式产生出新的担忧和疑虑。

《天气预报》创作谈

记得我在二十世纪九十年代中期,写过一个短篇小说《人物关系》,写的是一个家庭的四个组成人员,比较特殊,一位九十岁的老画家,和他的六十多岁的妻子,还有八十多岁的丈母娘、五十多岁的小姨子,生活在一起。这样一个家庭的特殊的人物关系,引起了别人的好奇、猜疑,甚至是窥探。

现在的这个《天气预报》,看起来写的也是人物关系。但是首先,现在的人物关系和那个时候大不一样了。表面上,这里的人与人的关系是很正常的,一点也不特殊。于季飞和同事王红莱,每天坐在办公室面对面,知根知底;于季飞和老婆江名燕,结婚多年,朝暮相处;于季飞和情人姚薇薇,一拍即合,两情相悦。一切,都是那么的正常。

但是在这样的正常的人物关系背后,却完全是另一个面目。王红莱离婚多年,于季飞居然一点也不知道;自己的老婆江名燕,居然是顶着别人的名字生活的一个人;清纯可爱的年轻女孩姚薇薇居然早已为人妇为人母。当然,这一切原本是不会被揭露出来的,甚至从来没有被怀疑过。正是于季飞因为天气预报这件小事,首先产生出对别人的怀疑,才导致最后的结果,他的身边,竟然全是"假人"。

所以于季飞感叹:"这真是一个多变的天气啊。"

这个故事是夸张的，是极致的，但是在我们身处的真实的生活和时代中，人与人之间的种种关系以及人们对于人与人关系的种种疑惑，常常有着更多的匪夷所思。相比起来，当年的《人物关系》中的老画家家里的人物关系，虽然有些特殊，却显示出它的真实性，而邻居们或其他人的猜测和窥视，也是完全可以理解的。既然你是特殊的，别人自然有理由产生怀疑。

但是今天不同了，今天的怀疑，不需要理由，今天的不相信，已经遍布了全社会，渗透到所有不正常和正常的人物关系之中。

信息之多，信息之乱，事物变化之快，事物发展之奇异，彻底动摇了我们一以贯之的"相信"，超出了古往今来"眼见为实，耳听为虚"的准则，超出了我们千百年来对生活对人生的体验。

年轻的时候，我们曾经相信生活，普希金的诗句至今还在我们耳边回响：假如生活欺骗了你，不要悲伤，不要心急，忧郁的日子里须镇静，相信吧，快乐的日子将会来临。后来，我们又听到食指的声音："当蜘蛛网无情地查封了我的炉台，当灰烬的余烟叹息着贫困的悲哀，我依然固执地铺平失望的灰烬，用美丽的雪花写下：相信未来。"

可是现在，人们怀疑一切。怀疑社会，怀疑媒体，怀疑他人，怀疑自己。

就在我写这篇创作谈的前一天，我看到关于同一件事的两个消息，这两个消息发布的时间相隔三个小时。消息一，甲网报：某地7名乡镇干部因某某原因被免。消息二，乙网报：某地7名干部被免职消息不属实（将依法追究什么什么）。

也许，有关此事，还有消息三消息四消息五，等等，只是我们没有看到而已。难道事情真的就没有真相吗，或者，因为某些原因，因为许多原因，我们无法将真实揭示出来？

305

即使真的有一个真相存在,即使有人将它说了出来,但是你敢相信,那就是真相吗?

谁知道呢?

谁又敢说我知道、我确定呢?

一个充满怀疑的社会,一个没有信任的社会,无论物质发展到什么水平,这都不是人们所寄希望的社会。现代化的进程,创造了财富,也滋生了"乱",乱的是人心。如果一个人的内心,对任何东西,丧失了判断的能力,丧失了信任的能力,那个时候,我们也就不再需要天气预报了,因为我们会对天上的太阳产生怀疑。什么都能造假,难道天上就不会有个假太阳吗?

永远的茶树
——《右岗的茶树》创作谈

老师的家乡到底是不是那个南方的山村,老师给学生所说的关于玉螺茶的一切到底是不是老师亲历亲见,右岗的那片坟地到底是不是老师的归宿,玉螺茶的真与假到底重要不重要,一切的一切,似乎都没有很明确的答案。

其实答案是有的,答案在二秀的心里。也许表面上这一切都有些虚幻,看不清摸不着,但二秀心里明白着,透彻着,二秀的心,明又亮,深又广。

无疑,二秀的人生是早就被设定了的,是狭窄的,甚至是灰暗的。她虽然念了初中,但她的命运和大秀一样。她很快就会辍学、回家种地、帮助母亲操持家务,然后嫁人,然后平淡艰辛地过完她灰色的人生。

可是后来不一样了。二秀的人生道路并没有改变。她虽不会再上学,她仍然走着早就设定好的人生道路,但是一切都已经不一样了。也许这条路还是灰暗的,但是二秀的心不再灰暗。

是因为老师。老师是一个很普通的老师,他和其他老师也许没有太大的区别,只有一点点,就是老师喜欢给学生讲他的家乡,讲他家乡一种叫作玉螺茶的茶。过去,孩子们不知道茶,他们心中没有茶,自从老师讲了玉螺茶,外面的世界就跟着茶一起走进了孩子们的心里。

老师的一生很短暂。但是老师用自己短暂的一生,给孩子们增添了生命的活力和亮度。老师用一种再普通不过的东西——茶,给二秀灰暗的生活和心灵打开了一扇天窗,抹上了一笔色彩。

其实不只是二秀一个人从老师那里得到了光亮,这一个班的孩子,这个穷乡僻壤的许多孩子心底里都有了一个希望,有了一道亮色。即使不是二秀,是大梅子,或者是三菊花,她们都会和二秀一样,到遥远的地方去寻找老师的家乡,去找茶树,用粗粝的手去摘采细嫩的玉螺茶,然后用她们青春的胸怀去温暖它们。我想,她们温暖的,不只是几叶嫩芽,她们也许温暖了一个世界。

这不是还愿,也不是完成什么仪式,这是二秀的心呼唤着二秀去做的。

二秀并没有如愿以偿,因为她没有找到老师的墓地。但是二秀又是如愿以偿了的,二秀做成了"一抹酥胸蒸绿玉"这件事情。这件事情对现代社会而言,也许完全没有意义,对那些生产和购买假玉螺茶的人来说,这甚至很可笑。但二秀不是他们,二秀是老师的学生。

不知道有没有人能够看到二秀的内心,这个执拗的女孩子,这个默默无语的女孩子,心里有着无限的延伸,有着深不见底的去向。

人心的深度和广度,就是生活的深度和广度,或者我们也可以反过来说,生活的意义有多深广,人心就有多深广。

二秀是单纯的,故事也是简单的。但是简单和单纯不一定就是空洞和轻浅。茶树是普通的,但是它们长到二秀心里,就变得不普通了。在这个简单的故事背后,我试图放一点东西在那里。这是些什么东西,我自己也不一定能够说得很清楚,也不是用文字能够直接表达出来的,只有在二秀寻找老师的家乡、摘采玉螺茶的过程中才可能展现出来。

结果是否展现出来了?如果展现出来了,读者是否体会得到?我等待读者的评判。

　　二秀回家了。无论二秀是回家种地,还是出外打工,无论二秀以后会去子盈村当一名采茶姑娘,还是二秀从此不再见茶,二秀已经不是从前的二秀。二秀的心里,永远地种下了老师的茶树。

接通线头　点亮灯盏

在写作者的脑子里,始终是有一根线头的,这就是对写作的执着和天长日久甚至一辈子的积累。但是一根线头是擦不出火花的,要或焦急或耐心地等待另一个线头的出现。我们都碰到过这样的事情,一个小说的念头,往往产生于某一个偶然看到听到遇到的什么故事,或者谈不上是故事,只是一个很细微的小事。当这个故事或者这个小小的事情在不经意间进入你的头脑时,就和那一根线头搭上了,"嚓"地一下,火花闪烁,一盏灯被点亮了。这盏灯照亮了一篇小说前进的方向。

写小说经常就是这样的一个过程,一瞬间与一辈子的结合。

现在在我们日常的生活中,每时每刻都看到、遇到、接触到许许多多的外乡人,你想躲也躲不开,这个群体扑面而来了。我们生活的方方面面都无法跟他们分开,他们帮你装修房子,他们给你送纯净水,他们将你无法处理的旧货垃圾拖走,他们日日夜夜站在你家小区门口,守护着你的平安日子。你到饭店吃饭,给你端盘子送菜的,几乎清一色是外来打工者,你走在街头,会看到一溜排开的工棚,如果你伸头进去看看,你就知道他们的生活处境是怎么样的。他们大量出现和存在,甚至使得我们每一个城市的方言都渐渐地淡去了,就是这样一个庞大的群体,他们顽强地走进了我们的目光。只要不是有意闭上眼睛,你的目光就无法离开他们了。

看到他们,看到他们的表面生活,就会情不自禁地想到他们的背后,他们留在远乡的亲人的情形,他们自己内心是什么样的一个空间,他们的许许多多我们看不见的东西。这样的无休无止的凭空想象,对于不写作的人来说,也许就像是做白日梦,但是对于写作者来说,却是必不可少的功课和必须具备的能力。

如果说这个群体在我的脑子里是一根线头,那么另一根或另几根线头在哪里呢?暂时还不知道,只有当它出现的时候才会知道。

有一天看了一部外国电影,里边有这样一点情节,一个女孩子,始终没有见到自己父亲,后来父亲去世了,有一天有一个人出现在她面前,她立即就闻到了父亲的气味,从这个人身上感受到了父亲的存在,这个人是父亲的搭档。

女儿对父亲与生俱来的渴望和默契,这就是我的另一个线头,"嚓"地一下,《父亲还在渔隐街》这个小说就被点亮了,开始了。

女儿沿着父亲留给她的一丁点痕迹去城市寻找父亲。她一次次地以为自己靠近了父亲,她甚至已经感觉到了父亲的呼吸,触摸到了父亲的气息,但她又一次次地失望,因为那个人不是她的父亲,这个人也不是她的父亲。或者说,也许他就是她的父亲,但是女儿始终不能确定他是不是父亲,也不能确定他到底是谁的父亲。

女儿从寻找自己的父亲开始,结果发现了一个令她惊愕的事实,并不是只有她的父亲隐去了,许许多多的父亲都离开了他们的亲人,他们都在城市里消失了。

火花点亮了小说的方向,却没有点亮失去父亲、寻找父亲的女儿的方向。

关于《谁能说出真相》的真相

这标题有点绕口,有点故弄玄虚,其实要说的并不是真相。

真相就摆在那里,不用我们特意去说。生活不是谜,更不是那种没有谜底的谜,解不开的谜。生活一定是有真相的,真实一定是存在的。

只是,有许多的真相,我们不知道,我们不了解,我们看不到,暂时看不到,也可能永远看不到。它被别的东西掩盖了,或者被人为地改造了,也或者,没有人想知道它的真相,它自个儿待在那里发呆或者发笑呢。

就像沙三同的笔筒。

沙三同的笔筒到底在哪里,起先似乎是一个很简单的问题,丢失了,又找到了,失而复得。但是沙三同觉得事情太简单,简单得让他觉得太奇怪,觉得这不是事实真相。于是他想弄清楚这个过程,于是他开始追究事实真相。

结果呢,真相被他追丢了。到最后大概他连自己手上的这个笔筒到底是不是他原先的那个笔筒,也无法断定了。他原先的笔筒上刻的真是荷花吗?它会不会是兰花,是梅花,是海棠花,是牡丹花?他的笔筒,真的是竹笔筒吗?它会不会是其他材质的,比如陶瓷的,比如金属的,比如塑料的。

关于笔筒,每一个人都有一个甚至几个事实真相,沙三同的太太、沙三同的儿子、古玩店的店家、卖古董的顾全、收藏古董的计较、患了老年痴呆症的捡垃圾的老太太和她的家属们,随口就能说出笔筒的几种不同去向的小学生小兵、钟点工,还有没有出场的许许多多同事、亲戚、沙三同的老丈母娘,等等,他们织成一张大网,网住了沙三同。

不对,这样说不公平,他们并没有要网住沙三同,是沙三同自己硬要钻进网里去的。

这是一张解不开的网,又是一个深不见底的洞。小说家干的活,就是带着别人(愿意的人)沿着这个洞口,朝里慢慢地耐心地探进去。这洞可能很深,很曲折,可能藏着许多秘密,但也可能洞里什么也没有,你走进去几步就见底了。

《谁能说出真相》似乎是制造了一条迷径,但意图却正好相反,希望有人在走过这条迷径之后,能够不再迷惑,不再去追究所谓的真相。

每个人都有自己的真相,每个人从不同的角度和不同的立场都会给出一个真相。所以千万不要试图拿别人的生活来解释自己的疑惑,也不要拿自己的思想去套装别人的生活。

有人说过,写小说和造迷宫是一回事,由互相靠拢、分歧、交错或永远不干扰的时间组成的网络包含了所有的可能性。

小说的迷宫,是写作者造出来的迷宫,生活的迷宫,是由生活的角度造成的。我们不像传说中的黄帝,他有四个脸,分别朝向东南西北,他有四双眼睛,不用转动脑袋就看得见周围的一切东西。我们没有,所以,在我们看不见的部分,我们就以为那是一个谜,其实那不是谜,那是一个事实真相。

关于《香火》

从完成《香火》的最后一稿交到出版社,到出版社出书,又到今天,已经快半年过去了。拿到书以后,我随手放了一本在床头,晚上休息之前,或者辛苦工作之后,我会看上几页,哪怕几行。我还在用心地读着我自己写出来的《香火》,我还在继续对于《香火》的思考和创作。

但是事实上,一直到今天,作为《香火》的作者,我心里对于《香火》的想法,却始终没有定型,始终没有十分的明确,甚至没有七分、五分的明确。就像《香火》这部书里,充满疑问和不确定,在虚与实之间,在生与死之间,我梳理不出应有的逻辑,也归纳不出哲理的主题,很难有条有理地分析这部小说的方方面面。

这其实也就是《香火》的创作过程和创作特点,写作者时而是清醒的,时而是梦幻的,书中的人物时而是真实的,时而又是虚浮的,历史的方向时而是前行的,时而又是倒转的。

就像我们生活在这个时代,我们在疾行的时代列车上,由于速度太快,节奏太强,变化太大,我们醒来的时候,常常会不知身在何处,得聚拢精神想一想,才能想起来,呵,昨天晚上我原来是睡在这里啊。

有一天我在一个陌生的地方住宿,晚饭后天已经很黑了,我到院子里散步,因为陌生,因为黑,到处影影绰绰,光怪陆离。有一瞬间,我忽然怀疑起来,我觉得我到了另外的一个世界,或者另外的一个星球。那天晚上,我做了很奇怪的梦,梦见了许多很奇怪的事情。

或者,在我疑惑的那一瞬间,我真的已经脱离过了。

四年前,我离开了苏州,离开了"专业作家"这个"专一的岗位",转移到"行政工作"这个"行走的阶段"。我的生活,我的人生,我所有的一切,都经受了全面的全新的变化和考验。一方面,全身心地去"工作",同时,仍然要全身心地"写作",一个人究竟有几个"全身心"呢?于是,每天每天,脑子里事情多到、乱到理不清了、不真实了,每天醒来的第一感受就是:梦里不知身是客。

一个人,如果身体过度劳累,如果心灵过度疲惫,是有可能产生出一些错觉的,那么,一个时代,一个社会呢?

有些感觉,果真是那么真实吗?

另一些感觉,真的就是错觉吗?

许多本来很踏实的东西悬浮起来,许多本来很正常的东西怪异起来,于是,渐渐地,疑惑弥漫了我们的内心,超出了我们的生命体验,动摇了我们一以贯之的对"真实"这两个字的理解。

有人读了《香火》,觉得这个小说在写法上有浓郁的魔幻现实主义色彩,其实我想,更主要的可能不是手法,而是感受,是感受影响了写作的方式和写作的技巧。

这就是我此一时的思想状况。

影响我这一次写作经历的,还有我的父亲。

我的父亲是一个非常非常热爱生命的人,是一个一直到老都充满活力和生命力的人,他是个乐观主义者,从来不会想到自己会得什么病,更不会想到——当然,也许他是想到过的,但他从来没有说过。

父亲是应该一直活着的。

一直到父亲离开我们近三年的今天,我仍然不敢和别人谈他的事情,尤其不谈他的真实的病情,不谈他的最后的日子。因为,我觉得他会听见。他一旦听见了,他就知道自己不在了,他会伤心,他会害怕,他会难过。我不想让他难过。所以,关于父亲的一切的一切,尤其是他得病以后的一切的一切,都塞满在我心间,我不敢说,也不敢写。我不说,也不写。

今天回想起来,《香火》的写作过程,差不多正是父亲得病、治病、病重、去世的过程。父亲去世的时候,我五十四岁,在这之前的五十四年中,我始终和父亲生活在一起,从没有长时间地离开过父亲,尤其是母亲去世后的二十多年,我和父亲更是相依为命,相互扶持,一直到阴阳相隔的那一天。

其实是没有相隔的。

三年了,我从来、始终没有觉得他走了。每每从南京辛苦工作后疲惫地回到苏州的家,第一件事情就是推开父亲房间的门,端详父亲的照片,然后和父亲说话,告诉他一些事情,给他泡一杯茶,给他加一点酒。下次回来的时候,酒杯里的酒少了,我知道父亲回来喝过了,我再给满上一点。

在香火那里,他爹也一直是活着的。

就在我写这篇文章的时候,我收到一位远在澳洲定居的朋友的邮件:"好久没有联系,说真话现在也不知该不该发这个信。上次给你发信是因为,我做梦,居然梦到你的父亲,像是在黄昏的某个街道,他叫住我,我一愣,我跟他其实并不熟。记得他若有心事,但就说了一句,叫我有空去看看你。"

父亲还在惦记我。香火的爹也一直惦记着香火。

最后说一说关于《香火》的创作初衷。如果撇开最后因为写作手法而带来的各种异议，我写《香火》的本意，是想写一种敬畏之心的。当下的社会太缺少敬畏，有人杀一个人比杀一只鸡还无所谓。我们太需要敬畏，对生活、对人生、对生命，对许许多多的东西都应该是有所敬畏的。小说最后的走向可能与初衷有所偏差，但敬畏之心的想法仍然存在，一个百无禁忌的香火，最后他是一个有敬畏之心的人。

图书在版编目(CIP)数据

一个人的车站 / 范小青著. —南京：南京大学出版社，2017.6（2022.4重印）
ISBN 978-7-305-18824-4

Ⅰ.①一… Ⅱ.①范… Ⅲ.①随笔—作品集—中国—当代 Ⅳ.①I267.1

中国版本图书馆CIP数据核字(2017)第134846号

出版发行	南京大学出版社
社　　址	南京市汉口路22号　　邮　编　210093
出 版 人	金鑫荣
书　　名	**一个人的车站**
著　　者	范小青
责任编辑	沈卫娟　官欣欣
照　　排	南京紫藤制版印务中心
印　　刷	江苏凤凰通达印刷有限公司
开　　本	880×1230　1/32　印张 10.375　字数 244千
版　　次	2017年6月第1版　2022年4月第3次印刷
IBSN 978-7-305-18824-4	
定　　价	45.00元
网　　址	http://www.njupco.com
官方微博	http://weibo.com/njupco
官方微信	njupress
销售咨询	025-83594756

* 版权所有，侵权必究
* 凡购买南大版图书，如有印装质量问题，请与所购
　图书销售部门联系调换